我的读书小账

七日

罪恶游戏

我的读书小马甲·著

天津出版传媒集团
天津人民出版社

图书在版编目（CIP）数据

七日：罪恶游戏 / 我的读书小马甲著．-- 天津：天津人民出版社，2020.12
ISBN 978-7-201-16550-9

Ⅰ．①七… Ⅱ．①我… Ⅲ．①推理小说－中国－当代
Ⅳ．①I247.5

中国版本图书馆 CIP 数据核字 (2020) 第 203821 号

七日：罪恶游戏

QIRI：ZUI E YOUXI

我的读书小马甲 著

出　　版　天津人民出版社
出 版 人　刘　庆
地　　址　天津市和平区西康路 35 号康岳大厦
邮政编码　300051
邮购电话　（022）23332469
电子信箱　reader@tjrmcbs.com

责任编辑　章　赪
封面设计　王　鑫

制版印刷　涿州汇美亿浓印刷有限公司
经　　销　新华书店
开　　本　787 毫米 ×1092 毫米　1/16
印　　张　16
字　　数　241 千字
版次印次　2020 年 12 月第 1 版　2020 年 12 月第 1 次印刷
定　　价　49.00 元

罪恶游戏

七日

目录

/ 楔　子 /

在黑夜中，一束光柱在钢筋水泥中穿梭，那是邢鹿拿着手电筒在废弃的厂区内狂奔。他满头大汗、呼吸粗重，整个厂区内似乎只有他的脚步声和呼吸声。邢鹿累得弯下了腰，大口喘着粗气。

手中的光线逐渐暗下去，手电筒快没电了，不知道还能否支撑他继续寻找下去。

就在邢鹿以为自己要与这里的黑暗融为一体的时候，身后忽然响起电闸合上的声音。一片强光在他的背后亮起，紧接着电机的轰鸣声也猛地响起，那声音几乎震耳欲聋。这座废弃的钢铁厂如同一只铁甲巨兽突然苏醒了，猛地开始运作，恢复了往日的嘈杂，甚至让人忍不住觉得下一秒钟就会有工人穿着工作服在这里走来走去。

邢鹿回头，向着那座唯一闪烁着强光的厂房奔去。

他闯进去，四处寻找，轰隆隆的巨响使他心里一阵发慌。

“李成宇！你出来！有什么话当面说！”

邢鹿用尽全力大吼，争取最后一丝谈判的可能。

“李成宇！李成宇！”

一阵尖锐得仿佛能刺破耳膜的轰鸣在工厂上空响起，覆盖了厂房内机器轰隆隆的运转声。

“刑警官，好久不见。”尖锐的噪声过后，广播里传出了声音。

邢鹿飞奔向控制室，只有那里有广播，李成宇一定在那里！

然而邢鹿一脚踹开控制室的大门后，却发现里面一个人也没有，只有一台老式录音机放在广播台上的话筒前，循环播放着事先录好的声音。

“刑警官，好久不见……刑警官，你好啊……”

控制台在厂房的最高处，邢鹿站在上面环顾四周。他敢肯定，李成宇一定在附近！

女童的哭声乍起，邢鹿惊慌。他循声望去，只见李成宇将邢佳佳绑在一把悬在半空中的椅子上，而那椅子下方，是翻滚着热浪的钢水。

李成宇抬头朝着上面的邢鹿望过去，李成宇的手中拎着一把剪刀，只要那剪刀朝着椅子上的绳索剪下去……邢鹿简直不敢想象！

滚烫的钢水，人掉进去会瞬间熔得渣都不剩。

邢鹿额头滑落一滴汗水，他告诫自己要冷静，李成宇如若真的要杀邢佳佳，不必大费周章引他过来。

邢鹿压下心中的恐慌，问道：“李成宇，你放了我的女儿，你想要什么，我都可以给你！”

李成宇缓缓地用剪刀磨着绳索，邢鹿的心也仿佛被这把剪刀磨着。

李成宇玩味道：“我？我要你的命啊……不想让她下去，你下去啊！”

邢佳佳的哭声一声高过一声。邢鹿继续道：“好，我答应你，但是你先把她放下来。”

李成宇点头，竟然真的听话地去解绳索。李成宇看似认真地在解绳索，实则绳索一旦被解开，毫无保障措施的邢佳佳便会瞬间掉入钢水之中。

邢鹿大叫：“住手！李成宇！你不要耍花样！”

李成宇停下手中的动作大笑。

“不蠢嘛！邢警官，居然被你发现了！这样，我们认真地猜拳好不好，你赢了我就放了她，你输了我就一剪刀剪开这条绳子，怎么样？”

邢鹿攥紧拳头，看着他，尽量保持理智：“有没有其他选择？”

李成宇笑道：“有啊，我现在就可以剪掉这条绳子。”

邢鹿知道，此刻他没有其他选择，他不得不赌上一切，与李成宇玩赌命游戏。

李成宇笑得邪恶，在钢水的映衬下，像一个来自地狱的恶魔……

“我数三二一，我们一齐出手。”

邢鹿点头。

李成宇笑了，似乎提前庆祝胜利一般。

“三、二……”

“一！”

李成宇忽然抬起剪刀朝着绳索一把剪下去，邢佳佳连同身后的椅子，迅速坠入钢水之中，她甚至连一声“救命”都没有喊出，眨眼间便尸骨无存。

李成宇大笑：“我出剪刀！我出剪刀！你输了！哈哈哈哈哈！”

邢鹿绝望、崩溃，望着钢水大吼！

“不！”

/ 第一章　会场炸弹 /

高南满头大汗地从床上坐起——原来是梦！

梦中的自己变成了这次新小说《炼狱七日》中的男主角邢鹿，在前往营救女儿邢佳佳之时，不慎失手，导致变态杀手杀了女儿。

高南余悸未消，起身倒了杯热水，脑中不断地回想梦中的内容。在他的新小说中，作为男警察的邢鹿眼睁睁地看着残暴的绑匪绑架了女儿邢佳佳却无能为力。在佳佳被绑架的这七天里，绑匪李成宇穷凶极恶，想尽了各种办法折磨邢鹿。每天邢鹿都会收到李成宇寄来的佳佳身上的一个物件，直到第七天，邢鹿还是没有找到李成宇，佳佳也因此被残忍地杀害。

想到这里，高南不禁扪心自问，这种结局是不是太过残忍？高漫天真可爱的小脸蛋浮现在他脑海中。如果是自己的女儿被绑架、被伤害，那……

高南摇了摇头，还不如杀了他。他捧在手心里的宝贝，怎能被人这样伤害？

高南又想起刚刚梦里邢佳佳落入钢水中的一瞬间，心里一寒。

“高南！”

清脆的女声响起，高南吓得一抖，下意识地拿着水壶和水杯转身，与此同时，手指间传来的灼热感令他的手一缩，玻璃破裂声随即与女子惊呼声并起。

玻璃杯的碎片散落在大理石地面上，杜鹃的胸前被开水烫到，湿了一大片。高南不知所措地呆立在原地。

“你刚刚在干吗？水都要溢出来了都没注意？我进来都没听到？写了那么多推理小说，结果连最起码的警觉心都没有？”

杜鹃连珠炮一样说个不停，高南自知理亏也不反驳。倒是杜鹃大方地摆摆手，径直走向卫生间。她多年来一直担任高南的经纪人，在出版界也是有名的人物。可以说没有杜鹃就没有高南的今天，二人是相辅相成的老搭档，为了催稿方便，杜鹃也有高南家里的钥匙。

高南在衣柜里找出一件新的未用过的浴袍，站在卫生间门口递过去。杜鹃利落地伸出手接过，她一边迅速地换掉脏了的衣服，把衣服扔进烘干机，一边隔着门与高南谈论下午签售会的行程。

“这次你的新书卖得特别好，在京东、天猫、当当都是热销榜第一。根据这次的热度，这次公司决定只办这一次签售会，所以要大办！以《炼狱七日》现在的热度，根本无须过多办签售会消耗人气。”

高南应付道：“我相信你们，这些事你们办就好了，我全力配合！”

杜鹃无奈：“不是我说你高南，你能不能对公司运作上点儿心？公司现在最大腕儿的作家就是你了，你没有想过插手公司领导层吗？”

高南摇头：“我操那闲心干吗！不过我说小鹃鹃！你也趁早找个老公结婚得了！你看看你，都快成半个男的了！别惦记英国那位了，该凑合就凑合一个吧！”

高南做思考状，忽然一拍脑门！

“嘿，我那哥们儿你看怎么样，米峰！你也见过的，他一个刑警大队队长，黄金单身汉！为人正义，你们女孩儿不都喜欢这种有安全感的吗？！”

杜鹃冷漠：“他就算了吧，木头一根。管好你自己！你结了婚又能怎样！还不是离了？你对人家念念不忘，可人家对你爱答不理，呵！”

高南与杜鹃这些年来称兄道弟，偶尔会开一些旁人忌讳的玩笑。

杜鹃的话对于高南来说早就不痛不痒，他挑起嘴角无奈地笑笑。

门口忽然响起了门铃声，高南走过去开门。

前妻刘娜带着女儿高漫站在门口，高南猛然想起刘娜昨晚打电话过来，说公司年会，要提前将女儿送回。蓬头垢面的高南穿着满是褶皱的睡衣站在门口，满脸胡楂儿，眼角还有眼屎。他手忙脚乱地整理仪表，将近四十岁的人，好像一个大男孩儿，站在门口手足无措。

刘娜牵着高漫的手站在门口，两个极其相似的脸都在看着高南。

高南蹲下来看着高漫，说道："漫漫，今天爸爸来带你，跟爸爸换鞋子进门。"

说着，高南伸手想要牵高漫的手，高漫却下意识地后退。高南眼底闪过一丝难过，不过对于高漫他总是有用不完的耐心。

"妈妈有工作，今天不能带你，你上周刚从爸爸这里离开的，忘了吗？"

高漫紧闭双唇，一语不发，似乎丝毫没有听见高南的话。

高南与刘娜一同引导高漫进门。高南将她抱起，放在门口的椅子上，耐心地为她脱掉小鞋子："漫漫，你看，这是你的家呀！上周刚来过就忘了吗？你看门口的风铃是爸爸给你亲手挂上去的，记得吗？"

高南抱起高漫，拨动几下门上的风铃，风铃发出一串悦耳的声音。高漫被风铃声吸引，茫然的眼神中有了生气，然而似乎对这个"陌生"的环境暂时放下了戒备。高南放下高漫，高漫穿着自己的小拖鞋慢慢走进房内。

刘娜打量着高南皱巴巴的睡衣，调侃道："看来没了我管东管西，你过得很不羁嘛！"

高南急了："谁说的？我没有！"

刘娜和高南是校园恋爱，当时的刘娜是系花，高南费了好大劲儿才追到刘娜。刘娜不知道看上高南什么了，竟然真的与高南在一起了。两人恋爱一谈就是七八年，随后结婚生子，然而看似非常恩爱的婚姻却难逃七年之痒。

高南每次在刘娜面前都像个没长大的傻小子，什么都想一股脑儿地抛给她。

高南抓抓凌乱的鸡窝头。

"那个，我下午签售会……留了两个最靠前的位置。"

刘娜点头："高大作家现在这么火爆，就算你不说，广告也满天飞了。"

高南有些不好意思："没……没……别这么说。"

刘娜看着眼前的高南笨拙的样子觉得有些可爱，忍不住发笑。

"啊！"

忽然，高漫的尖叫声从房内传了出来。刘娜和高南吓了一跳，高漫这孩子从小自闭，很少讲话，尖叫更是几乎没有过。二人对视一眼，同时冲进房中。然而他们冲进去之后，房中的场面却只能用"尴尬"来形容。

杜鹃穿着浴袍跌坐在卫生间门前，头发湿漉漉地垂在胸前；高漫脸上挂满泪水，与其他孩子的号啕不同，她无声地张着嘴巴，眼泪一滴接一滴地往下掉，可怜极了。

杜鹃看到刘娜，有些尴尬地站起来解释道："我刚刚衣服湿了，在里面清理一下，出来之后刚好漫漫冲进来，我们不小心撞在了一起。"

刘娜一言不发，看着杜鹃满头的湿发，以及浴袍袖口上的字母"LN"，随即失笑。刘娜走上前抱起高漫，安慰道："漫漫不哭，妈妈帮你吹吹，我们今天先去徐阿姨家好不好？晚上叫爸爸去接你好吗？"

刘娜抱着高漫欲离开，高南连忙拦住。

"娜娜，我下午签售，杜鹃来找我对行程，结果被我泼了一身水。"

刘娜冷漠地看了一眼高南："换衣服需要洗头发？高作家佳人有约，我先把漫漫寄放在徐晴那里，你晚上记得去接回来。"

高南语塞，只能看着刘娜抱着高漫离开。

杜鹃有些愧疚，上前安慰高南。

"不然你改天约个时间，我和她聊聊？"

高南忽然用力地捶了一下自己的头："你说你没事洗什么头发！"

杜鹃被这样的高南吓到了，印象中二人的相处模式一直都是杜鹃说一不二，而高南从来都是好好先生，说一是一的。二人在经年累月的前行中，早已成为了没有隔阂的朋友。

高南意识到自己的失态，连忙道歉。

"抱歉，杜鹃，我不是针对你。这是我的错，我不该拿她的睡袍出来，那是我们曾经定制的情侣款。"

杜鹃低头看看袖口的刺绣——LN——刘娜名字的缩写。

杜鹃一拳捶在高南的肩膀上："懂你，不用讲这个！"

高南扯起一个疲惫又无力的笑容作为回应。

下午的签售会如期开始，书迷们纷纷排队验票入场。一个戴着墨镜、穿着风衣的女人站在入场区边缘死盯着队伍，她整张脸被遮住了大半，怀中抱着的箱子似乎很怕被别人撞到，一直小心翼翼地捧在怀里。神秘女人旁若无人地走到入场口，试图趁人不备蒙混过关，可还是被眼尖的保安拦了下来。

保安质问："你的票呢？"

"票……票在家里，忘记带了。"女子神色怪异、眼神慌乱，似乎在瞄准时机趁保安不注意就冲进去。

保安脸如黑炭，一丝不苟，对身边的人打了个手势。神秘女人被另外两个保安架出了入场区。

神秘女人站在场外，半张脸都被漆黑的太阳镜遮住了，让人看不清她脸上的神色。不远处，运送音响设备的推车停在了外面，工作人员忙着联系人开侧门。那个女子嘴角挑起一丝笑意。

高南坐在后台化妆间化妆，一旁的主持人拿着台本与高南对着签售会流程。杜鹃踩着高跟儿鞋抱着纸箱风风火火地走进来。见她进来，化妆师与主持人识相地离开了。

"哎哟，你这化妆间什么味道？一股潮气！"

高南调侃道："历史的气息，就连化妆间都是临时打扫出来的，您大小姐找的地方到处充满历史感！"

杜鹃被高南嘲讽了几句，作势要举起手中纸箱砸过去。

高南连忙转移话题，问道："怎么样？来了吗？"

杜鹃无奈摇头："放心，那两个座位我会一直帮你空着。"

高南露出无奈的笑。他看到杜鹃手里的纸箱，问道："这是什么？"

杜鹃将纸箱递给高南道："不知道，说是给你的，可能是哪个粉丝送的吧。"

高南指了指堆满墙脚的鲜花和玩偶，笑道："礼物都在那里了。"

杜鹃调侃：“高大作家人气不输小鲜肉。”

高南将纸箱晃了晃，放在耳朵边听，什么也听不出来，轻飘飘的，似乎有轻微的“滴答”声，里面像是有一个秒表。

杜鹃也抢了过去听了听，随后丢到一边，吐槽道：“晦气，哪有人送钟的！”

高南将纸箱拿回放好，说道：“是表，不是钟，而且粉丝的礼物，无论什么都是份心意。”

杜鹃气鼓鼓道：“有什么区别？都是计时的。”

主持人进来催场，高南在杜鹃的催促下匆匆步入会场。

几个工作人员鱼贯而入，将角落里的鲜花、玩偶和那个纸箱一同搬走。

灯光打好，舞台就位，主持人娴熟地拿起话筒暖场。粉丝的礼物连同纸箱被静静地放在舞台一角。在介绍完新书情况之后，到了最令人激动的提问环节。

“为了能够给大家一次难忘的体验，这次签售会的主办方——边江出版公司，在征得作家高南的同意后，决定举行有奖竞猜活动。答对问题的书迷朋友，有机会获得精美礼品一份，并加到高南老师的微信。”

主持人的一番话引得全场沸腾。此次问题全部为推理题，喜欢高南作品的读者并非全是推理发烧友，但一般的谜题定然是难不倒他们的，所以这次的问题，全部是主办方精挑细选的。

而且主办方为了做好这次的有奖竞猜活动，特意在签售会开始前，要求所有与会的粉丝不准携带手机，这就让很多想要投机取巧的人没办法再到网上搜索答案了。

主持人说出的第一题，就难住了在场的粉丝。

“警方在审问一名聋哑嫌疑人，只能用纸笔审问。可无论警方如何审问，对方都死不松口。这时警方只说了一句话，便发现聋哑人为作案者。请问，警方说了什么话？”

底下书迷沉思了一阵，举手的人渐渐变多。

“我送你一千块。”被叫起来的读者话一出口，就引起了一阵哄堂大笑。虽然答案不对，但原理类似。

“你就是凶手！”又一个书迷站起来高喊道，“警方一定是吓唬他，让他慌张之下露出马脚！”

主持人笑而不语，但仍然摇了摇头。

角落里一个穿着连帽运动卫衣的男孩儿举起手，他头戴鸭舌帽，卫衣的帽子紧紧地扣在鸭舌帽上，让人看不出长相。主持人直接点到他，话筒传递到他手中，众人纷纷回头看去。

男孩儿声音平稳，似乎胸有成竹。

“你可以离开了。”

一阵平静，然后窃窃私语，随即爆发出一阵掌声，在掌声中男孩儿压低了帽檐坐了下去。

主持人拿起第二张手卡，继续出题。

“一家三口坐着旅游大巴上山，汽车在陡峭的盘山公路上前进。小女儿晕车，难受不已，哭闹着要下车。父母无奈，只得央求大巴司机停车。一家三口下了车，只能靠双脚徒步爬山，当爬到半山腰上的小餐馆时，他们已经累得不行，所以三人决定坐下来吃饭。餐馆里面的电视机播放着实时新闻，就在半个小时前，一辆旅游大巴被山上滚落的巨石击中，而大巴车牌号就是当时他们下来的那辆。”

主持人继续道：“小女儿余悸未消，感叹：‘还好我们下车了。’可是爸爸却喃喃道：‘如果我们没下车就好了。’请问爸爸为什么这样说？”

底下一阵窃窃私语，这一次过了很久才有人举起手。

“父亲一人养家压力过大，因此有抑郁症，向往死亡，觉得自己错过了一个死去的好机会。”

主持人摇头。

高南拿过话筒反问：“如果真的是养家压力大、经济拮据的话，那么这一家人又如何一起外出旅游呢？”

回答者被问得哑口无言，只好悻悻地坐下。

良久之后再无人举手，底下的观众开始纷纷调侃起来。

“父亲有神力能扭转一车人的命运！”

“父亲想看巨石坠落！”

高南无奈一笑。角落里，那个鸭舌帽上扣着帽衫的男孩儿再次站起来，主持人眼前一亮，工作人员的话筒很快再一次递到这个男孩儿面前。

“我认为，如果当时一家人没有半路下车，汽车就不会在路上耽搁那一分钟。那么由此可以推断，大巴车完全有机会在巨石滚落前驶过事发地。”

高南眼露赞许，主动询问：“你叫什么名字？”

“陶玉达，王加一点，目的达成的达。”

高南点头，说道：“陶玉达，我记住你了。”

底下的读者目瞪口呆，缓了良久，掌声响起，赞叹声此起彼伏。

在众多读者艳羡的目光中，陶玉达和另外两名也同样答对问题的粉丝一起走上舞台，拿回了自己的手机，并和高南互加了微信。高南打量着这个有些机灵的男孩儿，男孩儿与之前坐在角落老成神秘的样子不同，高南将签好名字的书递给他时，他脸上这才露出了少年的神色，眉宇间显出掩藏不住的兴奋，像个小孩子。

下一个环节是提问环节，由书迷提问，高南回答。问的问题大多大同小异；高南一一作答，都是官方套话，在公众面前说了不下一百遍。直到一个熟悉的面孔闯入他的视线。

武广，一个十年前被高南送进监狱并倾家荡产的人。

高南没想到他竟然已经出狱了，并且还来了新书签售会。

武广站起来，朗声质问：“为什么高大作家放着律师不干，写起了小说，是职业生涯中做了什么亏心事吗？”

底下群众倒吸一口凉气，窃窃私语。高南知道他是故意的，也知道他对自己有恨意，但既然他想知道自己的想法，不如借此机会将自己的想法说出来。

高南面不改色，回答：“我之所以离开律师这个行业，就是因为很多时候，我都会想，如果雇主是真的有罪，那么我的无罪辩护会带来什么样的后果，会给原告家庭带来什么样的伤害，我将来有一天会不会后悔，良心与职业道德在我的心里无法平衡。最后我决定离开律师这个行业，转而改做小说作者。”

高南的回答赢得雷鸣般的掌声，武广无话可说，坐回原位。

签售会渐入尾声，主持人开始讲结束语，高南也准备离场。就在此时，身后的大屏幕忽然闪烁，灯光全部熄灭，大屏幕上映射出一行字。

“现场有炸弹，十分钟后这里将被炸为灰烬。只要有一个人敢离开，我就马上引爆炸弹，谁也别想走！你们只能接受我的游戏，十分钟内找到炸弹。”

屏幕中跳出一个小丑的脸，他嬉笑着注视众人，仿佛一个冷酷的恶魔。

主持人急忙叫工作人员调试，却因系统被黑客入侵，现场的工作人员也毫无办法。随即屏幕变成了倒计时，小丑的尖笑声响彻整个大厅。

现场乱成一锅粥，杜鹃眼疾手快，一步踏上台，抢过主持人手中的话筒，高声安抚：“大家不要慌，这只是某个人的恶作剧，我们的安保很好，现场根本没有炸弹，我再重复一遍，现场根本没有炸弹！”

杜鹃话音刚落，舞台左侧，“轰”的一声，一只纸箱爆炸，里面的布偶小熊被炸得四分五裂，碎片弹出舞台。

大屏幕上出现了一个动画小丑的脸，小丑尖声狂笑：“只是送大家一个开胃菜，这一次是玩偶，下一次……”小丑的头僵硬不动，可眼珠格外灵活，他左右扫视，似乎在搜索现场的目标。

“下一次，就是你们其中一个！哈哈哈哈哈……”

小丑尖笑着，画面重新隐匿。

场下响起此起彼伏的哭声，将原本就混乱的人心搅得更加烦躁。

杜鹃愣在台上，看着场下乱成一锅粥，一时不知所措。台下人心惶惶，又无人敢跑。工作人员已经打电话报了警，可警察就算是飞，也无法在十分钟内飞来现场，更何况现场的众人根本不知道炸弹的位置。

底下的书迷原本是来见偶像的，没想到卷入一场炸弹风波。他们中有人怒气升起，指着高南怒骂：“你不是写了那么多犯罪小说吗？去找炸弹啊？我们为了你的发布会来的，难不成要死在这里？”

高南大脑短路，杜鹃手握对讲机协调人员报警并寻找炸弹。她的指尖因用力而发白，看得出来这一次她也慌了。高南脑子里一片空白，大屏幕上秒表在一秒一秒地跳动……

九分三十秒、九分二十九秒……

高南端坐在座位上，紧握着椅子的扶手，脑海中迅速闪过今天来到现场后的过程，可来到了现场之后，他便一直在化妆间里没有离开。高南的耳朵嗡鸣，在群众的指责和哭泣声中，一只干瘦冰冷的手有力地握住了他的手，一把将他拉回现实。

高南抬头，发现来人是陶玉达。

“时间不多了，我们必须迅速找到炸弹。”陶玉达笃定地看着高南。

高南抬头看了一下倒计时秒表：八分。

“在所有炸弹案中，炸弹为真的概率不超过 7%，所以我们这颗炸弹未必是真的。”高南讲道。

“可是刚刚那只布偶……”陶玉达有些怀疑。

“仅有的一只烟幕弹，凶手用一只‘炮仗’就骗过了所有人。”

陶玉达神色困疑，仍对高南的论断有些异议。

“但是那 7% 的概率我们承担不起，只有 0% 我们才是绝对安全的。”陶玉达认真地盯着高南。高南在这个陌生少年的眼中看到了一丝自己曾经的影子。

看着屏幕上不断倒数的时间，高南问道：“你有什么想法？”

“这里场馆不大。”陶玉达环顾四周。

“两个化妆间，一个大放映厅，四个杂物间加上外面工作人员的大厅。”高南默契地答道。

“我去后面转转，看看有什么线索，这样耗时间不是办法。”

高南点头，道：“我在这里盯着，凶手很可能就藏身于书迷之中。”

陶玉达转身跑入后台，高南召集现场的保安，命人将现场的几个门看死，如果有人出去，立刻拦下。虽然他们已经在第一时间报警，可是警方到达这里也需要时间。现场人头攒动，大家慌乱不已，有人双手合十不住地祷告，有人在胸前画着十字祈祷。一个留着寸头的矮胖子正在奋力地向出口移动。高南眼尖，立刻叫保安拦下。保安迅速按住矮胖子并扭送到高南面前，高南讶异，此人不是别人，正是武广。

十年前武广被高南亲手送进监狱，怀恨在心，于是出狱后来破坏签售会情有可原。从刚刚的提问环节和武广怒气冲冲的诘问可以看出他们之间积怨颇深。

武广挣脱保安的束缚，理直气壮地大声质问：“为什么拦着我！这里要炸了！谁不跑谁是孙子！”

高南冷声质问：“炸药藏在哪里？”

武广情绪激动，挣脱保安的束缚，冲上前揪着高南的衣领怒吼：“老子不知道！老子要是知道，第一个拆了他娘的！你说我们两个是不是天生相克，我一辈子就碰上你两回，第一回被你送进去蹲了十年，第二回碰上你就跟炸弹绑到一块儿！”

武广忽然松开高南，对着群众怒吼：“大家还愣着干什么？炸药就算炸了，老子跑得快顶多折一条腿、一条胳膊！比死了强！跑啊！老子刚从监狱出来，可不想什么都还没享受到就死他娘的了！”

高南紧盯着武广的眼睛，武广也毫不畏惧，用力地瞪回去。二人僵持，高南率先收回锋芒，摇头对着旁边的杜鹃耳语道：“不是他。”

杜鹃疑惑：“你怎么知道？这里最想毁了你的签售会的就只有他。”

“你看他的双手。”

杜鹃疑惑地打量，武广抱着臂膀负气地站在一边，沮丧又愤怒。他露出的十指又短又粗，布满老茧，一枚平平无奇的银环套在粗短的无名指上，俗气十足。

“这手没你的好看。”杜鹃得出结论。

高南无语，解释道：“他十指干净，如果有在现场藏匿炸弹，手上不会一尘不染。这个场地，听说你是特意借来的全市历史最悠久的剧院，以彰显文化主题？”

杜鹃点头说：“当然，你是从网络起家，但网络文学总是被人贴上草根、低质的标签。为你以后拿奖做准备，我打算全方位为你打造‘文学’和‘艺术’的标签，我可是花了大价钱。”

“这就对了，这家剧院虽历史悠久、底蕴十足，但因价格昂贵，鲜有活动在这里举办，因此这里除了人来人往的公共区域外，其余地方积灰严重。他如果藏什么不想被人发现的东西，一定会沾染痕迹。”

杜鹃不屑：“卫生间离这里不过百来步，直接去清洗也来得及。”

高南继续说道：“他无名指上戴有婚戒，说明他出狱后已经结婚或是有关系趋于稳定的恋人，这样的人犯案概率会大大减小。国家对制作炸药的材料管控严格，一般人接触不到，即便是从黑市购买材料，也需要不少资金。武广在进监狱前，早已倾家荡产，这么多年在狱中也没有经济来源，他很难在短时间里拿出大量资金。况且他在狱中接受的劳动改造，也不会包含制作炸药这样的技能。所以武广来做炸弹案，可能性不高。”

高南有些犹豫：“还有就是……”

“什么？”

“从刚刚与他接触的眼神中能看出，他性子冲动暴躁，智商不高。藏炸弹，黑进放映屏幕，他做不来这种事。”

杜鹃无语，都什么时候了，还有心思调侃。

大屏幕上，秒表还在跳动，令在场的人心中越来越恐慌。人群渐渐骚动，武广刚刚的一番吵闹，不无道理，大家心里都在打鼓。如果炸弹是假的，那么他们跑出去也不会炸。如果炸弹是真的，按照凶手的话，跑出去炸弹就会爆炸，那么所有人都会死，但不跑的话就是原地待毙。大屏幕上秒表的倒计时成了这群人的噩梦。

人在未知面前总是会爆发出前所未有的动物本能，守护自己的生命权利。有人不堪忍受这场具有侮辱性的“恶作剧”，开始向着出口跃跃欲试，准备逃跑。其他人看到有了第一个吃螃蟹的人，也想一起逃亡。人群骚动，没人敢保证在有人跑出去之后，这里会不会在一瞬间被炸为废墟。但是如果这份巨大的风险被均摊到群体上面，每个人心中对这份风险的预估都会降低不少。

高南看着大家跃跃欲试的姿态，心中担忧。他无法承担炸弹爆炸的风险，于是三步并作两步跨上高台，拿起麦克风。

“大家安静一下，听我说！”

高南指着背后的屏幕，朗声道：“现在倒计时只剩下六分钟，这里的剧院是半封闭式的，我敢保证如果你们现在跑出去，就算没被炸弹炸死，也会被爆炸产生的冲击波崩瘫！”

现场想要出去的人停下了脚步，大家的情绪已经到了崩溃的临界点，底下响起了抽泣声、怒骂声、哀叹声和安慰声。

“大家听我说，只要你们听我的，我保证让你们平安无事地走出这个剧院！”

武广不满，从人群中跳出来，怒骂：“你保证？你拿什么保证？如果你保证不了呢，我们跟你一起死？到时候我们一群冤魂找你要保证吗？”

“是啊！你拿什么保证？”

“高大作家什么都有了，赚了那么多钱，什么都享受到了！不像我们！”

“就是，你们这些有钱人，赚得比我们多，过得比我们好！如今连我们的命也要被你们坑了去！”

高南冷静地看着台下，听着底下此起彼伏的抱怨。等到声音渐息，他才继续讲道：“我也有女儿，有爱的人。我过的生活跟你们一样，有自己的烦恼和无法解开的心结。我女儿有天生的自闭症，我与她妈妈分开了，我的女儿需要我加倍的爱才能使她如同其他孩子一样正常成长。这是我永远的痛，也是无法解决的伤！我以前是律师，曾经为了一份两千的月薪奔波于城市的各个角落，我看着我最爱的女孩儿跟着我住着不足十平方米的地下室，后来到三十平方米的一居室平房，再到高楼里的两居室，我们当时为了过生日时能吃上一顿火锅而节衣缩食一个月。我爱的女孩儿很美，风华正茂，而我却只能陪她去地摊上挑衣服，跟菜市场大妈为了几根葱讨价还价。她陪我走过很长的路，风雨、贫穷都没能分开我们。终于我们买得起大房子了，也有了一个可爱的女儿，但这份曾经坚不可摧的感情，也散落两边。我爱的人等着我追回来！我的家庭等着我重新经营！我的女儿等着我用尽全力去爱！我比你们更害怕死亡！”

高南一番慷慨激昂、发自肺腑的演说镇住了台下的人，连一向不安分的武广也偃旗息鼓。杜鹃木讷地望着台上的人，这个她熟悉的人，这个在她最难过的几年里唯一给予她温暖和陪伴的人，这个时候竟然显得如此陌生和遥远。杜鹃的眼底泛起一丝黯然，有些时候，迟到真的是无法弥补的。

“你们信我，凶手如果真的想杀了我们，不必耍这么多花样。他想要的只有游戏。现在开始，你们去找那边的保安验票，没有票的人，控制住他，不要让他跑掉！”高南回头看了一下时间，补充道，“要快！时间不等人！”

大家听了高南的话，纷纷主动挤到保安处验票。武广虽然是个大老粗，但这个时候也有些深明大义，主动维持纪律，验好自己的票后，帮助保安一起验票。

人群中，一个戴着墨镜的女人在涌动的人群中一动不动，盯着台上的高南。

高南心急如焚，通过门票入场的人都是从正常通道入内的，根本没有时间和机会去藏匿炸弹。而没有门票的，嫌疑很大。

陶玉达拿着一张纸条匆匆跑上台，递给高南。

“这是在后台找到的唯一的东西。”

高南接过纸条，上面用记号笔写了一个阿拉伯数字六，并且右下角的落款是一个小丑头像，与大屏幕上刚刚出现的头像如出一辙。

六？这个数字是什么意思……

陶玉达看着台下长龙一样的队伍，问道：“下面在干什么？”

杜鹃答道：“我们打算重新验票，凶手如果要藏匿炸弹，肯定会先进来，这样才能有时机去行事。可如此他便没有时间验票了，或者根本就没有票。”

陶玉达陷入沉思，高南问道：“你有什么想法吗？”

“我是想……”

“说。”高南肯定地望着陶玉达，给了眼前的少年无限勇气。

陶玉达从裤子口袋里掏出一张皱皱巴巴的门票，指着门票的右下角说道：“我们的进场门票都是有数字编号的，会不会，编号为 No.6 的那个人身上有线索？”

高南听后恍然大悟，连忙叫住保安，高南、陶玉达与杜鹃穿过重重人群，挤到保安身边，保安刚好扣留下 No.6。

高南对着保安耳语：“怎么样？有什么问题吗？”

保安摇头，答道：“这个人检票的时候我记得很清楚，她带着 5 岁女儿，两个人拿着同一张票入场的，你看，票面上的打孔还是我打的。”

高南望着拿着编号为“6”的观众，她是一个三十几岁的母亲，身边带着 5 岁的女儿，女儿脸上泪痕还在，这样一个女人如何是炸弹案嫌疑人？

陶玉达在一旁拿着门票仔仔细细地研究，似乎要盯出一个洞来才肯罢休。

武广一直注意着高南的一举一动，看到他与保安窃窃私语，觉察到了一丝转机。他用力挤到高南身边，拉着他的胳膊，扯着大嗓门儿问：“高律师！你们是不是发现了什么？！发现什么可不能不跟我们说啊！”

武广的粗鲁举动引起了大家的注意，杜鹃不快，直接将武广的手从高南的手臂上推开，翻了个白眼道：“谁是你的高律师！”

武广不屑，重复道：“好，高大作家，求您别这么慢悠悠的了，看看这时间吧！就剩下三分三十秒了！我看啊，你不是怕死，是怕不死！”说完向地上吐了口痰以示不满。

杜鹃反唇相讥：“要不是你一直在这里捣乱，至于浪费这么多时间吗？如果没有你，说不定炸弹早就找到了！”

武广也不甘示弱：“没有我？呵！老子还不稀罕，老子买票光明正大地来看你的签售会，没想到是来花钱寻死的！看看你们找的这破地方，哪有活动会来这里举办？再看看这舞台？你装什么装啊，一个臭写书的找个剧场！还有这破门票！都电子时代了，还用纸质票打孔，这么烂的活动在监狱里都少见！”

说完武广将自己的门票摔在地上，陶玉达忽然看到了什么，马上冲过去将门票捡起来看了看，然后递给高南。

高南接过门票，门票的背面用铅笔淡淡地写了三个字母，N、B、Y，右下角的落款是同样的小丑头像。

“这个，谁写的？什么时候有的？”高南抓住武广，焦急地询问。

武广抓抓自己的头发，一脸错愕。他不就是刚骂了高南吗？结果高南突然这么抓住他的手臂，搞得他不知所措，一时不知道怎么回事。

武广想想，回答道：“没印象，这票我是从网上买的，寄到家里，不是现场买的。”

高南追问：“这张票有没有经过别人手？”

武广回答：“没有，检票入场之后就一直在我手中攥着！”

“确定？”

“确定！老子一口唾沫一个钉，中途拉屎都拿在手里！”

高南连忙号召大家检查自己的门票，有无印记。

最后一共找出七张门票，分别是不同的字母。除了武广那张 NBY 之外，另外搜到了标有“VIGV”“CM”“CH”“XLYMMCHA”“LIIG”，第二张“NBY”的门票。

高南将这几张门票摆在地上，陶玉达掏出手机搜索这些字母。

NBY，英国城市纽伯瑞简称。

VIGV，航空发动机的进气导向叶片。

CM，厘米，美剧犯罪心理 Criminal Minds 的简称。

CH，荣誉勋爵，Companion of Honor。

XLYMMCHA，无解。

LIIG，无解。

陶玉达将查到的资料交给高南。

杜鹃凑过来，说道：“这都是些什么乱七八糟的？根本联系不上！”

陶玉达挠挠头，泄气道：“我也……没有思路。”

高南一直沉默不语。他忽然站起来走到刚刚签售的桌子前坐下，拿起一本自己的新书翻了起来。背后的大屏幕上秒表一秒钟一秒钟地跳动，倒计时两分三十秒，高南仍在快速地翻书。

底下群众，包括杜鹃、陶玉达、武广，全都不理解高南在干什么。

武广气得跳脚大吼：“高南！你给老子站起来！你是要等死吗？都什么时候了还看起自己的大作了？”

“就是啊！你不是说保证我们平安吗？”

“你脑子有病吧！”

“我看这炸弹说不定就是他藏的！”

底下沸腾之声突起，全部在骂高南。杜鹃走到高南身边，焦急地问：“高南你在干什么？都什么时候了！”

高南无动于衷，继续翻书。陶玉达盯着高南，忽然冲上去拉回杜鹃，说道：“既然这场游戏起因于《炼狱七日》的签售会，那么就从源头找线索！”

杜鹃的额头开始流汗，看着大屏幕上的倒计时两分零五秒，说道：“都什么时候了！这要是真炸了……”

陶玉达淡定下来，一副小高南的样子，回答：“我们要相信他，等。”

高南忽然合上书，“腾”的一下站起来。他的举动吓到了底下怒骂和哭喊的人。

“陶玉达，把二十六个字母写到地上。”高南丢给陶玉达一只记号笔，陶玉达利落地接住，迅速写好二十六个字母。

“凶手一直在递给我们线索，他一直在跟我们做游戏！我在书中写过一种隐写术，叫恺撒密码。凶手给我的第一个线索就是数字六！”

众人屏息听着高南讲下去，大屏幕上的倒计时还剩一分四十秒。

“字母 A 往后错位六位是几？”

陶玉达利落回答：“G！”

“陶玉达，在刚刚二十六个字母对应的下面重新写一遍二十六个字母，这次在 G 的下面开头，由 A 到 Z！”

陶玉道迅速写好，示意高南。

“好，我们一个个找！NBY 是加密的字母，也就是你第二次写的字母表。根据第二次所写，找出第一次写的那遍的对应字母，拼出单词！”

陶玉达找了一遍，回答：“the！”

“很好，继续，找出所有的！”

时间一秒钟一秒钟地流逝，陶玉达的额头流下豆大的汗珠。终于，陶玉达兴奋地站起来！

“拼出来了！两个单词 the，一个 is，一个 in，一个 dressing，一个 bomb，一个 room！”

高南微笑，时间还剩下一分钟整。

杜鹃忽然机敏地大叫：“the bomb is in the dressing room！炸弹在化妆间！”

陶玉达迅速奔向化妆间，杜鹃紧随其后。

此时大屏幕开始了倒计时一分钟，高南站在台上，也要前去帮忙，可就在这时，一个戴着墨镜的女人冲上舞台。她死死地抱住高南，强拉着他往台下门口处冲。她力气大到甚至连高南这样一个男人都有些吃不消。保安见状迅速冲上来拉住这个女人。

屏幕上开始最后的倒数：二十九、二十八、二十七、二十六……

那个女人忍不住破口大吼："高南！只有我才是最爱你的人！你跟我走！不然来不及了！跑啊！"

高南想也来不及想，直接冲到后台化妆间。陶玉达站在椅子上，正在拆解绑在空调出风口的微型炸弹。杜鹃双手颤抖，紧张地盯着陶玉达。

"陶玉达，小心！"

陶玉达由于长时间高举手臂，此刻双臂肌肉酸痛，有些颤抖，额头上的汗水也一滴接一滴流下来。

高南直接推开陶玉达，自己站上去拆炸弹，他看过一些这方面的书，知道陶玉达那种拆玩具的手法简直是找死。

时间在流逝，炸弹上同步倒计时的液晶屏上显示着：十、九、八、七……

高南还是没能拆开炸弹。

大厅内，人们看着屏幕倒计时：三、二、一！

"砰！"

巨大的电子音爆炸声响起，底下的人们吓得纷纷倒地哭号，然而意料之中的疼痛似乎并没有发生在他们身上。紧接着警察破门而入，屏幕上蹦出了小丑，笑着唱《欢迎歌》。

警察进来救人，现场很多人因为受了巨大的刺激而当场昏厥。

化妆间内，倒计时归零的一瞬间，杜鹃紧紧地冲上前抱住了高南。陶玉达吓得匍匐在地。然而意想之中的爆炸没有发生。高南愤怒地推开杜鹃站了起来，一把撕扯下炸弹，检查了好几遍才发现，原来只是个倒计时机器而已。

高南浑身无力地瘫在地上，杜鹃眼角带泪，妆有些花，而陶玉达也双眼无神。

穿着防爆服的行动小组组长直接大步跨到杜鹃身边，将她提起交给身后队员照顾，陶玉达也被其他队员带走。行动小组组长走到高南身边，高南还未从刚刚的生死危机中回过神来。这个人直接放下枪，一巴掌打在高南脸上。高南的脸上没有了茫然，重现了愤怒，一拳捶在对方肩上。

“米峰！你这王八蛋给我记着！”高南揉着脸怒瞪米峰。

米峰是刑警队队长，高南的至交好友，在校园时代与高南竞争追求系花刘娜。被刘娜拒绝的他，最后也衷心祝福二人，默默退回到挚友位置，守护刘娜，与高南成了好哥们儿。米峰常年忙于工作，是个万年单身汉，在所有人面前都是大爷形象，即使有求于高南，也是跷着二郎腿吼来吼去，但是对高南的经纪人杜鹃却怕得要死，高南经常哭笑不得。

警局办公室，杜鹃喝着茶水，一只圆肿的脚架在椅子上，身披一件宽大的男式警服，米峰拿来一瓶跌打药酒递给她。杜鹃看了一眼，没有接过去，翻了个白眼无动于衷。

“我没有手涂，没看见喝水了吗？”

周围一众小警员憋笑，米峰想发火又按捺下来，怒目圆睁瞪了一圈；小警员不敢讲话，纷纷埋首于自己桌前的文件夹，但八卦的欲望又无法消除，都悄悄观察着这边。杜鹃来警局与米峰打过几次交道，每次都把米峰气出内伤，而他们这个平日里炸药桶一样的上司，见到这位杜鹃小姐，居然连个屁也不敢放。

米峰压低声音：“别闹了！你好歹给我留点儿面子！”

杜鹃声音不小反大，说道：“面子？您米大队长要面子，我们高大作家也是要面子的呀！您说您把他扣留在这里做笔录，明天一早，我敢打赌你们警局门口被记者堵满！到时候啊，呵，你们别说影响公务！”

米峰无奈，用力地挠了挠头，一个小警员忽然跑进来，米峰如同看见救星一般。

小警员一路小跑过来说道：“杜小姐！米队！高作家的笔录做完了！咱们几个的工作效率可是又创高峰了，米队您到时候记得请我们吃饭！”

米峰作势要伸手打小警员，小警员嬉笑着躲开。

“怎么？满意了吧！杜小姐！”米峰加重了“杜小姐”三个字。

杜鹃用力将自己肿起来的脚塞进高跟儿鞋，将外套丢给米峰，茶杯放在桌子上，神清气爽、一瘸一拐地走了出去。

“喂，脚都这样了，别老穿你那高跟儿鞋了，我给你找双我没穿过的拖鞋！”米峰在后面喊道。

杜鹃回头，头发一撩，说道：“不用了，米大队长，我这么俗气的人呀，还就爱穿高跟儿鞋！”

说完，杜鹃瘸着脚走了出去，周围传来一阵阵隐忍的嗤笑。米峰抓狂，他就知道这个女人爱记仇，惹她分毫就能记一百年！两个月前他在高南家吐槽经纪人杜鹃榨取高南私人时间，打造各种商业活动，不过说了句她太俗气，结果被记仇到现在。

高南出来，刚好司机也到了警局门口，高南与杜鹃一块儿坐上车。陶玉达刚好也做好笔录出来，高南招招手：“一起吧？”

陶玉达摇头，露出阳光般的笑容。

陶玉达婉拒：“不了，我住的地方很近，女朋友来接我。”

高南也没有强求，遂自顾自坐上了车。杜鹃笑对陶玉达：“你好，你叫陶玉达是吧？”

陶玉达点头。

“是这样，刚刚那场活动中我们做了有奖猜题，答题者都得到了高南的微信。我相信你们都是喜欢高南的，所以也会尊重他的私人生活，对吧？”

陶玉达不明所以，只好点点头。

杜鹃继续说道：“现在的媒体无孔不入，所以他的私人生活包括朋友圈之类的，还是希望你不要随便乱发。”

陶玉达继续点头。

杜鹃满意地坐上了车，对高南说道：“解决，另外两个人我不担心，这小子年轻气盛又追星，保不准为了面子在网上乱发东西。不过我还是劝你屏蔽他们。”

高南无奈：“屏蔽有些不真诚吧？我又没什么见不得人的事。”

高南打开车窗，笑着与陶玉达告别，问道：“看你逻辑能力这么强，你是做什么的？”

陶玉达有些不好意思地挠挠头，咧嘴一笑：“我前不久刚辞职，最近的工作是游戏代打……不过我上学的时候学的是信息安全，您有任何互联网难题都可以找我。”陶玉达有些羞涩，“我技术还成。”

高南回头，看着杜鹃笑了；杜鹃气到无语。杜鹃知道高南笑她小题大做还看不起人，但她也都是为高南好。

高南与陶玉达挥挥手，跟着杜鹃一起消失在夜色中。

汽车奔驰在午夜的街道，高南闭目。

“那个女人，叫阮玉玲，是你的书迷。警方调了监控，她确实没有门票就偷溜进去了，但进场之后一直在大厅内没有离开过，没有机会藏匿炸弹。”

听了杜鹃的话，高南睁开了眼睛，路灯的光影在他脸上渐次划过。

究竟是谁，玩了这么大一场恶作剧？

/ 第二章 绑架大案 /

午夜的路灯让人昏昏欲睡，街边的小铺子里，食客已经三三两两散去，老板忠叔弯着腰慢吞吞地收拾门口的几张桌子和板凳。儿子钟强提着一个打包袋走出铺子，忠叔这才直起腰。

“这么晚了，还有外卖啊？”忠叔皱着眉头看了看钟强手中的袋子。

钟强笑着说道：“最后一单，送完就打烊，能多赚一单是一单嘛！”

一个十六七岁的少年抡着锅铲从铺子里冲出来，像一团火一样抱住忠叔。

“爷爷！收工喽！打烊喽！回家睡觉喽！”

忠叔笑着拍了一下少年的脑袋，说道：“臭小子，你爹还没休息，你敢休息！”

少年放下锅铲，一边帮忠叔收桌椅一边嗫嚅：“这个客人可真奇怪，每天都这个时间叫外卖。而且每天都吃馄饨，都半个月了。关键是送货地点在坤和苑，让人心里毛毛的。”

钟强跨上电动车准备要走，听到少年的话回头问道：“坤和苑怎么啦？”

“坤和苑……隔壁是殡仪馆啊！”

一阵冷风吹来，钟强只觉得脖颈发凉，听完便笑笑骑上电动车走了。

忠叔上来敲了少年的头，嗔怒道：“大晚上说什么不吉利的话！”

少年吐吐舌头说道：“大家都说，十二点后的馄饨，是给死人吃的……”

忠叔听见少年的话，一股怒火烧上头顶，举起手中的长板凳就要打下去。少年嬉笑着躲避，乖乖地帮着忠叔将最后几个桌椅搬回铺子。夜色中祖孙二人相互搀扶着进了铺子，关上了门。一阵风过，铺子门口的路灯，忽然闪动。

钟强下了电动车，走进面前的一栋老楼，这座家属楼是本市最老的住宅，年久失修，住户都搬走得差不多了，不知道为什么还不拆迁。

钟强拎着馄饨走着。今夜似乎有些异常，楼梯间的灯坏掉了，只能借着月光与手机的灯光前行。本就狭窄的楼道被住户的破家具、咸菜缸挤得满满的。黑暗中，钟强小心翼翼地爬楼梯，似乎有双眼睛在盯着他，令他浑身不舒服。

“死小子，回家非揍他一顿不可，深更半夜跟我说这些神神鬼鬼。”

钟强壮起胆子，大步流星走到四楼。四楼一共有七家住户，走廊里总算还有个灯泡在工作。

钟强像往常一样，来到 422 房间门口，将馄饨放在门口的地下，又敲了三下房门，然后蹲在地上静静地等候。

不一会儿，门缝下面递出两张纸钞，这是半个月来的老规矩了。说来也怪，钟强从未见过叫餐的人。他想也许对方是个女客人，半夜叫餐担心不安全，于是每次都叫他放到门口，然后从门缝下面递钱。不过，谁能半夜叫餐呢？半夜刚工作回来的？莫非……是那种职业？

不知道门后的女人长什么样子，他老婆死了十年了，光棍儿也打了十年，好久没碰女人了。这会儿他忍不住幻想起门后女人的长相。钟强不禁将手中的纸钞放在鼻子下面闻起来，钞票上有一股若有若无的香气，不像是女人的脂粉气，更像是庙里面的香火味。钟强借着昏暗的灯光仔细看纸钞。

他眯着眼睛仔细看，突然，他的眼睛瞪得老大！

他手中的纸钞并不是人民币，而是……冥币！

钟强两腿发麻，儿子的话涌上心头，莫非真的遇上脏东西了？他吓得想赶快离开。谁知刚迈出一步，四楼所有的灯光全部熄灭了。伸手不见五指的黑夜里，钟强动都不敢动一下。

黑暗中传来“吱”的声音，像是年久失修的木板被一把钝锯划过。

422 的门，开了……

杜鹃开着车风风火火地奔驰在去警局的路上，她透过后视镜看了看坐在后排的高漫。高漫小小的脸上看不出开心还是难过，只是双眼出神地盯着窗外。趁着等红绿灯的间隙，杜鹃连上蓝牙，播放了一首现在大火的儿童剧的主题曲，希望能让高漫待得更加舒适。高漫似乎并没有听到，她只是安静地坐在那里。

杜鹃一边开车一边主动找话题：“漫漫？你最近有没有看到什么好看的书啊、电视啊？跟阿姨分享一下呀！”

高漫沉默，杜鹃在心里腹诽：“我可真是，现在小朋友都不爱谈学习，还不如问问有没有什么追的明星好。”

杜鹃以为自己把话题聊死了的时候，高漫忽然主动开口。

“我爸爸妈妈离婚了吗？”

高漫平静的声音把杜鹃问得语塞，她思考良久后回答：“漫漫，你还小，不懂这么难的事情。你的爸爸妈妈比以前还要爱你，只是他们现在选择了另一种生活方式，以另一种方式继续爱你。”

高漫掏出书包里的报纸，一言不发地递给杜鹃。

杜鹃瞄到报纸上占据了整个篇幅的照片后一愣，上面是她和高南出席活动时所拍的合照，照片上二人穿着晚礼服站在一起。

似乎猜到了高漫心中所想，她答道：“我是你爸爸的工作伙伴，也是好朋友，就像米峰叔叔和你的爸爸妈妈一样。我们都疼漫漫。”

杜鹃一边回头与高漫解释，一边倒车。

忽然“砰”的一声，车不小心撞到了路边的路障。

杜鹃紧张地看高漫：“漫漫，有没有事？有没有伤到？”其实车子只是轻轻撞了一下而已，但想到高南对高漫的紧张程度，她自然也将高漫当成宝贝一样。

杜鹃下车，带着高漫检查车的情况，看来只能停在这里等保险公司了。

高漫忽然伸手指向远方。

杜鹃刚想拿出手机拨电话，注意到高漫的动作后，顺着高漫的目光看去，恰好看到前方不远处米峰正急急忙忙带着两个小警员走向警车。

杜鹃抱起高漫，三步并作两步跑到米峰身边。

“我来送漫漫，高南说他跟你打过招呼。”杜鹃冲到米峰面前。

米峰看到杜鹃有些惊讶，随后忽然一拍脑袋，恍然大悟道：“啊！对！看我这脑子，差点儿忘了！”

高漫与这个米峰叔叔素来不见外，自顾自地爬上了米峰的警车。

“漫漫，快下来，叔叔要去出警，你先去叔叔办公室等着好不好？叫晓峰哥哥和李曼姐姐陪你玩。”

高漫如一座小山般纹丝不动端坐在后排座椅上。米峰和杜鹃面面相觑，无可奈何。身后警员催促：“头儿，来不及了，那边都等着呢，您先去看看现场吧。”

米峰一咬牙：“算了！先带着！”

趁米峰不备，杜鹃也一溜烟挤进车里，坐在高漫旁边。

米峰抓抓头发：“你也来添乱！”

杜鹃学着高漫，面无表情，不动如山。米峰无奈，这场沉默的僵持最后以高漫与杜鹃的胜利告终。

米峰黑着脸道：“一会儿到了现场，你们两个哪儿也不许去，在车上坐着，听到没？”

高漫面无表情，杜鹃点头如啄米。

米峰迅速坐到驾驶位，发动汽车，箭一样飞驰而去。

坤和苑，江城市内最老的住宅小区之一，由于位置偏僻再加上附近不到五百米远的地方就是一个殡仪馆，因此大家纷纷搬离。住在这里的人家，一只手就能数得过来。

米峰下了车，办案警员带他前往案发地。杜鹃从随身包包里拿出iPad，开始在车上办公。一旁的高漫小眼睛紧紧盯着米峰，她趁着车门没关，下了车。杜鹃发现高漫不见了的时候大惊，连忙丢下手中的iPad，跑下车寻找高漫。

米峰跟着警员来到了坤和苑其中一栋楼内，他们爬上了四楼，来到422房间门口，一路上都是警方拉起的警戒线。也许是这里太久没有发生过意外，也许是太久没有来这么多人，坤和苑的住户纷纷出来围观。即便如此，围观的人也没有几个。

米峰走进422房间，房间里四处扬尘，明显很久没人居住。家具已经破败不堪，墙上的斑驳讲述着这栋老房的历史。墙上挂着的黑白遗像是一名老人，遗像下面，并没有贡品，而是一碗又一碗吃完的外卖盒，有几碗里面还剩了几个馄饨，已经发霉过期了。墙脚放了一个火盆，里面是未烧完的冥币。

米峰走出房间，几个警员仍然在里面寻找蛛丝马迹。

米峰不满道："现在是什么都要找我们刑警吗？市内那么多大案、悬案没破，一个入室盗窃案也要我们来破？其他民警呢！"

身旁的小民警记录员拿着档案夹跟在米峰后面报告："米队，您消消气，不是我们想来麻烦您。这不昨天晚上的外卖员已经吓得精神失常了，他报警的时候喊鬼杀人了！这不就直接给接到你们那儿去了。而且……也确实没有丢失什么东西，也不像是入室盗窃。这左右都麻烦到您了，案子又古怪，您就看看怎么回事。"民警在一旁赔笑，他们一入职就听过这位米队的名号。

米峰皱眉，问道："鬼杀人？尸体呢？屁都没有！"

民警回答道："谁说不是呢。可这外卖员钟强啊，人已经被吓蒙了，现在是啥也问不出来，就是一直说鬼杀人了。至于这鬼长什么样，杀的人在哪儿，他都说不出来，现在人从医院给接来了，一会儿还得回去继续治疗。"

一个老太太拄着拐杖拉着米峰的衣袖问道："听说啊，鬼才爱吃馄饨呢，这老头儿怀着怨气走的，肯定回来闹了。"

米峰问道："你认识这家人？"

老太太摆手道："说不上认识，只是在这里住久了，抬头不见低头见，也互相知道。有好几次，我看到这老头儿的儿子带着媳妇和女儿过来，但是每次只坐几分钟就走了。唉，一把年纪，自己死在房间里，还是半个月后才被发现的。"

米峰陷入思索，忽然一个人撞在他的腿上，吓了他一跳。他低头，发现是高漫。米峰一把抱起高漫，嗔道："不是让你待在车里吗？这是案发现场，叔叔在抓坏人，你不能进来。"

杜鹃气喘吁吁地跑上来，接过高漫，米峰看了她们两个一眼，无可奈何，只得带着她们走下楼回到车上。

外卖员钟强已经神志恍惚，大白天也穿得特别厚，大衣里面的病号服歪歪扭扭堆在一起。米峰将钟强叫到商务车上，简单问了几句。

"你昨晚几点到达案发地的？"

"将近……早上两点。"

"有没有察觉什么异常？"

"有！很多异常！灯坏了！有人在黑夜里盯着我！不，不是人，是鬼！"

"鬼？你怎么知道是鬼？你见过？鬼长什么样子？你说 422 房间的门开了？"

不知道回忆起了什么，钟强全身发抖，用力抱紧自己。

"我确定……一定是鬼！ 422 开门的时候……好黑……特别黑……他给了我冥币……我应该赶快走的……不应该胡思乱想。可是灯灭了之后，房间开了，一个很冷的东西撞在我的身上。我怕极了，裤子也湿了，然后就什么都不知道了。"

米峰陷入沉思，此时车门被拉开，老钟带着孙子将钟强接走了。

众人在现场一无所获，米峰启动车准备离开的时候，发现杜鹃被钟强的话吓得魂不守舍，缩在后排抱着高漫，高漫倒是一副波澜不惊的表情。米峰见杜鹃有些紧张，便调侃道："怎么？雷厉风行的杜小姐也怕了？要我给你讲讲我市十大奇案吗？"

杜鹃见米峰揶揄自己，马上强绷起精神，奉上一个白眼。

回到警局，422 主人的儿子和儿媳早已等候多时。米峰一刻也等不了，马上冲进笔录室。杜鹃与高漫也知道了事情的严重性，二人识趣地去了米峰的办公室。

422 主人的儿子和儿媳，女的雍容华贵，男的西装革履，看样子非富即贵。米峰大致扫了一眼便坐下来，打开文件夹问道：“徐先生，您的父亲常年住在坤和苑 4 栋 422 房间，并于上个月初死亡，是吗？”

徐先生唯唯诺诺地答道：“是的，我父亲上个月刚死。”

米峰抬眼看了他一下，点点头。这个徐先生有些奇怪，父亲死了似乎毫不伤心。

徐太太看着米峰说道：“哎，我说警察同志，你们保密工作做得好不好呀？我们的房子要卖的呀！我听我爸爸在拆迁办的老同事说呀，坤和苑那边是不会拆迁的，我们还想趁着大家没反应过来卖个好价钱呢！”

米峰忍住心中的不快，对着徐先生继续问道：“您的父亲除了您，还有没有其他亲属？”

徐先生摇头：“没有，其他亲戚都在西北老家。”

徐太太马上抢话：“哎哟！那些穷亲戚，远着哩！我说警察同志，您行行好好不啦，您也知道那里的房子不好卖，我们非常希望赶快转手呀！”

米峰自动忽略徐太太的话，继续问徐先生：“你们的房子挂出去多久了？您父亲去世之后你们回去过吗？”

徐先生刚要说话，徐太太抢话道：“老爷子刚走，我们知道消息的第二天就挂出去了。之后我们也没有回去过。谁会回去那种地方哟！他是病死的啦！不是横死，不是凶宅。警察同志，您周围有没有朋友要买房呀？便宜的哟！”

米峰揉着额头，没有回去……那盆冥币是谁烧的？难道真的有鬼怪？

高南参加完年度作家颁奖晚会后，与杜鹏在家门口分别。他迈着疲惫的步子走回家里，一开灯，一团粉红便扑了上来。高漫抱住高南，令他所有的疲劳一扫而光。

只是……

高南皱皱鼻子，仔细地嗅，什么味道？似乎是想到了什么，高南一把松开高漫，一边说一边走进房间。

“是不是你米峰叔叔又在家里煮饭了！”

高漫只是看着高南，高南转身冲到厨房门口，米峰正对着一堆黑暗料理发呆。

“老米！”

米峰吓得浑身一颤：“是你啊，吓死我了，本来今天就遇上一奇案，你还这么吓我。”

高南手忙脚乱地拯救厨房里可怜的厨具，米峰怡然自得地倒了杯水站在一边，看着高南给自己收拾烂摊子。

“我说你啊你，自己厨艺就那么几斤几两，就别总拿我家厨房练手了。”

“喂，我一个黄金单身汉，家里厨房肯定没你这里好啊！”

“怎么？要不要给你煮碗馄饨啊？”高南揶揄道。

米峰听到“馄饨”二字来了兴趣：“你听说了？”

高南回答道：“今天杜鹃跟我讲了你们的灵异案件。”

米峰不屑地摆手：“什么灵异案件啊？这女人啊，就爱夸大，就是一个普通案子而已。”

高南刚好整理完厨具，一边擦手一边说道：“走，去书房聊聊。”

米峰眼睛一亮，知道自己今天没来错，高南这个老狐狸主动出山了。

书房中，高南拿出自己珍藏许久的雪茄与米峰分享，二人在轻烟缥缈中聊完了案件前后。

高南放下雪茄，说道：“赌吗？”

“赌！一个两百块钱的微信红包。”

高南斜了他一眼，调侃道：“米大队都是刑警大队队长了，还这么寒酸。”

米峰不甘示弱地回道：“我们人民的公仆哪有那么多钱，哪像您高作家多产多金！”

高南严肃起来，说道：“嫌疑人，男，应该在 25 岁到 35 岁之间，身材微胖，身高在 170cm 到 180cm 之间。无业，本市人，曾做过快递员、外卖员、送奶员、送报员一类职业。近视、戴眼镜、半长发。”

米峰不禁鼓掌，赞道：“行啊，高大作家宝刀未老，这一手肖像侧写还这么牛，可以可以！”

高南继续说道：“你们可以在深夜一两点后，去青浦路附近蹲点找找看，那一带距离事发地不远，地下酒吧多，是落魄艺术家聚集地。这案子嫌疑人不图财、不害命，难不成只为了吓唬外卖员？说不定另有隐情，你们先去查查看吧。”

米峰竖起大拇指，赞道：“牛！虽然你这想法不一定对，但也是一种新思路。”

这个时候高漫忽然推门进来，米峰和高南连忙开窗通风，高南蹲下来柔声细语地询问：“怎么了漫漫？是不是困了？”

高漫揉着眼睛点点头。

高南想到明天高漫学校组织秋游，需要早起，于是抱起高漫走出书房，走之前用眼神警告米峰，把书房整理干净。案子有了进展，米峰心里正高兴，也不与他一般计较。

第二天一大早，高南亲自将高漫送到学校，然后嘱咐高漫，结束后在学校等他来接。高漫乖巧地点头，高南这才放心。

高南刚从学校回到家，米峰的夺命连环 call 便打来，对方如同火烧了屁股一样要高南来一趟警局。高南熬夜赶稿，又起大早为高漫做郊游便当，自然不会跑过去听他絮叨。谁知挂了电话没多久，米峰就风风火火地开着警车来了。车顶的警笛还没关，米峰便跳下了车。高南躺在床上正幸福地补回笼觉，结果被一通砸门声吵醒。高南披着睡袍开门，果不其然是米峰。

米峰满脸胡楂儿，看样子是熬了一夜没睡。

“干吗，米大队？！”

米峰激动不已，拉着高南就往电梯上拽。高南脑子还有点儿蒙，等他反应过来的时候，人已经被米峰拉到了楼下。

“快点儿上车，你太神了，昨晚上我带着一队兄弟蹲了一晚！全中！”

高南看了一眼米峰身后的警车，以及不远处路过邻居疑惑的眼神，十分头痛。

“你以后来我家，能不能别一个警车顶到大门口？”

米峰回头看看，挠挠头，道：“哎，你看我这不是忘了嘛！”

高南无奈道：“你不是破案了吗？我不去。我上去睡觉了，下午还得接漫漫。”

米峰强行把高南扯上车，说道：“还有点儿收尾工作——你是大功臣嘛！得去得去！虽然你不是我们公安队伍里的一分子，但是人民群众立功了，也是要奖励的嘛！”

高南还没反应过来，就被米峰塞进车里，随后警车一溜烟绝尘而去。

到了警局，高南见到了坤和苑冥币事件的嫌疑人，果然是个落魄歌手，看样子 30 岁上下。

米峰将收尾工作交接好后，拉着高南与辛苦的一众兄弟浩浩荡荡地去吃涮羊肉。

一群穿着警服的老爷们儿中站着一个穿着睡衣的高南，怎么看怎么觉得有些搞笑，还好众人私下都熟悉，倒也不那么尴尬。

在聊天儿中，高南得知，原来嫌疑人是本地人，啃老、单身，因为辞了公务员的工作去搞音乐，被父母赶出家门，在外面流浪了三年，居无定所，又在梦想的道路上处处碰壁，因此生活一度贫困不堪，但又死要面子不肯回家向父母低头。无路可走、被房东赶出家门后，他四处流浪，住过工地，住过公园，直到天气越来越冷，才动了跑去别人家偷住的念头。

他是江城土生土长的人，知道坤和苑是最老的小区，里面住户都是老年人，而且大部分人都搬走了，剩了不少闲置的房子。他翻到钟强当日送外卖的房间里，发现屋主的遗像，得知这个空房短时间内不会有人回来，于是便住下了，甚至还买了点儿冥币为老人烧纸以表示感谢。直到那日，他因喝了点儿小酒，翻遍身上都没有钱，借着喝了酒的糊涂劲儿竟然不慎将冥币递了出去，递出去的一瞬间才意识到自己惹了大麻烦。为了不被别人发现自己私闯民宅，他借着由于电路老化引发的短暂停电冲了出去。自以为脱离麻烦，没想到反倒引来了警察调查。

众人唏嘘，做他们这一行的，看到过不少可恨之人的可怜之处，但是没办法，法律是严肃的，任何人无论有什么理由都不能做违法的事，他们是法律的捍卫者，必须惩治违法者，保护更多的人。

几个大男人喝酒涮肉，不知不觉一整天就过去了。

高漫郊游也结束了，带队老师陈潇召集四处奔跑的小朋友们在校车门口排队，准备上车。在远远的角落里的高漫听到了老师的召唤，于是起身准备向校车方向走去。

“高漫？”

高漫停下脚步，回头，看到不远处一个穿着风衣、戴着墨镜的女人正在叫她。高漫不认识眼前的女人，只是愣愣地打量着她。

风衣女人说道："我认识你爸爸妈妈呢，他们托我来看看你，你是不是今天玩得不开心呀？"

高漫点了点头。

风衣女人耐心道："那阿姨带你去游乐园好不好呀？只有你一个人，没有其他小朋友，玩完后阿姨送你回家。"

高漫脸上露出了期许，用力地点了点头。

她继续蛊惑："那你去跟老师说，说阿姨是你的姑姑，来代替爸爸接你的，好吗？不然老师不会放你走的。"

高漫想了想，有些犹豫，随后用力地点头，然后跑向陈潇。

高漫拉着陈潇的手，嘴巴张了又张，也讲不出所要表达的内容，急得眼泪在眼眶里打转。那个风衣女人见状，径直走向校车，来到高漫和陈潇面前。

"陈老师你好，我是漫漫的姑姑，她家里出了点儿事情，我来替她父母接她回家。"

陈潇有些戒备，问道："可是高漫的父母并没有通知我们校方。"

风衣女人从容自信地说道："漫漫的父亲叫高南，她的母亲叫刘娜，他们是真的有事抽不开身才让我来接她的。"

陈潇狐疑地看了看面前的女人，认真地问道："漫漫，这个是你的亲姑姑吗？你见过她吗？"

高漫迟疑了一下，最后用力地点了点头。

陈潇还是不太相信这个女人的话，于是拿出手机给高南打了电话，手机响了半天，却一直无人接听，陈潇心想，也许高南真的是在忙，所以没办法接孩子，这才答应风衣女子接走高漫。

高漫脸上露出些许欢喜，亦步亦趋地跟着风衣女人走了。

另一边庆功宴毕，高南准备直接去接高漫。但一低头才意识到自己竟然穿的是睡衣，不但手机落在了家里，更是身无分文，无奈只好从米峰那里要了些钱，准备先打车回家。

恰好这时，米峰的电话也响起。市里发生了一起儿童绑架案，局里招他们回去，说是案情有些特别。

高南与米峰分开后，自己直接打车回家，先换了衣服，又从床上翻到了手机，打开一看，上面有两通未接来电，都是陈潇的。

高南回拨过去："喂？陈老师。"

"高漫的爸爸是吗？"

"是的，我是，我正要去学校接漫漫。"

陈潇疑惑道："漫漫不是被她姑姑接走了吗？我再三跟漫漫确认，她自己也承认那个人是她的亲姑姑。当时我还给你打过电话了，但就像她姑姑说的一样，你在忙没接到电话……"

高南的脑海炸裂，酒醒了大半，他是没有姐妹的，高漫哪里有姑姑？他下意识地想拨通刘娜的电话，但想到她会担惊受怕，于是作罢。

陈潇焦急地在学校等候，高南匆匆赶到。陈潇也慌了，在为高漫的失踪感到自责。她手舞足蹈地为高南形容那个女人的长相，可越描越乱。

就在此时陶玉达出现了，他的出现令高南一惊，陶玉达也张大了嘴巴。

"高作家，您怎么在这里？我们好有缘啊！"

"你……接孩子？"高南回头看看身后幼儿园的牌子。

陶玉达笑着解释道："我是接女朋友，刚刚听她说学校出了点儿事，想着看能不能过来帮帮忙。"

高南看着陈潇和陶玉达，心中也猜到七八分："你们是情侣？世界真小。"

陶玉达不好意思地挠挠头，陈潇将事情发生的经过再次陈述了一遍，并提议报警。

高南冷静地说："好！我马上报警，不过在警察来之前，我想找找看有没有什么能找到漫漫的线索。"

陶玉达忽然灵光一现，跑到校车旁边绕圈跑，忽然大喊道："高作家，小潇！你们来，行车记录仪！那个女人万一被录到了呢？"

高南眼中一亮，三人马上联系司机，开了车门拿到了行车记录仪。看过之后高南心中更加寒冷，陶玉达脸色也有些僵硬，接走高漫的不是别人，正是签售会那日出现过的阮玉玲。

陶玉达提议："我现在马上打电话报告给警察，让他们立刻逮捕阮玉玲。"

高南忽然眉头一皱，抬手示意稍等，他迅速快进，直到某个节点，发现行车记录仪不仅拍到了阮玉玲，还拍到了她的车。

事情变得刻不容缓，高南迅速叫车前往警局。他想去求米峰帮忙，查看天眼探头，只要阮玉玲的车敢行驶在路上，就一定会被拍下。陶玉达也自告奋勇地前往帮忙，并叫陈潇将行车记录仪拷贝一份，先行回家。

高南赶到米峰处，米峰那里已经忙成一锅粥，他们做警察的就是这样，一个案子忙完了，还没歇会儿，马上就被另一个案子拉了过去。陶玉达战战兢兢地陪着高南走入警局，他看着墙上的那些分析图，有些不寒而栗。

米峰这边遇到了棘手的问题，绑匪绑了一个孩子。目前绑匪虽然没有明确说明自己的目的，但可以肯定的是，对方来者不善。米峰作为刑警队长，现在必须要赶到受害者家中。但显然高漫失踪的事情也刻不容缓，米峰无奈，只好联系其他队员来和高南对接，又给交警大队的老朋友打了招呼，高南直接过去就可以。

高南也知道米峰的难处，知道他此刻实在分身乏术。米峰一直将高漫看作自己的亲生女儿，如今得知高漫失踪了，肯定也是心急的。高南告别米峰，带着陶玉达匆匆赶往交警大队。

交警大队的老马见了高南，热情地出来迎接。他与米峰是老朋友了，况且高南的名声他也多少听过，如今孩子丢了，他无论出于职责还是情谊，都义不容辞地帮忙。

在老马的帮助下，高南很快便找到了当时阮玉玲开的车，可她似乎很懂套路，开着开着便开到了小道，避开探头，然后再无踪影。老马在了解情况之后，马上安排人手开始进行调查。高南临走前央求老马，如果有这辆车的消息一定要告诉他。

离开交警大队后，高南告别了陶玉达回到了家，过了一会儿米峰也匆匆赶到。

“怎么样？漫漫找到了吗？”

高南沮丧地摇头：“车避开了探头，老马已经安排人手去查车辆的信息了。”

米峰忽然将手搭在高南的肩上，特别认真严肃地说道：“高南……我们也许遇到了麻烦。”

高南抬头，米峰继续说道：“今天我们受理的那起绑架案，嫌犯的作案手法和做事风格与当年的武广一模一样，嫌犯有很强的反侦查能力，而且同样留下了一堆证据来迷惑警方。巧合的是，如今武广出狱了。也许……”

高南点头：“其实今天带走漫漫的人是个女的，而且你也认识。就是签售会上被带走审问的那个阮玉玲。”

米峰有些惊讶，下一秒冷静下来之后说道：“怎么会是她？看来我们要小心了，上次签售会的事直到现在也没有查明是谁搞的鬼。我总觉得暗处有眼睛一直盯着我们，总之，万事小心。”

高南点头：“你说的我不是没有想过，我甚至在猜想，阮玉玲背后有没有其他人，联想到今天的事，我在想会不会她和武广有什么关系。我还记得武广手上戴着婚戒，你说会不会他和阮玉玲……”

米峰看着高南认真道：“是啊，我也有些怀疑。如果他们二人真有什么关系的话，那漫漫……”一想到这个后果，他后面要说的话，瞬间说不出口了，他担心自己的话，会刺激到高南，于是转过话题，故作轻松地道，“不过上一次我们就已经了解了那个女人，并没有看出有什么可疑的。非要说有什么可疑的——其实我还有点儿好奇，怎么会有女粉丝为你如此疯狂？要说娱乐圈的小鲜肉还行，你嘛……我觉得这一点非常可疑。”

高南无语，懒得接他的话茬儿：“当务之急是找到阮玉玲，找到漫漫。我也希望她和武广没有关系。今晚我不睡了，得等老马电话。”

米峰坐在高南对面，询问道：“漫漫的事，你和刘娜说了吗？”

高南摇了摇头。二人相对无言。

过了很久，高南终于鼓足勇气，拿起手机，拨通了刘娜的电话。

“喂？”

“娜娜，我要跟你说一件事。”

高南的喉咙像是有些堵住。

“这么晚了你有什么事不能等明天说吗？漫漫刚睡着，你一个电话把我们都吵醒了！”

刘娜烦躁的语气却让此刻的高南愣住了，窒息了很久的他忽然获得了一丝空气。

“漫漫？娜娜你跟我说，孩子在你那里吗？还是说……你们在哪儿？”

刘娜感到有些好笑：“我们在哪儿？还能在哪儿？当然是家里啊！”

“漫漫怎么会在你那里？”

刘娜失笑，说道：“漫漫今天轮到我带，当然是在我这里呀！”

“我是说，漫漫怎么去得你那里？”

“杜鹃送来的啊！”刘娜回答道。

高南喃喃：“可是杜鹃昨天已经出差去了日本，根本不在国内。”

一时间，电话两边全部愣住。

刘娜睡意全无，从床上坐起来，握着手机说道：“今天我刚到家，保安就来了电话，叫我去门卫处接孩子，说是一个女人送来的。”

高南陷入沉默，这个叫阮玉玲的女人究竟想要做什么？

“娜娜，现在出了点儿事，你看好漫漫，明天正好是漫漫到乔医生那里的日子，咱们在那边见一面。”

刘娜意识到事情的严重性，应了一声之后，挂了电话。

挂下电话后，高南与米峰相顾无言。

“还好漫漫平安……”米峰呼出一口气，压在心底的石头总算是放了下来，“幸好今天漫漫的事情和十年前无关，和武广无关……”

“是啊，十年了。”

米峰感叹：“没有十年前，今天我也不是刑警队长。”

十年前。

一间不大的两居室里，七八名警察有条不紊地在房间里布置各种仪器，丈夫抱着妻子坐在沙发上，二人紧紧地盯着电话，等候着来电。

小刑警米峰站在外面的走廊里静静地抽着烟。

“丁零零……”

忽然响起的电话铃声绷紧了所有人的神经。

这件绑架案由于媒体的介入，已经被推到了风口浪尖，成了轰动江城的大案。绑匪自称“下山虎”，蹲点多时，专门挑选了这个父母在外工作、假期独自在家的儿童下手，并在绑走孩子后留下了联系方式和“下山虎”的签名。如今已经三天过去了，早已错过了绑架案的最佳寻找时效。这个“下山虎”神龙见首不见尾，警方根本无法追踪。

米峰当时只是个菜鸟，办案小组买咖啡的跑腿人员怎么也插不进手，同时也是整个小组最闲的。这对于有一身抱负的米峰来说无异于酷刑。他时常找还是律师的高南与刘娜谈心。

米峰下了班，又一次约了高南和刘娜，三人坐在大排档里，各自絮叨着工作的苦闷。

刘娜拿来起子，开了三瓶啤酒，三人一边撸串一边喝酒聊天儿。

刘娜揶揄道：“米警官，你不去办案，约我们撸串，难道大排档里有绑匪出没？”

米峰用力咬下一块肉，说道：“别提了，最近那个绑架案，大家都在忙着抓老虎，也没人有空儿理我，这不我就闲了嘛！”

高南说道：“行啊，你小子有这么好的锻炼机会，怎么不表现表现？”

米峰摆摆手，说道：“你就别和你老婆一块儿酸我了，每次案子越严重，我就越没机会锻炼，上头说时间紧急，不能轻易让我这么个没经验的插手，群众的事没有大小，不能儿戏！”

高南无奈地笑笑，举杯与三人碰杯。

“我说，你那个案子，我和娜娜倒有些看法。”

米峰来了兴趣，道：“说来听听。”

“你说这个‘下山虎’每次打电话都能掐准时间在搜索定位前关掉，来电显示均来自公共电话亭。你们有将所有电话亭定位过吗？也许连起来会有新发现。”

米峰点头，说道：“这个自然，我们查遍了所有电话亭，可是电话亭太分散了，几乎遍布全城，对我们的工作造成了极大的麻烦。”

刘娜接着说：“说明这个人应该有车，一来方便带走人质；二来方便移动。”

高南补充道：“你们去查各个路口的监控，也许会有发现。还有，寻找所有银行失信名单，以及刑满释放人员名单，在里面找一个年纪在35到45岁之间，身材宽厚，身高不足175cm的人，秃顶、发福、单身，经常出入于凌晨的便利店。”

米峰问道：“你这犯罪肖像侧写靠不靠谱啊？”

高南听到米峰质疑，反问：“难道你有更好的办法？”

刘娜忽然想到了什么，“噌”的一下站起来，惊呼道：“我想到了！”意识到周围人的注意，她连忙坐下。

“我们可以反过来想，既然我们已经掌握绑匪的特征，那么便可以利用仅有的点，来守株待兔。”

米峰不懂：“守株待兔？”

“绑匪绑架为什么？”

米峰回答：“钱。”

“现在有没有要到钱？”

“没有。”

“那好，他肯定会再一次联系人质家属，如果你们将所有靠近马路停车点的电话亭控制住，那么如果他下次打电话，就会马上被发现。”

米峰猛灌了一口酒说道：“别闹了，你当我们局里有多少人啊，全市这么多电话亭，怎么盯得过来啊！”

刘娜娓娓道来：“你别急，听我说。高南，你现在打电话用什么？”

高南答道：“手机，你几个月前送了我一部新手机当作生日礼物。”

刘娜看向米峰问道：“你呢？”

米峰红着脸不满道：“别以为你们才有人送手机，我们光棍儿也是有人送的！”

米峰掏出一部诺基亚手机拍在桌子上，不服气地说道：“喏，单位发的！”

刘娜继续说道：“试问现在大家谁没有手机呢？连家里的座机也没那么普及了，更别说电话亭。你们有没有注意过，路边电话亭损坏严重，大多已经不能用了，只是摆设，有些更是被拆除了，这就帮助我们排除了一部分。再加上我之前分析的，绑匪每次驾车全市跑，寻找电话亭，所以只要排除步行街、公园、居民区不好停车的电话亭，剩下的范围虽然并不精确但是有一个方向。”

这次轮到米峰“噌”的一下站起来，高南连忙将他拉下。

米峰拍大腿感叹：“好主意！是个新想法，娜娜，你真聪明！我这就给我们头儿打电话捉老虎！”

米峰刚拿起电话，一个电话就打了过来。他点了“接听”，放在耳朵边。高南与刘娜看着米峰的脸色渐渐变得惊愕。

挂了电话后，米峰沉沉地说道：“‘下山虎’落网了，是孩子的继父。看来你这次的侧写一点儿都不靠谱！”

说完，米峰还不等高南与刘娜反应，起身拿着外套便跑了。

人质的继父名叫刘子健，与人质的母亲结婚两年，无稳定工作，一年前生意失败，半生积蓄全部搭了进去。据警方拷问发现，继父外面有一个情人，人质的母亲不知。因此警方推论，刘子健想要在人质的母亲那里套出一笔钱，然后和情人双双离开。刘子健的情人也到警局指认，刘子健确实说过这样的话。

刘子健大呼冤枉，但因铁证如山而无法反驳，绑架的证据全部都被警方掌握，因此警方认定“下山虎”就是刘子健。可无论如何审问，他都不肯说出孩子藏身何处，人质的母亲洪静崩溃。米峰始终不相信刘子健就是真正的绑匪，因为证据太容易找到，仿佛就光明正大地摆在刘子健已故父母的老房子里等着被警方发现，太容易了，一定是哪里出了问题。

米峰冲到当时的大队长赵镇华的办公室，试图说出自己的想法。

“头儿，不对，嫌犯太容易找到了！好像证据都是送到我们面前的。”

赵镇华喝着茶水，怡然自得，说道：“小米啊，我知道你们年轻人想法多，可办案这事我做了三十年了，还能不如你？”

米峰连忙解释道：“头儿，我不是这个意思，只是如果我们抓错了人，那可能就犯了大错了！”

赵镇华把茶杯重重一放，从抽屉的文件夹里拿出两张照片甩给米峰。

米峰拿起照片看，一张是绑匪寄给人质母亲洪静的，上面是人质一个人站在一面墙前面。另一张是一间空房间，相似的是，墙上的墙纸与小男孩儿身后的一模一样。

赵镇华沉声说道：“你看看吧，一张是绑匪寄来威胁的，另一张是刘子健老家房间里的图案，作案工具全都在家里搜到了，还有什么好说的！”

米峰依旧不服，辩解道：“墙纸谁都可以买得到，不一定能证明‘下山虎’就是刘子健！”

赵镇华拍桌子站起来：“你这小子给我看清楚，那张墙纸不是买的，是画的！全世界仅此一张。刘子健是学美术出身！”

米峰哑口无言，但依旧坚持：“头儿，我恳请你晚点儿结案，给我三天……哦不，两天，给我两天时间，我一定查清楚！”

赵镇华气急，大吼：“给我滚出去！滚！”

米峰垂头丧气地走出赵镇华办公室，一开门，看到一群办案组同事正挤在门口偷听。他们见米峰丧气的脸，纷纷散去。

第二日，刘子健被带去指认现场。这起继父绑架继子的新闻轰动一时，绑架儿童的恶魔“下山虎”落网，媒体全部涌来报道。米峰更加苦闷，高南和刘娜一时不知如何劝慰他。

刘娜感叹道：“其实这个时候，最脆弱的是那个母亲吧。自己以为找到了新的幸福，可谁知所遇非良人，还把自己的亲儿子毁了。”

米峰喃喃道：“洪静……洪静！糟了！”

说完米峰直接冲出高南家，一路恨不得以八百迈的速度冲向洪静家中。米峰到了洪静家中时，她家里竟然大门未锁，房间里空无一人。电视上播着刘子健指认现场的新闻，厨房里烧水的锅煳了底。

米峰拨通了洪静的电话，关机。他机警地去座机上查找通话记录，果然，二十分钟前有一个未接来电，洪静应该是那个时候走的。米峰仔细检查，发现家中并无留下任何线索。

他强迫自己冷静下来，思考……思考……

最近的银行！

对，如果是绑匪来电，势必会趁着所有人的焦点都转移的时候来找洪静这个已经濒临崩溃、脆弱不堪的女人下手，完成他最后的目标——钱。

米峰迅速来到了附近的银行，并拿出警官证调取了监控，他看到洪静确实来这里取了一笔不菲的现金。

米峰一边拨通电话一边上车。

“老马！是不是朋友？！”

“老米……你要干吗？”

“找你帮忙，十万火急，事关大案！帮我查一辆车，看它往哪个方向开了。”

“不是，你这是为难我，我没那么大权力！”

“出人命了！来不及打报告申请了！老马，这次你不帮忙，真的要出大事了！”

米峰挂了电话后不久，老马发来了信息：沿着环城高速，洪静驾车去了西郊。米峰得到消息后一脚油门追上去。

一路上米峰双脚虚软，奔向目的地，越近他就越紧张。但一切还是晚了一步，米峰赶到的时候，两辆车停在路上，金钱散落一地，洪静与一个壮实的男人紧紧地纠缠在一起，那个被绑架了的小男孩儿就站在一边，很快他就哭着冲过去，对那个打他妈妈的人拳打脚踢。可是壮汉太壮了，一个反手就将小男孩儿抱在怀中，另一只手将洪静推倒在地上。

米峰连忙下车，想去腰间掏枪却空空如也，无奈只得掏出警官证，大吼：“放下她！”

壮汉见是警察，质问洪静：“你居然报警？让警察跟来？你……你不怕我杀了你儿子？”

洪静也怒吼：“我不报警你也没有打算让我们娘儿俩活着回去，我来的时候你在干吗？我晚一步你就要掐死他了！”

壮汉歇斯底里地吼：“我只是想要点儿钱还债！我没有想害人啊！”

米峰试图安抚住壮汉，循循善诱道：“你听好，我是警察，更是你自首的见证人，我刚刚已经看到你有试图悔过的征兆，现在你只要将孩子给我，跟我上车，我保你会从轻判决。”

壮汉大笑：“少来这套，这个孩子是我唯一的筹码，给了你，四面八方马上就会冲出无数个警察。”

米峰耐心地讲道：“你忘了吗？你将大家的目光都引到了刘子健的身上，等他们反应过来再回过头找你，你的罪可不止一项绑架了。你认为你逃得过警方的追捕？”

壮汉有些慌，米峰眼尖地看见他眼底的游移，伸手将车钥匙和警官证用力地丢到壮汉脚边。

“你放开那个小男孩儿，我的车钥匙给你，我也不瞒你，你的车已经被警方掌控，你自己做选择。一是开我的车，拿我的警官证，避开所有的警方视线，但是你的下半生将在逃亡中度过，而且我相信警方会很快逮捕你，然后你被判重刑，出狱无望甚至更严重。二是你跟我走，从轻发落——主动自首，换个下半生稳妥。”

壮汉显然已经心动，但是嘴巴还硬道：“老子怎么相信你！你们会真心为我好？不过就是想骗老子！”

米峰淡淡道：“你有老婆吧？”

壮汉一怔：“你怎么知道？”

米峰看向停在路上的其中一辆车，里面的后视镜上挂了许多可爱的挂件，车里还摆了一个水晶摆件，里面隐隐约约是一个女子的照片。

米峰回答道：“你车里全是她的东西，你一定很爱她。她知道你做了这些吗？”

壮汉的气势忽然弱了下去，像个可怜的小男孩儿：“那有什么用，她又不喜欢我，我们也快离婚了。还好我的债务都是我个人的，没有连累到她。”

米峰看事情有了眉目，继续道：“你不想跟她相守吗？不喜欢可以追回来，你自首，出狱后亲自去找她，哪怕她和别人在一起，你起码还有自由去看着她慢慢变老。”

“倩倩……倩倩……”

“跟我上车吧，放了那个男孩儿，说不定你出狱后也会和倩倩有一个像她一样的孩子。这里是高速出口，太危险了，我们先上车离开。”

壮汉兀自沉思，似乎在下一个重大决定。不时有几辆大货车从旁边驶过，他们三辆车违规停在这里，没有放警示牌，又是转弯口，实在是太危险了。米峰心中暗暗着急，知道自己或多或少打动了嫌犯的心。

终于，壮汉手一推，将小男孩儿推出。

“人你们带走吧，你记得帮我说几句好话。”

米峰心中一块石头落地，急忙跑向壮汉，将手铐挂在他手上。小男孩儿脱离了绑匪的束缚，连忙冲向倒在地上的洪静。而此时一辆载满货物的货车转过弯道直接向小男孩儿和洪静冲过来。洪静在关键时刻，不顾腿上的伤，强行站起来用力推开了小男孩儿。

小男孩儿吓得来不及反应，就被一股巨大的力量推了出去，重重地摔在地上，胳膊痛到无法动弹。

刺耳的刹车声划破了宁静，米峰和绑匪回头惊呆了，然而还是没能制止悲剧的发生。

米峰连忙冲过去。而此时壮汉似乎也吓到了，事实上他也是第一次见血。米峰迅速拨打 120，救洪静和她的儿子。

可惜，洪静还没有等到 120 来就离世了，而那个小男孩儿好像傻掉了，竟然一滴眼泪也流不出来了。他只是不停地喊着妈妈，看着空旷无垠的天空，等着母亲的归来。

最终警方将绑匪捉拿归案。绑匪名为武广，因为背上文了一头猛虎下山，于是给自己取诨号为“下山虎”。他没什么文化，走了狗屎运当了包工头，赚了不少钱，也是个小老板。但前段时间因破产而负债累累，每日坐在家里看各种犯罪小说的他，找到了新财路，于是瞄准了绑架。

武广被捕，刘子健洗清了冤屈，而米峰也因此步步高升。

高南听米峰讲述了案子的经过，洪静走了，她的孩子跟着刘子健生活，小男孩儿变得痴痴傻傻，很少讲话。高南受米峰委托，接下了当时的案子，作为刘子健一方的代表律师，协助检察官将武广送入监狱，武广被判十二年。

武广进去之后，高南与米峰可怜失去母亲的小男孩儿，于是高南再次对武广提起诉讼，索要大笔赔偿金作为小男孩儿的精神损失费用。武广被提审到看守所开庭，刑事审判之后的这场民事诉讼最终以高南胜诉为结局。

由于武广入狱，大笔的赔偿金落在了尚未办好离婚手续的倩倩身上。至于倩倩，光速与狱中的武广办理好了离婚手续，跟着情夫远走高飞，留武广一人在监狱里为自己的恶果赎罪。

/ 第三章　生死追凶 /

诊疗室里，女医生拿着各种卡片一一展示给高漫，并与她说着什么，而高漫似乎并不感兴趣，自始至终一言不发，她一直盯着高南与刘娜，神情有些落寞。

女医生似乎见怪不怪，颇有耐心地转移高漫的注意力，带着高漫参观自己的诊疗室，为她一样一样地介绍诊疗室中的各种摆件。

“这位乔医生是美国专门研究自闭症的泰斗级人物，希望这次治疗能有效果。”

刘娜对高南讲话，眼睛却看着诊疗室里的高漫，眼里尽是紧张和担心。

高南将手抬起，想要抱住刘娜的肩膀安慰一下，然而刚刚抬起手臂却又放下，不知什么时候起，他们竟然成了最熟悉的陌生人。

“抱歉，是我不好，如果我能多陪陪你们……”

刘娜打断高南，说道：“跟你没关系，这种病是后天引起的还是先天生成的，科学都没有定论。”

高南嘴笨，只得讷讷地说：“总之就是我的错，没有照顾好你们就是我不好。”

刘娜这才抬头看了他一眼，但并没有搭话。

高漫的成长与其他孩子并无不同，正常地学会翻身、爬行、走路，但是令高南夫妇担心的是，高漫迟迟没有开口说话。她不仅说话比别人晚很多，甚至学习语言表达的时候也有些迟钝。可通过一些智力检测，她与其他孩子并无区别，只是很难进行人际交往，就算是和高南、刘娜交流的时候，也很少会说一些长句子。时间一久，刘娜与高南心中不免担心，于是马上将高漫抱去医院。医院最终给出的结果是孩子有自闭症。

听到这个消息，刘娜如遭雷击，夫妇二人带着高漫遍寻医生寻找治疗方法，但是都没有用。

高南就是在那个时候辞掉了律师一职。有人看上了他曾经未写完的、发布在网上的一部推理小说，并开出了高额的稿费想买下版权，让他继续写完。对于他来说，高漫的病一直是压在他身上的巨石。作为三口之家的顶梁柱，他第一次如此真切地感受到了钱的重要。

高南辞去了律师职位，开始没日没夜地写作。他是个推理天才，将自己接触过的案宗再运用自己奇诡的推理想象，创造了一个又一个推理小说作品。很快，高南成了炙手可热的畅销书新秀，但他并不满足，为此签约了更大的平台，有了自己的经纪人。他拼命地拿出一部又一部作品。各种形式的版权出售真的使他变得越来越有钱，比过去当律师的时候多了百倍不止。

然而就在高南以为自己在拼命地为刘娜母女建造坚不可摧的城墙的时候，刘娜却提出了离婚。对于高漫的病，她比高南更加痛苦，然而在女儿四处接受治疗的时候，在她无助、难过，需要安慰的时候，高南却始终伏在书房的电脑前敲字。钱固然重要，她承认高南改行了之后家里的经济状况日益好转，她不需要再为了省几块钱而多走半个小时去找便宜的超市买菜，高漫每次去治疗也可以去全市最好的医院，接受最权威的医生一对一治疗。

然而医生的那句话犹如重锤敲在她心头，自闭症的小孩儿比别的孩子更需要父母的陪伴。刘娜误以为高南爱上了名利和金钱，不能接受高南不再爱她的事实，选择先结束这一段婚姻各自冷静一下。高南看着刘娜坚决的脸，只得忍痛在离婚协议书上签了字。玻璃窗里面，高漫拿起女医生桌子上的魔方，认真地玩了起来。

刘娜马上迎上去，焦急地问道：“乔医生，我女儿情况怎么样？”

乔医生是华裔，中文口音有些奇怪，她一字一句回答道：“你不用担心，她很好，不过……是谁给她诊断为自闭症的？”

刘娜和高南面面相觑，不解乔医生的话。

“高漫呢，是典型的阿斯伯格综合征。”

刘娜焦急又疑惑：“这是什么？是更严重了？还是怎么样？”

乔医生不急不缓地解释：“阿斯伯格综合征，简单说呢就是一种没有智能障碍的自闭症，其实在美国有很多这种案例。”

高南也表示不解：“阿斯伯格综合征，俗称天才症，我也只是听说过，真的有这种病吗？”

“阿斯伯格综合征也是孤独症的一种，同属于孤独症谱系障碍的疾病亚型，是一种较常见的儿童发育行为疾病。其实呢，阿斯伯格发病率还要高于典型的自闭症呢。国内目前对于阿斯伯格综合征的治疗不太完善，所以你觉得不常见也不怪你。”

乔医生看向诊疗室内的高漫，继续说：“通过与高漫的接触，我初步判断高漫只是阿斯伯格综合征中最普通的一例，你们不要担心，我在美国接触过很多这种案例。高漫就是典型，在某一方面有超乎同龄人的天赋，但是在社交方面极度无能。”

乔医生将一只木质组装飞机递给高南，笑而不语。

高南问道：“这是……”

乔医生笑着说：“你能想象，这只飞机二十分钟前还是一堆零件吗？我买来还没搞懂怎么玩，却被你的女儿安装好了。”

高南和刘娜觉得不可思议，他们望向高漫，怎么也无法把这个孩子和所谓的“天才”两个字联系到一起。

乔医生继续说道：“高漫就是典型的对机械有着超高天赋的孩子，不过就是在人际交往方面实在是……”

刘娜：“漫漫在学校里……没有一个朋友……”

乔医生安慰道：“放心，高漫暂时表现出来的只是社交困难，不会表达。

在其他方面与其他小朋友完全一样。虽然现在阿斯伯格综合征还没有有效的治疗手段，但是通过一些社会意识技能训练、实用语言能力训练以及一些行为问题的控制干预，相信她的社交困难一定会有所好转的。我现在正在努力与这孩子建立联系，让她渐渐接受我。”

刘娜激动不已，拉住乔医生的手，一顿感谢。

“乔医生，谢谢你，真的，一定要帮助我的女儿走出来，她还这么小。”

乔医生尴尬地抽回自己的手说道：“你放心，这是我的职责所在。其实我回国也是想要致力于改善国内自闭症治疗环境的。”

在乔医生的带领下，高南与刘娜走进诊疗室接高漫。乔医生轻轻地叫：“高漫？爸爸妈妈带你回家喽！”

高漫回头，站起来坐在地毯边缘看着鞋子发呆。刘娜走过去为她穿鞋子。乔医生对高南说道：“这也是症状之一，对于生活琐事完全无法上手。”

刘娜牵着高漫走过来，高南一把抱起高漫。

“跟乔阿姨说再见。”

高漫嘴巴紧闭，最后一字未出，却把手里的魔方塞给了乔医生。乔医生对着刘娜和高南低声道：“这是个好现象。”

三个成年人愣住了，这魔方所有颜色整整齐齐全部归位，如同刚从商店里拿出来的一样。从乔医生出来到现在，高漫就将魔方拼好了。高漫果然如同乔医生所说，在某些方面天赋过人。

“漫漫，下次再来乔阿姨这里玩哦！”

高漫没有回答，乔医生倒是见怪不怪。

刘娜与高南离开了医院，高南将高漫抱进安全座椅上，系好安全带后才回过头来看向刘娜：“我们一起回家吧？”

刘娜想起昨天晚上，高南给自己打电话的事情，继而问道：“昨天究竟出了什么事情？你的意思是，送漫漫来我这儿的人并不是杜鹃？到底是怎么回事？高南，你给我说清楚。”

高南看着刘娜，知道她此刻有些生气，抿了抿唇，不知道该怎么开口。昨天晚上他本来决定要告诉刘娜事情的真相，可如今他们二人的关系，本来就不太好，若是再因为女儿的事情变得剑拔弩张，那不仅他自己会伤心，而且对女儿的成长来说，也没有什么好处。

经过一番思量，等到再开口的时候，高南已经换了个语气："是我小题大做了，原来确实是杜鹃将漫漫送到了你那里，我以为她飞去了日本，可结果是公司临时有事，她前天就没去成。"

刘娜仔细看着高南脸上的表情，并没有发现什么说谎的痕迹，便也相信了高南的话，点了点头，之后抬起手腕看了看表说道："今天就先不去你那里了，我下午还有个案子要跟进，约了当事人开会，快来不及了。"

高南马上接过话："那我送你。"

不远处缓缓开来一辆轿车，刘娜看了看说道："不用了，我搭了同事的车。"

刘娜和高漫告别之后，走向那辆黑色的轿车，车窗缓缓摇下，露出曹大海殷勤的笑脸。见刘娜走近，曹大海特意下车为刘娜打开副驾驶的车门，护送她坐进副驾驶位，这才一路小跑回到车上发动车离开了。

曹大海是刘娜所在的大江律师事务所的合伙人之一，中年离异，一直对刘娜超乎寻常的好，每天下午茶不断，逢年过节又送花，虽都被刘娜一一拒绝，但依旧乐此不疲。高南与这个曹大海照过几次面，但碍于他并没有实质性越矩的行为，也不好做什么。他不是没有想过让刘娜跳槽，换一家律所，但话到嘴边想到自己如今的身份又跟曹大海有什么区别呢，每每想到这里心中不免一阵苦涩。

望着刘娜上了曹大海的车，高南这才转身上车，带着高漫离开了。

高南带着高漫回到家中，被客厅里面铺天盖地的凶案现场照片和满地的档案袋吓到。米峰抬头看到高南带着高漫回来，他马上把烟掐灭，迅速开窗通风。

高南惊呆，质问道："你……你把我家征用成你的档案室了？"

米峰一副无所谓的样子，说道："我家太小了，还是你这里摆得开。"

高南一边帮他整理地上的卷宗一边抱怨："你不在受害者家里蹲点，跑到我这里做什么，如果这个时候嫌犯打电话来怎么办？而且，你们这些卷宗应该是保密的吧，就直接被你拿出来丢满地？"

米峰紧皱眉头，重新打开刚被高南整理放好的卷宗，说道："这起绑架案我有些地方没想清楚，虽然手法很熟悉，但是太过刻意，好像处处做得很完美，又留下破绽。”

高南无所谓地说道：“这是你们警察的事。”

米峰说：“这次案犯说不定是老朋友，而且跟你有关。”

“怎么说？”

米峰介绍道：“绑匪留下了一张老虎的照片给家属，十年前的‘下山虎’你还记得吧？”

“那也不能所有老虎都是当年那头虎，而且武广你也知道，早就改造完出狱了。”

米峰点头，说道：“可是绑匪所用工具都是十几年前的东西，比如现在为数不多的公共电话亭、录音机以及邮寄信件。”

高南随口反驳道：“也许只是为了不让你们发现，所以选择偏门的工具联络。”

“不对，这些手段，每一样都留下了足够的破绽让我们找到，可为了掩盖这些破绽他却欲盖弥彰。”

米峰递给高南一个装在密封袋子里的信封。

“你看看。”

高南仔细端详，封面上是打印后剪下来的一行地址，右上角像模像样地贴了邮票。

“这是……”

米峰指着信封右上角：“你再好好看看。”

“邮票？”

米峰点头：“对。”

“这邮票没有盖章？”

米峰无语，只得夺回密封袋，说道：“我们的人鉴定过，这邮票是假的。你说这人，有一百种不露痕迹的办法联系受害者父母，却用了寄信这么笨的方式，寄信就算了，竟然伪造一张假邮票。”

高南无语，指着自己的头感叹道：“嫌犯这里有问题。”

米峰又拿出一张照片，上面拍下了小男孩儿走失的现场。小区的花园中有一方供儿童玩耍的沙堆，上面用歪歪扭扭的字写了一串字母“SSOIOI”。

“高作家，您给掌掌眼，这是不是什么密码？”

高南瞥了一眼，回道：“不像。”

“那是什么？”

高南摊手：“我也不知道。”

高漫对这一地奇形怪状的档案和图片似乎特别有兴趣，竟然主动蹲下来摆弄，高南有些担心，想要抱着高漫去休息，却被米峰拦住。

“你别走，我可不是白来你们家的啊！”

高南扶额：“我也没有邀请你啊……”

“不是，你能不能帮我开拓开拓思路，我就要被这绑匪弄疯了。局里知道我之前破过几起大型绑架案，将案子直接落到我头上了，而且是限时救人、破案！你可得帮帮我，十年前要是没你和刘娜帮忙，我也破不了那个案子。”

高南甩开米峰，大步走到高漫面前。高漫抽出一张以前绑架案的犯罪现场的图片仔细研究，不过她似乎没有看懂图片上的内容，对那些残忍血腥的现场竟然毫无反应，就像是拿着一张彩色卡片一样。

高南看得一身冷汗，赶紧将高漫手中照片塞回档案袋，然后将高漫抱在沙发上。

米峰继续喋喋不休：“我看这绑匪作风老派，有些神经质，你不感兴趣吗？你不想捉住他吗？不想为自己的写作积累素材吗？现在我们队里都怀疑这头虎很可能是当年的‘下山虎’。”

高南皱着眉头将所有案宗收好，然后将电视机打开，播放到高漫喜欢的动画片后蹲下来，露出无限温柔的神色对着高漫嘱咐道：“漫漫，你自己看一下动画片，爸爸现在去做饭，米叔叔带来的东西你不要去动，好不好？”

高漫的眼神死死地盯着电视机，高南知道她听进去了，只是没给他回应。米峰则亦步亦趋地跟着高南走进了厨房，滔滔不绝地讲述着案情。

高南一边择菜一边打断他：“历史上，是有些崇尚犯罪、以塑造完美案件为荣的罪犯。”

米峰点头如捣蒜："你跟我想一块儿去了！说什么来着！这就是兄弟！我觉得这嫌犯内心偏执，有自己的喜好风格，他似乎对过去的时代念念不忘，比如当年的'下山虎'。"

高南磕了一个鸡蛋在碗里，一边认真地搅拌一边回答："可是这些偏执的罪犯，都是一些杀人狂，喜欢在受害者或者犯罪手段上留下自己的特色。绑架案似乎还是有一定差别的，更何况这么短的时间内，我觉得武广再次犯案的可能性不大。"

"可最近确实不太平，之前的爆炸案，后来漫漫失踪一天的事，要真是个偏执型罪犯，让这种人流窜在社会上，后果还真是不堪设想……"

高南停下手中的活儿，有些神游，米峰不知道他在想什么。

米峰接过高南手中的碗，然后继续说道："你说说你，多少也算一文化名人，行程和私人信息都有一定保密性，可区区一个阮玉玲就能对你的一切了如指掌，更别说普通老百姓了。你说现在的社会哪还有秘密，如果有一天那个什么阮玉玲跑到你家里来偷人，倒不是没可能。"

厨房外，大门的电子锁忽然发出声音，这道微小而突兀的声音同时引起了厨房中二人的注意。二人颇有默契的缄默，静静地听着外面的动静。

动画片里发出的大笑显得外面的声音更加诡异，高南想要冲出去看看，被米峰拦下，米峰示意再等等，二人站在厨房里听外面的动静。

脚步声越来越近，朝着客厅的方向走去，高漫还在沙发上看电视。想到这里，高南抄起一只锅，趁着外面来者路过厨房的时候直接冲出去。米峰反应过来想拉回高南的时候已经来不及，杜鹃被突然冲出来、面目狰狞的高南吓了一跳，连连后退，整个人向后仰去。还好米峰眼疾手快迅速冲到二人中间，挡在高南前面拉回杜鹃，由于惯性，杜鹃一头扎进米峰坚硬的胸膛里。

杜鹃抬起头，揉着额头，大吼道："你们两个大男人在家里干吗？无间道？高南，你可别跟我说你在家里跟他演警匪片！"

米峰双手举起，为自己开脱："不关我的事，要骂人找他。"

杜鹃怒目圆睁，作势要打，米峰双手护头转移话题："你怎么来了？你不是去日本了吗？进来怎么也不敲门？！"

杜鹃刚想回话，高南抢先一步回答道：“我让她来的，帮忙照顾一下漫漫。下午写稿子，怕漫漫自己无聊。”

米峰欲言又止，杜鹃白眼道：“你干吗一副便秘的表情，怎么？我来不行？”说着将自己手里的行李箱递给了米峰。

米峰想说话又咽回去，识趣地接过杜鹃手里的行李箱，然后用一种“你自求多福”的表情看了一眼高南。

刚刚高南一直在厨房中煮饭，不知何时高漫又将米峰带来的卷宗翻出来散落一地。她拿着一个计算器，对着一张照片一通乱按。米峰走过去，想重新理好的时候却看到了她手中的计算器……

“漫漫，你在做什么？”

高漫头也不抬，只是自顾自地将照片上的一串字母按进计算器。

“SSOIOI。”

“550101。”

米峰忽然激动起来，一把抢过计算器和照片，吓得高漫猛然抬头。意识到自己的行为鲁莽后，米峰连忙蹲下安抚高漫，但眉眼中掩不住喜色。

米峰拿着计算器和照片猛锤了高南的肩膀，激动地说道：“好啊，虎父无犬女！”

“我怎么就没想到！这不是字母，而极有可能是数字！漫漫！破了案子，叔叔请你吃大餐！”

米峰开心地在房间里手舞足蹈：“有了！有了！终于有了！”

高南无语：“就一串数字你能有什么？”

“受害者是小学三年级的男孩儿，我们当时还在想他是有意还是无意留下的这串字母。但刚刚看漫漫按出的数字，我忽然想到，也许对于三年级的小学生来说，对于数字的敏感程度远远大于英文，这也许是条寻找绑匪的新思路。”

刘娜与曹大海坐在车里，刘娜将手中的文件夹合上装回包里。

“曹主任，这个案子我会继续跟进，接下来我会去跟当事人再确认一下开庭的事，谢谢您今天送我。”

曹大海笑眯眯地回答道："没事，都顺路，顺路。这个案子一切按照你想的来，我信得过你。小娜，今天周末，女儿一定在家里等你带着去玩吧？"

想到高漫，刘娜脸上浮出笑容，说道："她这个周末在她爸爸那里。"

曹大海若有所思，嘴上不住地重复："好……好啊……好……"

刘娜与曹大海告别准备下车离开，却不想手刚要去开车门，"咔嚓"一声车门落上了锁。刘娜心中有些惊慌，车停在地下停车场，四周没人，曹大海莫名其妙锁车着实令人有些慌乱。

刘娜故作镇定："曹主任，车门好像锁上了，麻烦您开一下。今天感谢您送我，下次我一定请您吃饭。"

曹大海并没有开门，反倒解开自己的安全带，扭过肥胖的身躯转向副驾驶的刘娜，这让刘娜本能地向旁边躲远。

"小娜，这不，你女儿也不在。你晚上一个人，也挺孤单的，不如今晚我们一起去哪里放松放松？"

曹大海边说边靠向刘娜，在这么狭小的空间内，饶是刘娜再镇定，也忍不了这种暧昧的气氛。

刘娜实在忍不住了，一边加重语气警告，一边伸手想要推开越凑越近的他。

"曹主任，我晚上有工作要做，请你打开车门！"

曹大海一手扣住刘娜的纤纤玉手，刘娜奋力挣脱，却越挣扎越紧。

"你看你也离婚了，我也丧偶了，我天天对你嘘寒问暖，隔三岔五地送花，你难道看不出来我的心意吗？"

"曹主任，我看你是误会了，首先，我没有再婚的打算；其次，你的那些好意我都拒绝了，想必你也知道我的态度。"

曹大海听完刘娜的话反倒整个人要扑过来，刘娜拼尽全力甩了一巴掌，曹大海瞬间蒙了。良久，曹大海渐渐回魂，马上坐回自己的位置，与刚刚判若两人。他用力搓了搓自己的脸，攥起拳头用力砸了一下自己的头，似乎很懊恼的样子，用力地拍了一下方向盘。

曹大海一时语塞："我刚刚可能有些糊涂……"

刘娜看着曹大海一连串反应，确认他不会再对自己越矩之后才放下心来。

“大家是同事，我想您也不愿意关系如此尴尬。以后我们还要一起共事，今天的事就当没发生过，但是再有下次，你我都是律师出身，应该都懂后果。还请曹主任开门，让我下车。”

曹大海乖乖地打开了车锁，刘娜下车，头也不回地大步离开。

车中的曹大海看着刘娜离去的身影，嘴角浮出一丝笑容。

“有意思，我喜欢。”

刘娜出了停车场，看见阳光才觉得自己的双腿一阵阵发软，现在唯一能让她有一丝丝安慰和安全感的只有一个地方。她决定抛开原则一次，遵从自己的内心。刘娜打了一辆车直奔高南家里，她知道那里有自己的女儿和最爱的人，虽然现在不知道高南还爱不爱她。

刘娜飞奔至高南家，还未等按门铃，门便开了。杜鹃带着穿戴整齐的高漫走了出来。高南站在一旁送两人，三人俨然像住在这栋房子里的一家三口。如果说刚刚只是发生了一件令刘娜恶心的事，那么现在才是真正让她感到难受和苦涩的。刘娜内心翻江倒海，但脸上强扯出职业化的笑。

高南挠挠头，有些惊讶：“娜娜，你怎么来了？”

刘娜一时间有些不知怎么回答，是啊，她也不知道为什么受了委屈就跑到这里。

见刘娜没回话，高南自顾自解释道：“今天下午我没有空儿带漫漫去游乐场了，所以拜托杜鹃帮忙，带漫漫半天。”

刘娜有些慌神，只是点点头，道：“漫漫给你们添麻烦了。”

米峰听到声音忽然探头出来，惊喜道：“娜娜你来啦！太好了！进来进来！我们三个人又要像以前那样大干一场了！”

刘娜有些吃惊：“你也在？”

米峰点头：“对，我来这里找高作家帮忙，你们家漫漫帮了我大忙。我现在有了新思路要调查，可能要离开一会儿，娜娜你和高南在家等我，不要走。”

说着米峰穿上鞋，拉着杜鹃和高漫上车离开，只留下高南和刘娜大眼瞪小眼。

米峰载着杜鹃和高漫前往游乐场。在半路上米峰揶揄杜鹃："你有没有眼力见儿，站在那里当什么电灯泡？刚刚要不是我拉你，你还杵在那儿看戏呢。"

杜鹃反常地没有接米峰的话，只是翻了个白眼，眼睛望向窗外飞逝而过的车辆。米峰从后视镜里看了一眼沉默的杜鹃，也识趣地闭上了嘴。

米峰把她们送到游乐场就离开了，他还要带高南和刘娜去受害者家里调查案情。

杜鹃带着高漫到了游乐场，高漫才放下了手中的魔方，将注意力移到了各种各样的游乐项目上。

杜鹃虽然平日里雷厉风行，是个职场女精英，但骨子里也是活泼开朗，喜欢疯玩的。她带着高漫玩遍所有游乐场项目。

玩了几圈下来，杜鹃已经累得不行，高漫不言不语却精力充沛。杜鹃打开手机，一连串的未接来电。她带着高漫走到卖冰激凌的摊位前，为高漫买了一支冰激凌，嘱咐道："阿姨回一个很重要的工作电话，事关你爸爸下一本书的出版，漫漫站在这里吃冰激凌，不要乱跑好不好？"

高漫没有回答，只是抬眼看了杜鹃一眼，杜鹃明白她已经听进去了自己的话，于是放心地走到一边去接电话。

不远处，一个化着浓妆、穿着小丑装的人，拿着一把五颜六色的气球向高漫走来，隔着浓重的彩妆，小丑居高临下地看着高漫。小丑将一个气球递给高漫，高漫反应了一会儿，伸出手欲要接过，小丑却突然收回了气球，反而将自己的手伸出去，似乎要高漫拉住他的手。高漫看着小丑夸张的涂满油彩的脸，又看了看小丑的手，陷入迟疑……

拿起手机的杜鹃暂时褪去了刚刚乘坐过山车时的孩子气，对着话筒指点江山的样子又变回了那个雷厉风行的女强人。一场激烈的争吵之后，杜鹃直接挂了电话。等她回过头去再寻找高漫时，冰激凌摊位旁边已经空空如也。

杜鹃有些慌了，连忙跑到摊位前询问："老板，你看到刚刚跟我一起来买冰激凌的小女孩儿了吗？大概这么高……不怎么讲话……穿了一件花裙子。”她急得胡乱比画。

老板摇了摇头，早已见怪不怪：“没看见，我照顾生意都来不及，哪里有空儿帮你看孩子。你们这些家长，陪孩子玩永远不用心，像你这种丢孩子的我见多了！”老板指了指不远处的服务台，说道：“喏，那里可以广播寻人。”

杜鹃点头，只能靠服务台广播试试看了。

高漫跟着小丑一直走，直到小丑带着她远离了杜鹃，小丑看着杜鹃跑远的身影，嘴角露出一丝轻蔑的笑。

小丑将手中的气球全部给高漫，然后拉着高漫一步步离开。就在高漫跟着小丑越走越远的时候，忽然一只手横伸出来将高漫拉了回来。小丑回头，对于突然出现的人感到惊讶，于是急忙转过身去，大声奸笑着跑开。

高漫蒙了，回头看到将她拉回的不是别人，正是她所在学校的老师陈潇。高漫在学校里素来没有朋友，老师们知道高漫的情况，但无奈谁也无法一直对这么一个木头一样的孩子永远保持热情，除了陈潇。陈潇也是唯一一个高漫肯亲近的老师。

陈潇蹲下来看着高漫，认真说道：“高漫，你怎么自己一个人？你爸爸呢？老师告诉过你不要和陌生人走，对不对？”

高漫想了想，点点头。

广播传来找人信息。

“广播找人，广播找人，高漫小朋友，你的杜鹃阿姨在找你，如果你听到广播请回到广播站。”

陈潇听到广播，无奈笑笑，亲自牵起高漫的手走向广播站。

米峰带着高南和刘娜来到了受害者家中，被绑架的小男孩儿叫嘉明，三人到达时受害者家里布满了各种大大小小的监测仪器，一群办案组警员守在电话边，而嘉明的母亲只是手捧着相册坐在沙发上流泪。

米峰走进来，一个小警员连忙凑上来，揉揉惺忪的睡眼说道：“头儿，我们已经守了两天一夜了，绑匪除了寄来一张老虎的照片外，就没再和我们联系过。”

“任何异常都没有？”

小警员摇头。

米峰转头对高南说道：“你看看，现在的罪犯都不知道脑子里在想什么，绑架求财，可到现在连个头也不露了！”

高南问道：“有没有可能是寻仇？”

米峰摇头，道：“不会，在此之前绑匪有索要赎金五百万，叫人质家属准备赎金后便悄无声息地沉寂了，现在这孩子生不见人，死不见尸，你说难办不难办！”

刘娜问道：“现在有什么证据吗？”

米峰使唤小警员：“去把绑匪送来的信件还有录音带都拿来。”说完，米峰带着高南、刘娜欲要前往隔壁临时被警方征用的书房。

小警员傻愣愣地挡在了刘娜和高南面前。

米峰忽然想到什么，抬手就拍了下小警员帽子。

“你小子，想不到保密意识还挺强！”

米峰对着所有人说道：“各位，这个高作家你们应该都听过，著名悬疑小说家，我哥们儿，犯罪肖像侧写和推理能力一流。这位是刘娜，知名律师，十年前帮助我破过一起大案。这两位是我请来协助破案的能人。”

众人一愣，随即一阵掌声响起。高南和刘娜摸不着头脑，刘娜问道：“这是你们的欢迎仪式？”

米峰尴尬地解释：“这群傻小子加班加傻了，我们进去说。”

小警员将一摞卷宗和几个证物袋放在桌子上，挠挠头道：“头儿，你们先看着，我出去接着盯。”

米峰点头，小警员才走出去。

高南翻看卷宗，看到里面的检测报告。

米峰在旁解释：“绑匪寄来的信都是打印下来的，然后用圆珠笔临摹上去，我们试图拿去检测，却发现根本无法辨别字迹，更无法分辨油墨型号。”

而刘娜则开始对一旁的录音带产生兴趣，她将录音传入电脑，反复地听，除了机械的电子音什么都没有。

米峰说：“嫌犯打来的电话，每一句都是用提前录好的电子音，我们发现绑匪为了搜索这些素材，还拼凑了一些电视剧台词。但嫌犯的身份还是毫无头绪。还有一点，这种奇特的作案手段十年前出现过。”

刘娜似乎对这盘录音带很感兴趣，她对米峰说道：“我有一个师兄是录音方面的大神级人物，我想拿去请他帮忙分析一下这段录音。”

米峰有些犹豫：“按道理说，警方的证物属于机密，不可以被擅自带走，不过……有了！”

米峰出去将小警员叫进来，将他推给刘娜，说道：“你去跟着刘律师，带着这盘录音。”

时间不等人，刘娜得到了米峰的允许后，带着小警员立刻出发寻找师兄分析录音。而高南一直拿着放大镜趴在案宗上，刘娜走了他都不知道。

米峰凑过去：“有什么发现？”

高南指着案宗上的图片问：“这是什么？”

米峰看了一眼说道：“这个是绑匪第一次寄来人质照片的信封。”

高南问道：“就是那个你说的贴了假邮票的信封？”

米峰点头：“对。”

“那信封呢？”

米峰从包里拿出证物袋交给高南，高南高举信封对着灯光看了半天，然后还给米峰。

“你去找人查一下这个邮票是用什么贴上去的。如果是唾液的话，也许可以确认身份。”

米峰豁然开朗，一拍自己脑门。

“真有你的！我马上叫人去查，如果是唾液，起码就能锁定嫌犯的身份！”

高南忽然问道：“人质的母亲在哪儿呢？”

米峰指指门外：“在外面沙发上坐着。”

高南从书架上拿起了一座奖杯走出去，来到人质的母亲面前，拿着奖杯问道：“我有一个问题想请教您，这对寻找你的儿子至关重要。”

人质母亲的眼里亮起一丝希望，她向后拢拢头发，认真地点点头。

高南问道：“这个奖杯是记忆力训练营的结业证书对吗？”

“对，我儿子从小就聪明，对数学有天赋，听说这个能开发大脑，所以我咬咬牙花高价把他送去了这个训练营。”

高南点头：“我知道这种培训班，我女儿也去过。请问他成绩怎么样？”

“很好，是全班第一，他背课文很慢，对数字却过目不忘，圆周率能背出一百位呢。”

说到这里，人质的母亲眼泪再一次止不住地流下来。

米峰摸不着头脑，高南解释道：“我只是想跟她确认一下，只有这样才能证明这串数字不是无意义的涂鸦，现在我们要思考的是这串数字与凶手的联系。”

米峰扶额沉思，道：“这个年纪的小孩儿是缺乏分析能力的，如果这串数字与绑匪有联系，那么一定是直观能理解的！”

高南和米峰异口同声：“服装！”

旁边的一个呆萌小警员默默开口补充：“咱们警服都有一串儿警号。”

米峰气得作势要揍，小警员抱头鼠窜。高南忽然拦住米峰，说道：“保安？”

米峰询问人质的母亲道：“这个小区的保安制服有编号吗？”

她回忆了一会儿才答道：“没注意，但是我们这里的保安是专门请的，所以他们的制服也跟外面的不太一样。”

高南、米峰对视一眼，米峰已经明白，立刻派人去核实。

另一边，刘娜带着小警员来到师兄处检测录音带。刘娜从不轻易开口求人，这次急匆匆地过来，师兄也知道事情紧急，立刻将刘娜带来的录音拷入电脑开始解析。直到东方破晓，师兄才起身推醒刘娜和小警员，刘娜睡眼惺忪，看着一地的烟头和窗外的晨光才知已经一夜过去，看到师兄眼中的血丝，知他是一夜未睡，她感动不已。

师兄指着电脑屏幕上波动的音轨，对刘娜说道：“我说师妹，我这个师兄可是尽了全力了。这是我这边找出的所有信息。”

刘娜和师兄对着电脑仔细地一遍又一遍地寻找可能隐藏的信息。

“等一下！师兄，这里重新播放一下。”

刘娜闭眼细听后猛然睁眼：“火车。”

“还有这里，师兄。”

音响里不停地传出“咔嗒、咔嗒”的声音，刘娜百思不得其解。

“这个声音是……不像是切换录音文件的声音，我听着有些耳熟，但是想不起来是什么声音。那究竟会是什么……”

师兄点燃了一支烟，说道：“也许是机械声音。”

刘娜忽然抢下师兄嘴巴里叼的烟，惊喜道：“师兄！是打火机！对，是打火机的声音！”

刘娜兴奋。虽然只发现了细枝末节，她也迫不及待地要告诉高南和米峰，匆匆告别了师兄，拉着小警员就奔去找高南和米峰。

在郊区衰败的出租屋内，武广用力地吸了最后一口烟，将烟头扔进泡面桶里。自从上个月被小区物业开除了之后，原本交往了一段时间的女朋友也觉得他没用，不但坐过牢还做什么都做不好，于是也和他吵架，分了手。这段时间他的生活也是乱七八糟的，目前唯一能够让他消遣打发时间的，只剩下看电视剧了，紧凑的情节令武广短暂地忘记烦恼，他张着大嘴巴紧盯着电视机。

忽然一阵急促的敲门声响起，他这才恋恋不舍地去开门。

“武广先生是吗？”

“你是……”武广仔细打量着面前这个戴着电动车头盔的人。她身穿冲锋衣，将自己裹得严严实实的。

“有你的快递，您签收下。”快递员将一个快递盒子递给武广。

武广又仔细看了看快递员，还有些蒙，心想自己并没有买东西，他更没有什么亲朋好友，怎么会突然有人给他邮寄东西？

“这快递是从哪里邮寄过来的？”

“上面没有写，我也不知道，我只负责给您送件，还请您赶快签下字。”快递员一副不耐烦的样子，再次催促武广。

武广虽然有些疑惑，但也不好意思再耽误时间，于是从快递员手里接过笔，快速签下自己的名字。

武广云里雾里地收了快递，打开一看才发现是他上个月离职前穿的保安制服。他不明所以，但是送上门来的“礼物”不要白不要。武广将制服重新穿起来，在镜子前左右照照。

本来他想在那个保安公司混混日子，没想到被对方发现他值夜班偷偷睡觉直接把他开除了。不过人家制度严苛也不是没道理，武广摸着制服料子，不禁感叹，好公司就是好公司，这衣服质量这么好，自己正好留着穿。

高南正与米峰走入一家网吧，在烟雾缭绕里四处寻找，他们两个老男人在网吧显得格格不入。

网吧角落里，一个年轻人正敲着键盘。直到一只手拍上他的肩膀，他才满脸不快地摘下耳机转过头。少年转过头，烦恼一瞬间换成了惊喜。

"高作家！"

高南笑笑："好久不见，有事求你。"

陶玉达挠挠头，傻笑着说："我能有啥本事帮到你？不过你说，我一定尽力帮你！"

高南和米峰看着眼前这个冒着傻气的青年不禁发笑，二人将陶玉达带上了警车，走之前网吧的好友还在调侃陶玉达："达子！打游戏太厉害也不行！被警察叔叔带走了吧！"

陶玉达才懒得理他们，他只关心现在自己的偶像有求于他，这是他想也不敢想的。

高南将陶玉达带走，给了他一台电脑，让他黑进小区物业保安的内部系统。米峰与物业核实过，保安制服确实是有编号的。高南打算偷偷调查出 551010 编号的保安身份，很有可能这个就是绑匪。

米峰不满："我堂堂一大队长，为什么不能申请调查令直接去物业查？"

高南眼睛盯着陶玉达翻飞的手指说道："避免打草惊蛇，如果真的是保安做的，我们一调查他就知道了，那么那个小男孩儿就危险了。"

"找到了！可是……"陶玉达有些犹豫。

"可是什么？"米峰急性子，迫不及待地追问。

"551010 在上个月就离职了，他们是一人一号，所以 551010 一直没有人用，这里显示的是空缺。"

"上一任是谁？查得到吗？"

"数据删除了，我需要时间恢复。"陶玉达认真地盯着电脑，开始操作。

刘娜和小警员二人赶了过来，为了不打扰陶玉达，她和高南、米峰等人走到外面，并将从师兄那里得到的信息与他们共享

“声音查出问题了，里面有火车经过，还有打火机的声音。”

从刘娜这里得到的信息让米峰和高南二人基本确定，绑匪所在位置应该是铁轨附近。高南判断，绑匪应该是 40 岁到 50 岁之间，身材微胖，可能有犯罪前科，无固定职业，独居，租房居住在铁轨附近。

“查到 551010 了。”

高南和米峰几乎同时冲向陶玉达的电脑，上面显示的照片信息令二人一惊，这个 551010 竟然是武广？当年的“下山虎”？

让武广没有想到的是，就在收到这件保安制服的第二天早上，他家的门就被人撞开了，一队刑警直接进来将他按住。

米峰走进来，抓起他衣服上的编号看了看，551010。

武广被带走了，剩下的警员在他的家中提取物证。

审讯室气氛压抑，武广被审讯灯刺得睁不开眼。

“警察同志，我真的没绑架人，我就是因为这事进去的，才出来不到一年，不可能做这个。你相信我，警察同志。”

米峰拿出一份检测报告放到武广面前，说道：“绑架犯给人质母亲送的勒索信，上面的邮票是用唾液粘的，而这个唾液上的 DNA，就是你的。”

武广用力抓头，无助地辩解：“这，这我也不知道啊，警察同志！你相信我！”

“嘉明在哪里？坦白从宽！”

武广道：“什么嘉明？我根本就不认识什么嘉明啊！”

米峰拿出一张老虎照片，问道：“这是不是你！”

武广一脸茫然：“这是老虎，这咋能是我呢？警察同志，我知道十年前我走了歪路，当年年轻，又是混社会的，所以就给自己起了个诨号‘下山虎’，可现在，我连背上的文身都洗了，早改邪归正了，警察同志！”

米峰气得一脚踹翻椅子，摔门而去。

夜晚，米峰来到高南家蹭饭，刘娜也在，高南难得请客，三人一块儿找了家饭店吃饭。

案子虽然破了，可孩子依旧没找回，仍然是悬在大家心头的难题。没了孩子，绑匪就算被千刀万剐又有什么用呢?

米峰看着高南、刘娜，不禁插嘴问道："你们两个还和当年一样，不如复婚算了。"

高南和刘娜的筷子刚好伸向同一块肉，听到米峰的话，两人尴尬地收回筷子。高南怕刘娜尴尬，于是率先替米峰夹菜让他闭嘴。原本是替刘娜解围的，但这在刘娜眼里却被看成了是高南不愿意，刘娜黯然。

饭毕，三人去门口等车。刚好杜鹃将高漫送来，杜鹃抱着高漫，将这几天的一切事无巨细地向高南汇报，刘娜看在眼里心中不是滋味。

"刘娜？"

忽然一个熟悉的声音响起，刘娜回头，发现竟然是曹大海。

"曹主任，您也来这里吃饭？"刘娜不得不扯出一个职业的笑容回应。

"是啊，好巧。要不要我送你，我今晚没喝酒，自己开车。"

刘娜看向高南，高南正抱着高漫，将她放进杜鹃的车内。刘娜脸上一僵，想到前几天的事情，心中有些犹豫，但再看看高南仿佛根本不关心的样子，于是心口一阵气闷，干脆直接答应了曹大海。

"好的，曹主任，麻烦您了。"

曹大海有些惊喜，连忙笑说："不麻烦，不麻烦，同事之间互相帮助嘛！"

刘娜果断地上了曹大海的车绝尘而去，在一旁旁观的米峰叹了口气。高南这才走回来问道："人呢？"

米峰一副恨铁不成钢的表情，数落高南："你啊你，真是块木头。还人呢！人早跟老同事走了！"

高南不明所以，米峰上了自己的车离开。杜鹃在远处呼唤高南，高南只得坐上杜鹃的车离开。

/ 第四章　案情反转 /

陶玉达从网吧出来，他的下巴上冒出一层青色胡楂儿。

这段时间他的工作是代打游戏、陪练升级。窝在网吧不见天日，眼睛乍一暴露在阳光下令他很不适应，过了好一会儿才缓过来。

陶玉达是个电脑天才、推理天才，一向眼高于顶，谁也看不上，偏偏高南这个畅销书作家却成了他的偶像。并不是因为高南是作家，而是高南在书中所展现的推理能力吸引到了陶玉达，一个能写出这样优秀故事的人，一定是一个思维非常严谨的人，高南的这一点让陶玉达佩服。只是一直让陶玉达不解的是，高南为什么会甘于做一个小说家？这样强大的逻辑能力却拿来编故事，未免大材小用。

陶玉达很久没有这么愉快了。他认识了高南，还能凭借一己之力帮助高南，这些都令他愉悦不已。为此，他还特意买了早点回家。陶玉达拎着早点开门，原以为陈潇还在睡觉，没想到却闻到扑面而来的焚烧东西的气味。房间里乌烟瘴气，火光和烟雾是从卧室传来的，陶玉达慌了，连忙放下早点，拎起厨房备用的大桶矿泉水就冲到卧室。

他想也没想，对着床边的火光就一桶水泼过去。陈潇蹲在火盆边上被泼得像只落汤鸡。卧室一片狼藉，混合着黑色胶状物质的水满地都是，隐约能看出来陈潇似乎是在烧什么衣物。

陶玉达的好心情随着这盆火的熄灭也消失殆尽，陈潇蓬头垢面地开始打扫，这期间却没有一句解释。

陶玉达一把拉过陈潇质问道："你疯了吗？在房间里烧东西？"

陈潇挣脱陶玉达，从外面拿进来一块抹布，自顾自地蹲下继续清理。

"我疯了？"陈潇冷笑一声，"你说是就是吧，只要你开心就好。"

陈潇将残渣归拢到一起倒进垃圾桶。

陶玉达说道："陈潇，我们分手吧。"

陈潇猛然抬头："你说什么？"

"我们分手吧，我觉得我还是适合自己一个人生活。"

陈潇站起来走到陶玉达身边，忽然抬起手给了他一个耳光，一字一句说道："如果可以分手，你以为我不想吗？"

陶玉达被突如其来的一个耳光打得思维断片了，短暂的呆滞后回神。他二话不说，从柜子里拿出行李箱，将陈潇的衣服一件一件地装进去。

"你去找个更好的人吧，我们不合适。"

陈潇冲过去将装好衣服的行李箱举起来，将里面的衣服悉数倒出来，用力地将行李箱摔在陶玉达身上，一字一句地说道："你放心，如果你没事了，我一定离开！"

陶玉达走出房间，在阳台上摸索着口袋里的烟盒，手指颤抖着点燃一根烟静静地抽着。良久，陈潇也走出来，自然地拿过他手指间的烟放到自己嘴巴里。陈潇一把搂住高她一头的陶玉达，将他的头按在自己怀里。陈潇摊开手心，将一只怀表轻轻靠近陶玉达的耳朵。

"你困了，休息吧……休息吧……什么都不要想……放松……"

伴随着怀表"滴答、滴答"的节奏，陶玉达闭上了眼。

高南坐在书房里，手指在键盘上敲打。良久，他向后伸了个大大的懒腰。这几天忙于米峰的案子，害得他又没时间写稿，只好狂赶一下。高南起身走出书房，在等咖啡的间隙，揉着太阳穴靠在厨房的台子边放空精神。

不知为何，只要他一闭上眼睛，总是回想起武广的脸来。

武广在警方的压制下奋力挣脱的样子，戴着手铐还要狂砸车窗的癫狂，还有那愤恨的表情以及在审讯室里声嘶力竭的辩解……明明证据确凿，他却依然在反抗。

难道真的哪里出了问题?

邮票上的唾液、作案的保安制服、通话录音里的环境音……

证据看似充足，却又每一项都不够充分。最关键的一环是被绑架的儿童，那个叫嘉明的孩子迟迟没有找到。这一点实在太过奇怪，武广刚刚经历了多年的牢狱之灾，按理说不会这么快就以身犯险再犯同一种错误。

事情太过蹊跷，绑匪的作案手法好像是在模仿武广曾经犯下的那起案子，但又模仿得太过于形式。高南想要拿起手机给米峰打电话，但看了看时间，已经夜里两点了。

算了，米峰这段时间累坏了，他决定明天亲自跑一趟警局，问问关于那个孩子的线索。

结束了米峰那边的案子，刘娜又回到了自己的工作中。她与高南似乎又变成了两条平行线，除了定期交接孩子，似乎再也没什么交集。下了庭之后的刘娜疲惫不堪，一场官司消耗掉了她全部的精力。还好官司胜诉，她松了口气。刘娜打开手机，看着空空如也没有任何消息的界面，忽然有些怅然若失，想要拨通电话却又不知道该拨给谁。

看了看时间也到了高漫放学的时候，刘娜收拾好东西，准备直接打车离开。正在她站在路边等候出租车的时候，曹大海的车缓缓地停在了刘娜面前。曹大海摇下车窗殷勤地打招呼："恭喜胜诉啊，小娜。"

刘娜惊讶于曹大海的消息灵通，不动声色地回道："曹主任消息灵通，我还没来得及报告给所里。您放心，明天上班我会把资料整理好移交给所里。"

曹大海打开车门下车，将另一边车门亲手打开，邀请刘娜坐进来。

"小娜，晚上一起吃饭吧，庆祝一下。"

刘娜想也不想直接拒绝："不了曹主任，我女儿还在学校等我接她呢。"

曹大海不肯动，依然维持着一只手开车门，另一只手挡车顶的动作，穿着西装的臃肿身材像一个滑稽的门童。

"让她爸爸带一天也没什么嘛。今天是个好日子。这个案子是个大案子。你为律所做出这么大的贡献，我这个做主任的不犒劳犒劳你，说不过去啊！”

刘娜态度依旧坚决，只是换了种圆滑的方式回道：“吃饭就免了吧，曹主任体恤我们下属不如体现到奖金上，您大忙人就不要在我身上浪费时间了。”

曹大海笑笑，仿佛听不懂刘娜话里有话。

“一码归一码，奖金肯定有，吃饭也一定要吃。”

刘娜说不过曹大海，心里也急了，想要转身就走。这时当事人从法院里红光满面地走出来，径直奔向曹大海，二人一见如故般紧紧地握上了手。

“曹主任，这次多亏了你们所派出这么厉害的刘律师，感谢感谢，晚上庆功宴，一起！”

曹大海笑得八面玲珑：“王总，我们做律师的为当事人赢得应有的权益，这是应该的。庆功宴我已经订好了位子，这不，正跟刘律师说呢。”

“刘律师一定要去！我们公司打算接下来跟贵所谈合作，这次见识了刘律师的厉害，有刘律师在我才放心啊！”

曹大海偷偷对着刘娜挤眉弄眼，刘娜假装看不见。曹大海悄悄对刘娜说道：“这次合作能不能成，可都看你今晚上来不来了。”

刘娜无奈，叹了口气，这种道德绑架令她无力招架，最终只得坐进了曹大海车里。

高南通宵一夜赶稿子直到早晨五点才睡，下午四点多才被刘娜的电话吵醒。

高南睡眼惺忪，看到刘娜来电，一秒钟也不敢耽误，连忙接起电话。

“喂，娜娜。”

“我今晚上有饭局，漫漫你去接一下吧。”

高南愣了一下，刘娜是个不爱参加酒局、饭局的人，更何况是以不能接高漫放学为代价。高南没有多想，但怕自己问东问西惹刘娜生气，所以也没有多问，直接应下。

挂了电话的刘娜握紧了手机，曹大海在旁边嬉皮笑脸地说道：“你看我说什么来着，你前夫是很支持你多多社交的。”

刘娜紧闭双唇一言不发，面对曹大海蛤蟆一样的殷勤，感到十分恶心。

高南一刻钟也不敢耽误，随意洗了把脸穿上衣服就出门了。

在高漫学校门口，熙熙攘攘的人群中高南眺望，寻找高漫的身影。直到人群散尽也没有看到高漫，高南只得走进校园去教室寻找。

高南一间间教室走过去，学校里已经接近没人，四处空荡荡的。教学楼里的安静似乎与外面操场上的熙熙攘攘是两个世界。高漫此刻正坐在空荡荡的教室里摆弄着什么，而陈潇一直默默地坐在旁边陪伴。

高南站在窗口看了一会儿，刚要抬手敲门，忽然一只手拍上他的肩膀。高南回头，陶玉达灿烂的笑容映入眼帘。

“高作家你好。”

高南也有些惊讶：“是你？陶玉达，接女朋友啊？”

陶玉达挠挠头，不好意思地点点头。

“那个高作家，你要是不介意，叫我小达就行。”

高南对这个像弟弟一样的年轻人有着说不出的好感，陶玉达的聪明很对他的胃口。而且他的笑容又总是那么毫无心机，因此高南忍不住同他亲近。再加上前几次他的帮忙，高南更加对这个小伙子产生了一种类似于惺惺相惜的感觉。

高南笑笑说道：“你也不用叫我高作家，我们见过这么多次，也算是朋友了。”

陶玉达似乎经过了一番认真思考，说道：“那叫……南哥？”

高南一愣，还没人这么叫他，二人不约而同地“扑哧”一笑。

陶玉达也自觉不妥，说道：“高作家，是不是这么叫太不见外了，听起来有点儿像黑社会老大，特别社会。”

“没事，就叫南哥，按年纪你叫我声哥也不亏。”

二人正说笑着，教室的门忽然被打开。

陈潇看两人面带微笑，不由得疑惑：“这么开心，外面有什么热闹吗？”说着探头看了看。

高南打招呼道：“陈老师你好，我来接高漫。”

陈潇将高南引进教室，高漫依旧沉浸在自己的世界里。

“本来最后一节课是科学课，科学课老师放学之后有事情，所有小朋友都走了，高漫沉迷这些小发明不肯走，于是只好拜托我这个心理老师来帮忙照看。”

“辛苦你了，陈老师。”

陈潇笑笑：“不辛苦，高漫这孩子难得跟我亲。”

高南坐到高漫身旁。高漫旁若无人，在拼凑一只由电池、小风扇和几块木板组成的电动风力车。

高南讶异：“现在小朋友的科学课都这么难了吗？”

陈潇看着高漫认真的样子笑笑，解释道：“不是的，这个不是高漫班级的作业，是高年级的，只是高漫似乎对这些机械动手类的东西很有天赋，所以科学老师特意拿来给高漫的。”

看着高漫认真的小脸，高南、陈潇和陶玉达都在一旁默默陪伴，没人催促，直到她自己完成了电动风力车。

临走前，陶玉达欲言又止，最终在高南带着高漫上车之时，终于鼓足勇气开口。

“南哥，我是您的超级粉丝。您最近是在创作新小说吗？我可以找您聊天儿吗？”

还未等高南开口，陈潇率先开口阻挠道：“高作家在工作，你不要打扰人家的好。”

陶玉达有些手足无措，仿佛自己真的打扰到了高南一般。不过高南为人向来随和，虽然顶着畅销书作家的名头，但从来没把自己当名人。

“没事，你随时可以来找我。”高南忽然想到什么，开口道，“最近我真的有事又要求你帮忙了……”

陶玉达眼中一亮，说道：“真的吗？太好了，那就这么说定了，南哥的忙我一定赴汤蹈火，在所不辞。”

高南笑笑，告别了陈潇、陶玉达，带着高漫离开。

高南回到家中第一件事就是给米峰打电话询问是否有找到人质的下落，结果米峰那边也是一团糟。人质下落不明，武广死不认罪。米峰从业多年还真是第一次遇见这种奇葩案件，各种证据都指向了武广，结果武广却死活不认罪。米峰看着武广那双熬得通红的眼球，真的差点儿相信他不是绑匪了。

高南将米峰叫到家中。米峰哪里能脱得开身，警局一团乱，大家找孩子已经找疯了。如果武广没被抓获还好，起码说明孩子有人照看，但如今武广被抓了，孩子下落不明，除非武广有同伙还在挟持着孩子，不然这个孩子非饿死不可。每一秒钟都很宝贵，距离武广被捉已经一天一夜了，再拖下去，恐怕绑匪抓了，孩子也救不回来了。

米峰忙里抽空儿赶到高南家中，风风火火地闯进来，连鞋子都不脱直奔高南家客厅自顾自地倒水猛灌。高南拎着拖鞋跟在米峰身后，顺便帮他再拿来一瓶水。

“你能先把鞋子换了吗？”

米峰的眼睛充满血丝，睡眠严重不足，浑身都是易燃易爆的状态。

“不换了，你有话快说，有屁快放！我这正忙着呢，队里全都出动了，各个部门都在配合着在外面找人，大家都忙疯了！”

高南幽幽地说道：“明天可能杜鹃来找我拿稿子。”

米峰听到杜鹃明天来“视察”，默默放下水杯，脱下鞋子提在手上。

“我说你到底有事没事啊！没事我走了啊！”

高南连忙拉住米峰，说道：“人质找得怎么样了？”

米峰摆摆手：“毫无头绪。”

“你们没头苍蝇乱转一样肯定不行。”

米峰已经走到门口重新穿上了鞋子：“我还不知道这样不行？可是现在每一秒都是生命，那个武广跟茅坑里的石头一样又臭又硬，什么都问不出来！”

高南说道：“我帮你找了个人，他说不定有新想法。”

米峰瞪大了双眼：“哎，我说高南，我们这办案可是要保密的，你可不能到处给我说去！”

米峰又问道：“智商怎么样？”

高南道：“还行吧。”

米峰似乎开始好奇了。

“人在哪儿呢？”

忽然门铃响起，高南连忙开门，陶玉达抱着一台笔记本电脑站在门口，三人大眼瞪小眼。

陶玉达坐在地毯上，将电脑打开，上面是一张地图，与普通地图不同的是上面标注了几个红点。

米峰凑过来问道：“这是什么？”

陶玉达回道：“我黑了武广的账户，这是他案发时间消费的几个地点。”

米峰忽然警觉起来，瞪着陶玉达：“你这小子，这技术——不会是惯犯吧？”

陶玉达看着高南耸耸肩，不知道说什么好。

高南忙打圆场：“我用人格担保，他不是。这是他第一次黑人家账户，是我指使的。”

米峰生气道：“高南，你放着我这么个公职人员不用，非要自己搞这些个歪门邪道。不行，像这小子这种人才，哦不对，我呸，像这小子这种黑客，一定要官方备一下案，这太神了。”

高南也有些着急，生怕给陶玉达招来祸端，连忙解释：“不不不，你也说了你们很忙，都在争分夺秒。我们也只是猜测可以从武广的资金账号入手，你们调查账户还要调令什么的，肯定很慢，不如让他搞定，万一没线索我们也不跟你添堵。”

米峰不耐烦道：“行了行了，看你能不能将功补过吧，继续。”

陶玉达指着地图上的红色小圆点说道：“这几个点都是武广曾经购买生活用品的地方。”

米峰插嘴：“连购买什么东西都能查得到？你不是蒙我呢吧，账单只有支出数据，哪来的购买清单？”

陶玉达挠挠头，放大地图，标着小红点的地方原来都是大型生活类超市，除了柴、米、油、盐等生活用品，也买不到别的。

米峰没话说，命令陶玉达继续。

陶玉达在屏幕上将几个小圆点连线，连出一个不规则的区域。

“武广除了日常养活自己，肯定也要照看人质。所以他购买生活用品与人质的藏匿点，肯定离得不远。起码车程在一个小时以内。”

米峰轻嗤：“那地方可多了去了。”

陶玉达继续道：“可是再加上他家的位置，他住的地方离藏匿点一定要更加近，步行二十分钟以内。这样范围就小了很多。”

米峰听出了门道，凑近了电脑屏幕掏出手机来拍了几张照片。

“在这个范围中，城中村人口密集，不可能藏人，况且那边房东一个比一个精明。其实藏匿地点也只有这边的工棚，但有个前提，是凶手没有同伙的情况下，有了同伙很可能就转移了。”

陶玉达指向地图不远处。

“你看，靠近工棚是一条省道，要逃跑很容易。”

米峰抓起衣服就要走：“事不宜迟，我马上去看看。”

高南问道：“你自己去？”

米峰抬起手腕看了下表：“我路上通知队里其他人，现在我先赶过去，如果真的像他说的那样，同伙带着人逃跑还真不是没有可能。”

“我陪你去！”

高南和陶玉达忽然异口同声，二人默契地相视一笑。三人穿上衣服，上了车赶往城郊工棚。

晚上两点的工棚黑黢黢的，米峰把车开到这片泥泞的洼地，借用车的远光灯勉强照亮一点儿前面的路。

米峰下了车，用手机当电筒，小心翼翼地靠近。陶玉达在后面叮嘱道：“这边年久失修，建筑早都松动了，还有地下的板子注意一下。”

米峰回头道：“等下后面的大部队到了就好了，我们先进去探探路。”

高南三人小心翼翼地在黑暗中摸索，这里虽然地方不大，但是结构却极为复杂，杂物多、隔断多，以前应该住过不少人。黑暗中，三人分头行动，迅速搜索。

米峰向左搜索房间，高南向右搜索房间，而陶玉达则继续向前。

“我们三人，只要有人遇到危险或是有什么发现，立刻原地大喊。”

米峰又不放心地嘱咐道：“我们现在也无法判断凶手是否有同伙。”

高南和陶玉达点头。

与其说这里是房间，倒不如说是一间间隔断，简易地隔开一片狭小的空间，里面堆了许多工人们匆忙离开后遗留下来的杂物。这里阴暗潮湿，到处都是木头发霉、铁柜锈蚀的痕迹。

高南的心思全部放在了寻找人质身上。与其说担心的是凶手的同伙会不会逃走，他更在意的是孩子的状态。武广被抓进去一天一夜了，小朋友没吃没喝也超过了二十四小时，很有可能面临脱水的危险。

忽然，高南的手机在寂静中发出一串电量过低的提示音，他调低了亮度，但手机只坚持了两分钟便黑了下去。周围立刻陷入一片黑暗。良久，高南摸索着想要走出眼前的隔间，呼叫米峰和陶玉达。

不知是否因为视力受阻，高南的听觉特别灵敏。他似乎听到了空气中微弱的呼吸声，只一瞬间便做出判断，房间里有人。

高南屏息，仔细判断着方位，想大喊却不敢贸然行动。他蹲在地上摸索，找到一根铁管，藏在手中，缓缓靠近那个声源。他尽力让自己镇定，不发出声音，以极其缓慢的方式靠近，再靠近。

高南感应到那个人躲在自己右前方的杂物堆后面，他隐约可以看到一面类似圆桌板一样的东西半立在墙脚，而那个人就躲在那个后面。

锁定了方向之后，高南举起铁管，以极快的速度大步走到那个桌板前面。他举起铁管，掀开桌板。说时迟那时快，就在高南紧张得想要挥舞铁管砸下去的时候，忽然灯光大亮。适应了一会儿强光，高南才看清眼前的一切。高南当下一身冷汗，还好他这一棍没有砸下去——这里蹲着的竟然是一个被蒙住了双眼的小男孩儿。

灯光亮了，似乎也没那么紧张了，高南大吼着叫来陶玉达和米峰。两个人见到小男孩儿皆是一惊，陶玉达浑身是土，仿佛刚从地洞里钻上来。

米峰掏出手机一边拨打电话一边阻止高南揭开小男孩儿的眼罩。

“这个眼罩不知道他戴在眼睛上多久了，先不要摘下来，免得伤眼。”

高南点头，转而将捆绑着小男孩儿手脚的绳索解开。

“你们的人都来了？怎么还不进来救人？”高南向外张望，看着外面空荡荡的厂房。

“还好刚刚通电了，不然我就一棍打在他身上了。”

米峰放下电话，回答道：“他们还在路上，通知120一块儿过来。这灯……我也不清楚……”米峰忽然想到了什么，手按住腰间的枪。

高南也瞬间明白了米峰的意思，到现在他们也不能排除绑匪有同伙的可能。

陶玉达赶紧出来圆场：“你们不要这么紧张，这边的电路是我通的，我刚刚走到那边发现了配电室，所以就进去看了看，发现这里只是电路有些老化。试着修了修，勉强能通电，不过不稳定，可能一会儿就又黑了。”

米峰忽然一巴掌拍在陶玉达背上，陶玉达感觉自己的五脏六腑都要被他拍出来了。

“行啊你，臭小子，这都会。”

高南看着还在昏迷的小男孩儿说道：“我们先把他带出去吧。”

“好！他们应该快到了！”

高南背起小男孩儿，米峰前面开路，陶玉达跟在后面护着，三人慢慢走出了工棚。几辆闪着灯的车正在风驰电掣地往这边赶，三人大喜，加快步伐。

忽然高南眼前一黑，感觉到身后一股力将他推了出去，如果不是米峰眼疾手快接住他和孩子，他们恐怕都要滚出去。高南和米峰回头，看到陶玉达刚好躲过一条跌落的粗电线，他用外套盖住脸，火花喷到衣服上，幸好没有造成大事故。

高南松了口气，米峰走进去把陶玉达拎了出来。

高南紧张地问：“怎么样？”

陶玉达傻乐，一排白牙在黑夜里格外显眼。他脱下外套抖抖灰。

“哎呀，我能有什么事。”

高南有些愧疚：“应该我照看着你，反倒成你救了我了。”

米峰对着远处的车挥舞着手中的手机，转过头对陶玉达嘱咐道：“一会儿120来，你也一块儿上车。”

“不是，米哥，我真没事！”

米峰道：“我让你上车你就给我上车，你要是不去医院检查也行！”米峰从腰里掏出一把手铐在手里摇来摇去。

高南无奈，米峰关心人总是嘴巴难听心里善，陶玉达耸耸肩算是答应。

审讯室暗无天日的房间里，武广蓬头垢面地趴在桌子上睡觉。米峰带着两个小警员走进来，两个小警员一边一个将沉睡中的武广架起来，米峰忽然将桌子上的强光灯打开。武广双眼无神，胡楂儿遍布半张脸，适应了一会儿才反应过来自己此刻正坐在审讯室里被强光照着。

米峰开口："我们已经找到人质了，你还有什么想说的？"

武广异常平静，声色之中透露着疲惫，只是不停地重复："不是我，真的不是我，不是我……"

米峰生气，将一张照片甩在武广面前，上面是一个工棚的照片。武广凝视照片，眼底里尽是陌生。

"这是什么？"

"这是什么还用我来告诉你吗？一个小时前，我们已经在这里找到了那个被你绑架的小朋友。"米峰有些激动，走上前攥住武广的领口，怒目圆睁。

"你的心是什么做的！你知不知道他才多大！他差点儿脱水死了！你把他当什么？老鼠还是臭虫？塞到那个阴暗的角落绑起来，自生自灭、毁尸灭迹吗？"

武广的眼泪忽然流了出来，落在米峰的手上。米峰有些惊讶，紧攥着武广衣领的手也有些松了。

武广一个五大三粗的男人，竟然就这样坐在审讯室里，身形颓废，精神已经濒临崩溃。

"我说我没干，你们偏不信！监狱里管教叫我出来了好好做人，遵纪守法。我好好做人了，结果你们又非说我犯法。我没干啊！我除了干保安的时候偷了一会儿懒，啥也没干啊！"

武广呜咽的声音在小小的审讯室里传开。米峰也无话可说了，眼神示意，小警员出门拿了包纸回来放在武广面前。武广哭得竟像个孩子。

在医院里，陶玉达只是手臂上有小小的挫伤。他处理完毕后就去病房寻找高南，高南此刻正与几名警员在病房里陪伴着刚刚醒来的小男孩儿。警方通知了小男孩儿的家属，他们正在赶来的路上。

眼前的小男孩儿只比高漫大了一点儿，高南实在不敢想象如果是高漫被绑架他会怎么样。于是高南对眼前的小男孩儿格外用心，耐心地帮他盖被子。

高南耐心地安抚："嘉明，别怕，你安全了，你的妈妈正从外地赶过来，叔叔、阿姨都是好人。"

嘉明似乎有些放下戒备，紧绷着的身体也松了下来。

陶玉达推门而入，到了病床前。

"处理好了？"高南问道。

陶玉达点头。

"小朋友怎么样？"

"还好，就是太虚弱，需要多休息。"

高南话音刚落，一阵哭声响起，嘉明躺在病床上忽然感到恐惧，大哭起来，似乎很害怕。正当众人百思不得其解的时候，病房门被推开，嘉明的妈妈满脸泪水地走了进来。

"嘉明，妈妈来了，嘉明！"

嘉明投入母亲怀里的时候才真正安静下来。

陶玉达和高南离开医院，后续工作自会有警员负责。

高南送走了陶玉达，独自返回家中，杜鹃早已将高漫送回来。高南由衷地感谢杜鹃，她这个经纪人做得跟助理无异了。

夜晚，高南陪着高漫睡觉。看着高漫小小的脸蛋，高南心底泛起一丝酸涩。还好他的高漫没有被别人抱走，想到这里高南反常地搂紧了高漫。

高漫似乎也感知到了高南的反常，抬头看了看高南。

高南道："漫漫，今天爸爸认识了一个小哥哥，他跟你差不多大，但是因为坏人把他抱走了，所以吃了很多苦。"

高漫不知道有没有听进去，只是眨巴着大眼睛，望着窗外的夜色。

"所以漫漫，如果有陌生人带你走，千万不要跟他走，知道吗？"

高漫将手中的洋娃娃递给高南，没有讲话，随后缩进被窝陷入了沉睡。

高南的手机突兀地响起，为了不影响高漫睡觉，高南拿着手机走出卧室。

“高南！那个武广嘴巴太硬了！”

米峰的大嗓门儿从电话听筒传出来。

“那你们审啊！”

“还不就是他死也不认罪，审不出来，今天他一个五大三粗的汉子，居然哭了！不说了，出来吃个夜宵。”

高南扶额：“警察同志，现在是睡觉时间，漫漫在家，我不出去。”

说完高南直接挂了电话。

不知道是不是写悬疑小说的职业病，高南望着窗外灯火点点，总觉得最近似乎有一只猛兽在暗处盯着自己，他们就像是任人摆布的小丑。他想起米峰的话，这种情况下武广依旧死不开口，难道真的不是他？还是说他有一个藏在暗处令他不敢提及的同伙？

不对，如果这个同伙令他畏惧，那他为何不一口承担下所有罪行，而免得警方怀疑同伙？所以说，武广，就是自己作案！

第二天，高南带了水果和玩具，来到嘉明的家里。嘉明身体已经恢复，小男孩儿身体正是猛烈生长的时期，一些外伤好得也快。只是听嘉明母亲说，跟以前相比，嘉明似乎有些内向了，不爱说话，胆子也变小了。

高南将一张名片递给嘉明的母亲。

“这是……”嘉明母亲问道。

“我女儿是自闭症儿童，现在一直在这位美国回来的乔医生那里治疗，她对治疗儿童心理疾病有丰富的经验，您可以带着嘉明试试。”

“这……太谢谢您了，高先生，您救回了我儿子，又给我推荐这么好的医院，谢谢，谢谢。”

高南有些不好意思地开口道：“我有个不情之请，可否询问嘉明一些问题？”

“您是想问关于那个绑架犯的问题吧，警察已经问过无数遍了，嘉明这几天眼睛都是被遮起来的，什么都没看见。”

高南耐心解释道：“不是，我只问些其他问题，保证不影响到嘉明好吗？”

对方想了想，最终点了点头。

高南走到嘉明身边，蹲下来，平视嘉明。

“小嘉明，你好呀。”

嘉明看看高南，没有回答。

“你还记得我吗？我是送你去医院的那个叔叔。”

嘉明点头。

“我家里也有一个小妹妹跟你差不多大，改天带你去跟她一起玩，好不好？”

嘉明再次点头。

“叔叔现在问你几个问题，你想回答就说，不想回答就不说，好吗？”

高南抬头看了看嘉明的母亲，嘉明的母亲点点头表示同意。

“你被坏人带走的时候，有没有摸到过或者吃到、喝到过什么，闻过什么气味什么的？”

嘉明想了半天，高南就一直蹲着耐心等待，没有催促。

“他会拿广播来给我听。”

“什么广播记得吗？”

嘉明想了想，说道：“不知道，广播里的姐姐说自己叫小优。但是，那天刚听到一半就被关掉了，以后我就再也没听过了。”

高南从怀里拿出武广的照片，问道：“有见过这个叔叔吗？”

嘉明母亲站在一旁想阻止高南，但看嘉明一直没反应便也默许了。嘉明看了半天，开口道：“眼熟，好像在小区门口见过。”

“叔叔有跟你说过话吗？”

嘉明摇了摇头。

“那带嘉明走的人是这个叔叔吗？”

嘉明点点头，随后又摇了摇头。

“我不记得了，我只记得这串数字。”说着嘉明指着武广照片上保安服胸前的一串数字。

高南伸出手，示意嘉明将手放在他的手上。嘉明伸出手，搭在高南手上。

“嘉明记得当时拉着你离开的手，是这个样子的吗？”

嘉明摇头。

“那可不可以给叔叔形容一下是一双什么样的手？”

嘉明努力回想：“手指很长、很细，有点儿滑。”

高南回忆起武广，武广的手粗糙不已，如同树皮，手指更是短而粗，这么说武广的案子说不定还真的有问题。

告别了嘉明，高南返回家中。仅凭一个孩童记忆中的触感来解除嫌疑恐怕太过武断，眼见都不一定为实，更何况是手触。高南想起嘉明所说的电台，反正也没什么思路，他索性打开浏览器搜索。本地能听到的广播电台中，主持人叫小优的，节目只有一个——《夜晚知音》，一个专门致力于解决听众人生迷惘的节目，每晚都会有抽奖环节。

高南顺利地在网站上搜索到了往期节目，将嘉明失踪期间的节目全部下载下来，然后坐在椅子上，放着广播节目，闭目聆听：也许会有什么线索也说不定。

直到一通电话将他叫起。

“高作家，那天签售会的粉丝礼物都已经在公司堆了很久了。您看，是您过来拿走，还是我们给您送过去？”

“不用麻烦你们了，我过去取好了，刚好出去透透气。”

高南一向尊重读者，他们送来的礼物从来不随意丢掉。高南到达时，公司的人正在整理最近各位作家收到的粉丝礼物，高南看着属于自己的那堆礼物，忽然注意到了一个录像机。录像机看着老旧，倒不像是礼物。

“这是什么？”高南拿起录像机问道。

“这……我也不知道，包着礼盒的就是礼物，没包礼盒的应该就是您或者杜鹃姐的东西吧。”

高南很确定这不是自己的东西，更不会是杜鹃的。杜鹃这人重外表，那天为了配裙子，特意拿了一个手拿包，那么小的包，除了放手机，根本放不了这么大的录像机。

高南想将录像机打开，也许通过查看里面的影像能帮他找到失主。但录像机因为老旧，电池坏了，刚一打开就直接关机。高南在公司问了一圈，还真的找到了一个之前在公司年会上用过这个牌子录像机的工作人员。借来了充电器之后，接通电源，录像机便自动开机了。

录像机最近的一条记录，时间果然是签售会当日。高南没有犹豫，直接点开了视频。

视频中先是主观镜头，看不到手持录像机的人的脸，但他似乎左躲右躲终于来到了高南化妆间门口，然后转动门把手直接打开了房门走了进去。随后这个人将录像机架在了一个隐秘的角落，刚好对着高南坐的化妆椅。高南终于看清了这个人的长相，阮玉玲！

阮玉玲固定好录像机后，似乎很愉悦，对化妆间的一切都爱不释手。她拿起高南的外套，先是放在鼻子下闻了闻，一脸满足，然后抱在怀里，穿在身上，在化妆间里转圈圈。她看到高南放在桌子上的水杯时，更加欢欣，直接拿起来狂饮。在化妆间内，凡是高南的物品，她都拿起来“爱惜”一番，状若痴狂。

看到这里，高南一身恶寒，浑身起了一层鸡皮疙瘩。正要关掉录像机之时，阮玉玲的状态变了。画面中的她似乎很惊恐，匆忙脱下衣服，摆好水杯，将一切物件都归位，然后打开化妆间的门落荒而逃。随后，似乎有其他人走了进来，但这个人伪装得很好，看不出他的长相和特征。他鬼鬼祟祟地站在椅子上，将一包不明形状的物体放在了空调的通风口上，然后离开。

高南脑中一炸，瞬间明白了，这个人就是那天签售会上炸弹风波的始作俑者！没想到一个疯狂书粉的偷拍，竟误打误撞将这个人拍了下来，他还以为自己伪装得万无一失。

高南从公司出来时带走了粉丝礼物，连带着也一并带走了那个录像机。

开车回家的路上，高南一直在播放下载好的广播。他一边听广播，一边思考签售会的事情。忽然电台里传来了一个熟悉的声音，令高南脚下一抖，猛踩了刹车。后面的车主怒气冲冲，狂按喇叭。为了不影响交通，高南将车停在了路边。他将广播倒退回去，重新听了一遍。

广播里主播小优甜美的声线在留言中选中了一个叫“武动乾坤”的听众，热线被接起，这个声音，不是武广还能是谁！

嘉明当时听广播的时候被中途按掉，应该也是按在这里。武广欣喜于自己获奖，获得了夜宵一份，他后来提供了地址，由电台负责点单送货上门，名为抚慰深夜寂寞人，武广开心不已。当时嘉明是和绑匪在一起，如果绑架他的人是武广那么就不合情理，他明明在接听电台热线。

高南觉得这件事情有些严重，立刻掉转车头，去警局找米峰。

“城市之心”39楼旋转餐厅上，曹大海与对面的高漫大眼瞪小眼，刘娜点好餐将菜单交给服务生。一名小提琴手走到桌前，与曹大海眼神交接，随后拉起了“你问我爱你有多深”。曹大海捂住了眼睛，没有再看，高漫眨巴着大眼睛吃着提前上来的开胃小食。小提琴手还在激情澎湃地演奏。

曹大海订了这个极其难订的位子，就为了和刘娜二人世界，谁想到刘娜带了一个拖油瓶过来。这个小提琴手也没眼力见儿，明摆着二人世界吹了，还过来添乱。

曹大海心疼他订餐厅的钱，无论如何也要对刘娜示爱，不停地用言语骚扰刘娜。刘娜听而不闻，频频看表。

高漫吃完了的东西，开始玩起了桌上的刀叉，叠罗汉一样摆弄着。

“娜娜，我们下次去出海吧，我朋友有个游轮。”

高漫手中的钢叉落地，“叮咚”的脆响打断了刘娜的注意力，她抬手示意站在不远处的服务生换一副新刀叉。

“娜娜，下周那个游轮派对很不错，我朋友他们都是带了老婆去的。我们也一起吧。”

高漫忽然一个寸劲儿将叉子叉到手上，倒吸了口冷气。刘娜更加紧张了，连忙查看高漫的手，确定没问题后才放心。

“曹主任，你说什么？”

“没什么，我去卫生间，一会儿回来说！”

曹大海气愤不已，起身走去卫生间。

高漫下地，走到曹大海的位置上，将刀叉、勺子配合餐布摆了一个奇怪的阵仗，刘娜不解但也未阻止。

曹大海回来的时候，高漫早已回到自己的座位上。服务生上菜，将一盘汤汁放在曹大海面前，谁知餐盘刚落桌，高漫这边就偷偷抽走了自己面前的餐布，而她这边的餐布早就与曹大海一边的系到一起。桌布移动带着叉子和勺子移动，曹大海面前的汤就莫名其妙地扣了他一身。

所有人的视线都看了过来，曹大海气急可又不好发作。服务生一直在赔礼道歉。

“我去整理下。”

曹大海压着怒气，与服务生离开了。

刘娜只是看了一眼高漫，并未责备，她的嘴角不自觉上挑。

米峰和高南站在广播台大楼下，手中拿着一份证明资料，确定了确实是有这个幸运听众中奖，留下的名字和地址，也是武广和其住址，他们顺线查了当晚的送货人，确实是武广本人接收了比萨大礼包。

高南跟着米峰又去了武广家里，武广的家早已被封锁，一切维持着被抓时的样子。他们走进去查看了一番，一无所获。

高南走出门口，又看了看周围的环境。

武广所租的这个棚户区，每家每户房门前，基本都有一个几平方米的小院落，以供他们堆放杂物。

意识到这一点之后，高南心里隐隐有了个猜测。他打量了一下武广家门前五六平方米的小院落。左边堆放着两个废旧的柜子，在柜子旁边，还放着一个一米高的橡胶桶。

高南走过去，掀开橡胶桶上面的盖子，果然在里面看到了一些纸盒和饮料瓶等废品。而那里边也确实有电台所提到的比萨大礼包的外卖盒子。不仅如此，高南还在里面发现了一个装快递的盒子，因此他提出了一个大胆的猜想。

“你看这个快递盒，虽然没有写明邮寄地点和邮寄人，但是武广在签名的时候，却有写下时间，虽然上面的快递单被撕掉了一半，但从剩下的一半字迹也可以推断出，正好是他被你们抓了的前一天。而且，这个盒子装下一套保安服刚刚好。”

米峰不可思议：“难道武广说的是真的，前一天有人将保安制服寄给他？”

“这个快递应该不是普通快递，现在快递公司都要求实名制，虽然偶尔会出现伪造姓名的情况，但像这个快递这样，寄件人姓名、地址都没有填写的，却绝对不可能，所以我怀疑这个快递是他人伪造的。我建议你拿着这个盒子，找鉴定科提取里面的针织纤维查一查，看一下是否与保安服上的一致。”

米峰小心翼翼地接过盒子，点了点头。

只是，如果真的不是武广，那么案件将会变得更加扑朔迷离……

/第五章　高漫失踪/

江城的季节分明得犹如一刀切，好像只过了一晚，便已入秋。街道上的行人从夏衣换上了风衣，枝头几只鸟雀在寒风中叽叽喳喳，仿佛在告诉人们秋天来了。

米峰将高南送出警局，二人站在警局门口，满面愁容。

经鉴定科的人鉴定，快递包裹里的针织纤维确实属于保安服，但不能说明就属于作案工具之一的那件保安服。他们联系上了电台送幸运奖品的外卖员，对方确认当晚确实是在武广的家中亲手将食物交给了武广。再加上小男孩儿的指认，武广的一切特征都和绑架犯不符合，因此武广被无罪释放。

一夜未睡，高南的下巴上冒出了一层胡楂儿，米峰从口袋里掏出两支烟，一支叼在自己嘴里，另一支递给高南。二人对着清晨的街道静静抽烟。

“一会儿人就出来了，不然你先回去？”米峰一边回头看看警局大门口，一边询问道。

高南摇头，吐出了一个烟圈。

武广在警员的陪伴下走出警局，形容枯槁的脸上带着喜悦。他一眼就看到了门口的高南，瞬间双眼一亮，目光炯炯，直奔向高南。

“高律师，哦不，高大作家，大恩人，他们都跟我说了，这次要不是您，我还在里面关着呢！”

听见武广诚恳的感谢，米峰和高南一愣，二人相视一眼，都有些摸不着头脑。这武广凶神恶煞，总是一副全世界都欠他钱的样子，之前签售会上针对高南，似乎还对高南心存怨恨。如今这判若两人的作风，真是令人大跌眼镜。

“嘿，你说这挨千刀的犯罪分子！把屎盆子扣在老子头上了！就欺负老子蹲过大狱！如今谁都来踩老子一脚！”武广越说越气，完全忽略了这是在警局大门口。

米峰直接给了武广一脚，怒斥道：“你犯过罪、抓你坐牢，不好好改造你还有理了你！”

武广连忙换上谄媚的笑容，笑嘻嘻地贴上米峰说道：“米警官，哪儿的话，我被改造得特别彻底。米警官，咱们也算不打不相识了，给支烟，嘿嘿。”

米峰瞪了他一眼，还是掏出一支烟递给他。

高南看了看表，对米峰说道：“我先回去了。”

“那我叫人送你一下，你一晚上没睡就别开车了。”

在一旁点烟的武广听见高南要走，连忙放下烟，一脸正经地走到高南面前，特别郑重其事地说：“高哥，叫您一声哥。”

说罢，武广还将手中仅有的一支烟递给高南，姿势特别社会。米峰在旁边忍不住“扑哧”一声笑出来。

米峰问道：“你这是干吗，认大哥？”

武广诚恳道：“我第一回走错路是监狱救了我，这第二回虽然不是我主动走错路，是被诬陷的，但是高哥您救了我！哥，以后有事您知会，我随叫随到，以后我就是您小弟！”

高南摆手道：“看上去我比你小不少，还是别了……”

熟知武广档案的米峰在一旁打岔：“是啊，您这年纪可大人家十岁呢，从长相看起码大二十岁。”

武广老脸一红，有些尴尬，高南倒是老好人做惯了，打圆场道：“算了，只要你不再做违法的事，我们也算不打不相识。”

武广“嘿嘿”一笑：“不打不相识，不打不相识！哥，以后有您一口吃的，就有我一口喝的！”

米峰一愣：“哎，不对，我怎么觉得你在这占便宜呢！这话是这么说的吗？”

武广满不在乎地道：“意思到了就行，理儿是这个理儿！”

送走了高南和武广，米峰皱着眉回到了警局。折腾了一晚上，高南和武广他们俩一个自由职业、一个无业，两个人纷纷回家补觉，米峰还得撑着精神回警局。他刚坐下，想趁着上午没事眯一会儿。两张椅子一拼就是一张床，他们这些人都过惯了这种二十四小时连轴转的生活。米峰刚一躺下就被人推醒，气得想发火。

“头儿，赵局长来了，找你呢。”

米峰的火活活被“赵局长”三个字扑灭，心里哀叹，没得睡了，搞不好还得领一顿骂。

米峰愁眉苦脸地走进办公室，赵镇华端坐在办公桌前，表情与米峰一样苦大仇深，气氛一时间有些凝重。为打破尴尬，米峰率先开口。

“头儿，您找我！”

赵镇华面无表情：“把门关上。”

米峰像个小学生一样乖乖关上了办公室的门。

赵镇华将一沓文件甩到米峰面前：“你就是这么给我办事的？这两份报告，就是两沓垃圾！浪费纸！”

“头儿，这两个案子我会追查到底的，凶手隐藏得这么深，绝对不是普通人，一日不把他揪出来，就一日是个祸害！”

赵镇华恨铁不成钢地用手指点着桌面：“米峰啊米峰，我是一路看着你过来的！你的能力我都认可，想当年我做刑警大队队长的时候，你还是个初出茅庐的小警员，但那时候你机灵得像个猴子！你看看你现在，两个小案子被凶手牵着鼻子走！”

米峰点头如捣蒜，安静听完赵镇华的怒骂后才敢开口：“头儿，这两个案子我已经在跟进了，现在局里事情多，我跟您保证！十天之内必破案！

若是十天之后的中午，我还不能找到绑匪，我自请降职！”

听到米峰为自己立军令状，赵镇华也不是第一天认识米峰了，知道他心里也急，他这也是在逼自己。赵镇华转换了语气，语重心长道：“这两个案子，一个爆炸案，一个绑架案。第一个已经危害到了社会治安，虽然是乌龙一场，但因为和高南这个名人有牵扯，所以造成了不小的社会影响，现在上头也在逼我，赶紧查清楚给社会一个交代，不能让事件再发酵下去。这第二个案子，我看了你们的卷宗，幕后黑手这么拙劣生硬地照搬十年前旧案，结果你们一大群人跟傻子似的乖乖上钩，错抓无辜的人，实在太丢人。现在线索断了，更加棘手，这个人就是在挑战警方权威和底线，必须将这种人绳之以法！”

米峰点头，承认道：“头儿，这两个案子没能快速解决，是我的错。”

“我看这两起案子南辕北辙，不如找队里其他人帮你分担吧。你专心查绑架案。”

米峰陷入沉思，两起案子的确南辕北辙，但他心里有说不出的感觉，总觉得这两个案子都很怪异，这种怪异感又一脉相承，直觉告诉他，这两件案子的怪异属于同一种。

他心中有一个疑问，但没有对赵镇华讲出来，他知道赵镇华听了之后肯定觉得是天方夜谭，于是只得把这个疑问暂时压在心里，然后回到办公室灰头土脸地写检讨。

风波一场接一场，终于告一段落，虽然案子悬而未破，但接下来的事情高南也无权插手，毕竟这是警方的事。接下来的时间，高南终于可以安下心来进行创作。

回到家之后的高南，泡了个热水澡，焚香沐浴，拖拖拉拉一套仪式化的把式做足才打开电脑，对着空白的文档开始思考。他刚静下心来敲了一个标题，他们家的大门就被人冲开，杜鹃风风火火地冲进来，站到高南身旁。

高南望着空白的文档，不禁咽了一口口水。

“这是什么？”杜鹃冷冷地发问。

高南有些心虚，不知如何回答，毕竟约定的交稿时间因为自己被米峰拖走办案而开了天窗。

“你不会跟我说，你一个字没写吧？”

“……你猜对了。”

杜鹃深呼吸一口气，对着高南挤出一个职业微笑。

“明天要交百分之五十的稿子，你告诉我，一天时间你怎么变出来！”

高南站起来去倒了两杯咖啡，递给杜鹃，杜鹃无视。

“我会马上补回来的。你帮我再讲讲，晚几天。”

“你用什么补！我替你去挨多少回骂了！不是，高南，你在家这段时间都在干吗？”

“这几天的确有些要紧的事。”

“又是米峰的事吧，我就知道这个事精缠上你就没完！你看我怎么收拾他！”

高南闻言连忙解释：“不不，是很紧急的事，他不求我，我也要帮他。”

杜鹃还想说什么的时候，门铃忽然响起来。谁知大门一开，说曹操曹操到，来的不是别人，正是被杜鹃“通缉”的米峰。

“谁啊？”杜鹃在书房里大声询问，高南背后一凉。

高南对米峰一个劲儿地使眼色，示意他先离开。但怀中抱着一个大纸盒的米峰，显然没有听到杜鹃在里面的声音，只觉得眼前的高南像癫痫犯了一样，一直挤眉弄眼的样子很是好笑。

米峰不客气地挤进门，自顾自换了双拖鞋。

“我说你眼睛怎么了？什么毛病？写书写疯了？”

米峰抱着纸盒边说边向高南书房走去：“我们头儿让我十天内破案，我头都大了！这还不是最烦的，更烦的是我还得写检讨。你也知道，我这人就不爱写东西，五个字能憋一天。这不嘛，我就来你这大作家这儿找找灵感。”

高南一把拉住米峰，示意他闭嘴，但米峰根本没有停下来的意思。他不光没有领会高南的暗示，反而对高南不耐烦，快步绕过高南。

“我说你怎么回事！不就用用你书房，看把你吓得！好吧，我实话实说，我就是想让你给我把检讨书写了，要求不高，声情并茂就……”

米峰的声音随着他走进高南书房戛然而止，高南只见他怎么走进书房的，怎么倒退出来。杜鹃抱着臂膀，面如寒冰，气势逼人。

米峰暗自低叹：“真晦气！”他转头对高南小声质问：“你怎么不告诉我一声她也在？”

高南无奈耸肩。

“你！”杜鹃一只手指狠戳米峰的肩膀，问道，“接下来不要再来打扰他！交不出稿子，我砍了你。”

米峰被她气得结巴：“……你……你袭警！”

杜鹃冷笑，不再理会他，对着高南命令道：“你进书房去，今天能给我多少给多少！”随后杜鹃看向米峰，米峰刚要跟着高南一块儿进书房，但一见到杜鹃面露凶光，便很识趣地缩缩脖子，主动服软道：“我进去写检讨，不打扰人。”

杜鹃点头默许，米峰如获大赦，连忙抱着东西跑进书房。看着二人走进书房，杜鹃这才走进厨房，为他们准备午饭。为了找高南要稿子，杜鹃的家政技能上升了不止一星半点儿。

回到书房里的米峰连忙把门反锁上，长长地舒了口气。高南感到好笑，问道：“杜鹃有那么可怕？”

米峰摆手：“别，别提‘可怕’这两个字，‘可怕’不足以形容她，她只能用‘恐怖’来形容。”

高南笑着坐回电脑前，警告米峰道：“我今天是无论如何得交出点儿东西来，你不要打扰我。”

米峰抱着大盒子，直接放到高南面前，如果不是高南反应及时，就连这仅有的几百字文档也差点儿被删除。

“这是你的快递！刚才在电梯里刚好碰上快递员，就顺手帮你拿进来了。”

高南狐疑，他是一个从来没有网购习惯的人，怎么会忽然有一个这么大包裹的快递来？他动手拆开快递箱子，从里面拿出一个黄金键盘。

米峰激动地凑过来：“行啊，你小子果然被名利迷住了头脑。都说有钱人爱标榜自己，你这也忒俗了，给自己搞了一个金键盘，表扬自己呢？”

“去，不是我买的，不知道谁寄来的。”

“粉丝？”

“不会，粉丝一般寄到公司，没人知道我家里的地址。”

米峰拿起快递箱，左看右看终于找到了快递单，上面寄件人居然写着：最爱你的人。米峰一阵恶寒，连忙把快递箱丢给高南自己看。结果箱子里掉出了一张纸条，高南捡起来，上面字迹娟秀，一看就是女生写的：我会做一件让你一辈子都记得我的事。

米峰在旁边打了个冷战，高南倒是无动于衷。米峰思考再三，终于还是说出自己心里的疑惑。

“我们赵局那里，我跟他保证十天内破案——破绑架案。你那个签售会的事交给别人了。”

高南将金键盘连着纸条扔到房间的角落，重新坐回电脑前，听到米峰的话只是应了一声。这么久过去了，说实话他自己也觉得要想调查出签售会的真相希望渺茫，对方显然是冲着他来的，但他实在是想不出自己有什么仇家。至于武广的案子……就更加匪夷所思，似乎不能用正常犯罪分子的思维来理解这个幕后黑手。

米峰忽然正经道：“其实我心里一直有个想法……”

“我能猜到你要说什么……”高南默契地接话道。

米峰说：“武广案的幕后黑手显然是做局引我们上钩。武广与你我非亲非故。他这么做的结果只能是想要让武广再次入狱，其他就没什么了。”

高南点头：“现在起码有一条我们已知，幕后那个人与武广多少有些关系。”

米峰说：“我的那个猜想，签售案和武广案，风格诡异得离奇，幕后黑手如同小丑，把我们操纵在他手里，而他只是游戏一场。”

高南有些疑惑：“但是我厘不清的线是……他如何猜到武广案一定会与我有关，如果你没来找我呢？如果我没答应帮你破案呢？”

米峰没说话，看向了刚刚被高南扔到墙脚的金键盘和那张诡异的字条，高南也不约而同地看过去，二人陷入沉默。

忽然“砰”的一声，书房门被大力踢开，杜鹃怒目横对米峰。

“有你在，果然会影响他！我刚刚在门外听见你们聊得这叫一个开心啊！”

米峰刚想解释，杜鹃怒斥：“出来吃饭！”

米峰和高南乖乖闭上嘴巴，出门吃饭。

餐桌前，高南、米峰和杜鹃三人围着杜鹃亲手烧的家常菜吃饭，简单的午饭三人吃起来也算是温馨。

杜鹃忽然对高南说道：“我昨天去学校接漫漫，把她送到了她妈妈那里。学校说他们有一个学期才艺会演。”

高漫连正常交朋友都很难，更何况这种文艺会演。高南一向尊重高漫的选择，虽然知道高漫这样回避社交不好，但也依旧尊重高漫的选择。

“漫漫的老师，就是那个陈老师说，高漫报了一个科学展示节目。”

米峰和高南忽然齐刷刷抬头看向杜鹃，似乎她刚刚说了一件不可思议的事情。

杜鹃见他们两个不信，于是拿出手机找出学校拍的视频递给他们两个看。视频里，高漫自己做了一个小发明。

一个空的实验室里，高漫利用三棱镜固定几个位置，然后打开白炽灯，关上日光灯之后，整个实验室里充满了五彩斑斓的光效，如梦如幻。高漫拎起一桶水浇在一个水力风车装置上，水车缓缓旋转，发出了一个一个音符，连起来是一首好听的曲子。

“漫漫不上台，她做了这些，班里一个跳芭蕾的小朋友会替她上去配合这些装置跳舞。不过有些材料还不全，你带漫漫去买吧，虽然漫漫不上台，但好歹是一台演出，别的小朋友都是礼服裙子漂漂亮亮的，你还是带着她去买一件漂亮裙子吧。”

高南惊呆了。他连连答应，一脸痴笑地看着视频，看了一遍又一遍。杜鹃一把抢回手机，问道：“想不想跟漫漫去买礼服和道具？”

高南连连点头。

“明天中午为止能不能交出点儿东西来？”

高南继续狂点头。

“那明天下午我放你假，出去逛街，但是这段时间你远离他！”说着杜鹃手指米峰，米峰一脸无辜。

高南连忙点头。为了高漫人生中第一次表演，他当然要摒除一切，配合高漫完成这场演出。虽然高漫只是间接展示发明技术，但这是他女儿第一次走出自己的“小圈子”。

饭毕，杜鹃直接拎着米峰走出家门，米峰的十天之期如同悬在他头上的一把刀，他毫无头绪，还想在高南这里耗一会儿，聊聊思路。

杜鹃拎着一米八几的米峰，如同拎小鸟一样走出高南家。杜鹃一屁股坐上米峰的车，拉下遮光板对着上面的小镜子补妆。看也不看米峰一眼，直接吩咐道：“送我去公司，我赶时间。”

“你真把我当司机了？”米峰一脸不可置信。

杜鹃看也没看他，专心致志地刷完最后一根睫毛后，点头：“嗯。”

米峰无奈，只得开车带着她离开。

才思泉涌的高南疯狂地赶稿子到深夜，就是为了能够陪高漫一起去挑选演出需要的道具和新裙子。

高南终于赶在清晨太阳升起前结束了工作。他将文档发给杜鹃后松了口气，天色已经开始泛白，补几个小时的觉后他就可以出发去刘娜那里接孩子了。

然而他却躺在床上辗转反侧怎么也睡不着，脑子里不停地想一些事情。阮玉玲、武广、黄金键盘、录像机……难道这一切真的是一个庞大的局吗？做局的人是谁？又有什么目的？高南眼前一片漆黑，仿佛一只手在引领他一步步走入圈套。

不知过了多久，他才沉沉睡去。醒后，高南准时到达刘娜处，接上高漫直奔商场。高漫还是一言不发，只是眼神与平常有些不一样，她开始对商场里花花绿绿的装饰和商品产生兴趣。最近高漫一直在乔医生那里接受治疗，看起来效果不错。

高南带着高漫逛了一家又一家童装店，甚至还预约了两家定制礼裙店，看上去非常温馨。高漫反倒没什么特别在意的，虽并未表现出开心和期待，但也出奇地配合，导购小姐推荐的她都会试一试给高南看。

高南拉着高漫走到最后一家服装店，高漫看着高南手上满满的购物袋子，于是止住脚步，说什么也不肯走进去。高南正在买买买的兴头上，而且他也难得出来逛一回街，恨不得扫荡完整个商场，把所有适合高漫的裙子全都买下来。

高漫从书包里掏出一张图纸，指了指上面一堆造型奇怪的图画。高南了然，蹲下来安慰道：“漫漫，你说的这个东西，爸爸已经托人帮你去找了，商场里怎么会有这些奇奇怪怪的道具呢？我们今天先把衣服买好，然后爸爸就去问问看你要的道具怎么样了，好吗？”

高漫想了好久，终于点点头，跟着高南走进店中。不远处，阮玉玲依旧一身不透风的风衣，宽檐大帽遮脸，站在大型人偶雕塑旁，一边看着远处的父女俩，一边用手中的相机拍照。

高漫慢吞吞的，高南已经走进店门她还在外面磨蹭，阮玉玲看准时机，迅速走向高漫。就在距离高漫越来越近的时候，高南忽然退出店门，转身走到高漫身边抱起她，二人一同走进服装店。阮玉玲失望，但看见高南，眼底闪过一丝笑意。

高南将高漫放在服装店的沙发上，自己跟着导购去挑了几件小裙子。当他兴致勃勃带着小裙子回来找高漫时，却发现沙发上空空如也。他急得拎着衣服四处寻找，店员生怕他带着衣服跑了，紧跟在后面。终于在店内收银台旁的角落里，看到高漫小小的身影正站在一个模特儿旁发呆。

高漫忽然回头，指着人形模特儿，开口道：“爸爸，要这个。”

“漫漫，这个不是玩具，服装店只卖衣服，不卖模特儿。”

“表演用。”高漫很卖力地表达出自己的意思。

高南把高漫带走，将怀里一件小裙子递给她，劝道：“听话，先去试裙子。”

高漫也很倔强，站在那里一动不动，与高南僵持。

最后还是高南败下阵来，转头问一旁的店员，是否可以将那个人形模特儿转卖。

店员肯定也是第一次遇到不仅要买衣服，还要买人形模特儿的客人，一时不知道该怎么回答，但脸上的尴尬又在明确告诉高南，这东西不卖。

高南无奈，只好又低头对高漫解释，这模特儿是非卖品，并且还对高漫承诺，他会联系一下有门路的朋友，看能否从厂家购置一件。高漫这才拿着裙子走进了试衣间。

父女二人在商场逛了一下午，高南的双手满是购物袋，几乎已经提不过来了，这才心满意足地前往地下车库。

高南正要发动汽车，发现有一条裙子在付完钱后忘记带走了。他本想带着高漫一起上去找，但今天一整天高漫都在不停地试衣服，早已筋疲力尽，此刻坐在车上，说什么也不肯跟高南再回去。高南无奈，只得叮嘱高漫，自己在车里乖乖的，千万不能下车，他马上就回来。于是高南一路小跑去取衣服。

停车场里静悄悄的，高南临走前将车窗降下来一些，高漫自己一个人坐在车里摆弄着手中的图纸反复思考，忽然耳边传来“咚咚咚”的敲窗声，高漫转头发现一个女人趴在车窗前正直勾勾地看着她。这个人不是别人，正是阮玉玲。二人对视良久，阮玉玲终于开口了。

“你不认识我了吗？”

高漫转过头继续研究自己的图纸，因为高南临走前嘱咐她不要下车。

“我之前带你去玩过，你忘记了吗？想不想再和我去玩？”阮玉玲带有诱惑性的声音一直不停地响在高漫耳边。高漫不为所动，她的全部注意力已经放在面前的纸上。

“你想要刚刚那个模特儿吗？”

高漫闻言忽然抬头，阮玉玲说中了她心中所想。

阮玉玲见高漫终于肯理自己了，于是赶紧补充道：“我刚刚看到你爸爸没有给你买那个模特儿，我认识那家店员，你跟我走，我带你去拿。”

高漫似乎在犹豫，阮玉玲的话真的打动了她。

阮玉玲继续蛊惑：“你在车里按一下那个按键，我帮你打开车门带你走，好不好？”

远处忽然传来一阵急促的脚步声，越来越近。阮玉玲心急，高漫心中在做斗争，想了良久，高漫爬到驾驶座上按下车门锁。车门忽然被外面的人大力打开，高漫回头，看到高南一张黑脸。

“漫漫，我说过多少次！不要乱动车，爸爸只离开几分钟，你要乖乖坐好。”

高漫张口欲言又止，高南没有多想迅速发动汽车缓缓开出停车位。高漫趴在车窗上四处搜寻阮玉玲的身影，这个女人却仿佛蒸发了一般。

高南提醒高漫坐好：“在找什么？还有什么落下的吗？”

高漫摇了摇头，将注意力重新移回到自己的图纸上。

高南带着高漫驱车去往餐厅吃饭，高南点好菜后起身去了卫生间，留高漫自己一人坐在座位上。高漫摆弄着餐具等着上餐，服务生先端上来甜品，后又递过来一只布娃娃。高漫将布娃娃还给服务生，摇了摇头，示意不是自己的东西。

服务生满脸疑惑，说道：“这个是一位女士让我给你的，她说她能带你找到更大的模特儿。”

高漫眼中一亮，想起了刚刚地下停车场的阮玉玲，但高南的嘱咐似乎还在她耳边回荡，不能和陌生人离开，更不能相信陌生人的话。

高漫离开椅子，忽然被一只手拉住，这只手翻转了几下便出现了一支五彩斑斓的棒棒糖。高漫看呆了，这只大手再翻转了几下，又出现了五支棒棒糖。高漫已经完全忘记了自己跑出去要干什么，全神贯注于眼前的糖果。

这只手灵巧地绕过高漫的眼睛，从她的口袋中掏出来那张她无比宝贝的图纸，高漫紧张地想夺回却被阻拦。眼前的双手似乎有魔力，几个假动作之后，再双手一展，那张图纸不见了。

高漫急了，第一次主动对别人动手，伸出手在面前的人身上肆无忌惮地搜索。高漫对一切都不感兴趣，唯独这些小发明和实验，集中了她所有的注意力。那张纸是她这些天的心血，如今却被眼前的人挥挥手就搞丢了。

就在高漫眼中已经泛泪花的时候，忽然这双大手的主人向高漫原本坐的餐桌前一指，高漫转头，竟然发现那张图纸被叠成了一架飞机的形状，静静地躺在餐盘上。高漫的眼泪迅速收回，连忙爬回原来的座位上。

陶玉达穿着餐厅的员工制服，转身接过一盘小甜品，亲手送到高漫的面前。

“还记得我吗？我跟陈老师一起的。”

高漫想了想，点了点头。陶玉达笑笑说：“怎么你一个人，你爸爸妈妈呢？”

高漫指了指远处的卫生间，陶玉达了然，忽然伸手从高漫的帽子里又掏出来一只千纸鹤，高漫瞪大了眼睛，感到不可思议。正当高漫拉着陶玉达想探索究竟的时候，高南远远地就看见自己女儿与一个服务生在一起玩闹。

等高南走近才发现，这个人居然是陶玉达。

“世界真小啊，又碰到你了。”

陶玉达有些不好意思，笑笑说：“想出来透透气，也见见人，所以游戏玩累了的时候，就偶尔在这里打工，做个兼职。”

高南点头，说道：“你们这行应该收入不错吧。”他以前也听说过游戏代打的工作，据说一些比较厉害的人，月入几万元都不成问题。

“就是整天对着电脑，好在时间相对自由，也能出来见见人。哥，你看我这性格，不见人还不如杀了我呢。”

“看你技术这么厉害，怎么不干信息安全了？”

陶玉达笑着挠了挠头：“以前上班就是时间不自由。”

高漫拉着陶玉达的手晃了晃，陶玉达似乎跟高漫很有共同语言，低头软言软语地说道：“哥哥下次给你变好不好？我得去上班了。”说着陶玉达对高漫指了指自己的服务生制服。高漫依依不舍地告别了陶玉达。高南也乐得见高漫开心。

“有空儿来家里玩。”

陶玉达笑得灿烂，像个傻小子，直到主管的叫喊声把他叫走。

高漫开始逐渐融入校园生活，高南和刘娜都感到高兴。

以前听老师说的最多的就是高漫如何不合群，无法融入集体，而这一次居然听到老师表扬她，这让高南高兴不已。

高漫虽然话少，但脑子里的奇思妙想极多，因为有了她，班级里很多节目的舞台设计都好看了不少。

高南心情大好，工作热情也特别高，他将新的一部分内容发给杜鹃，并且查看杜鹃回复的邮件。

杜鹃在邮件中回复：“你现在别管你的狗屁稿子了，现在打开电脑！

上网！立刻！”

高南无语，杜鹃这种风风火火的急性子，还有心情慢悠悠给他回邮件。他拿着手机开机想给杜鹃回个电话。

他刚开机，就看到无数个未接来电以及短信。他一一点开，发现都是陌生人，甚至还有各种各样的求合作广告。开机了没到半分钟，电话又打过来了。他犹豫了一下，直接挂断继续关机。

高南一头雾水，挂了电话之后打开浏览器，一条新闻直接映入眼帘。

“知名作家高南新书稿件外泄！私人电话也一并流出！”

高南震惊，这稿件只在他的电脑中，怎么会外泄？私人电话只有合作方和业内的朋友有，更不会外泄！高南打开网上已经漫天飞的书稿文件，发现与自己写的一字不差！这究竟是怎么回事？

杜鹃马上找了公关团队来处理，先是屏蔽关键词让网上的书稿不再流通，但大家心里都清楚这无济于事，虽然公共平台上不再肆意传播了，但私下这书稿仍在流通，禁是不可能百分之百禁掉的。出版公司与杜鹃协商，先暂停高南手上这本书的写作，这个项目暂时搁置。

一场网络风暴令高南“待业家中”了。

陶玉达坐在高南家的书房里，对着高南写作用的电脑敲代码。良久，他探出头，皱着眉头对坐在一边的高南说道：“哥，对不起，你的电脑我实在看不出来有人入侵过的痕迹。”

高南失笑摇头：“没事，没事，就当我放个假。”

“不过……哥，我发现你邮箱安全系数太低了，基本上随便一个黑客都可以进入，进你的邮箱简直就像逛庙会一样简单，所以我怀疑你的稿件外泄，可能是通过来往邮箱泄露的。”

高南点头：“你说得没错，网上流传的版本都是我通过邮箱发出去的版本，我电脑里留的还未修改好的稿件都没有外泄。所以要么是出版方那边电脑泄露，要么是我的邮箱泄露。”

陶玉达一时间不知说什么好，也不知道如何劝慰高南。似乎是想到了什么，陶玉达忽然开口道：“哥！我知道我能为你做什么了！我帮你黑了网上那些传播你稿件的网站吧。”

高南摆手：“算了，封不住，黑客本来也是违法的。”

陶玉达不以为意：“这简单，只要我上去删了几个主要的站子就好，起码源头控制了。再说，他们泄露传播你的稿件本来就是违法，我这是以暴制暴！”

高南刚想教育陶玉达一番，他的手机忽然响了，以前的私人号码早就作废，这是高南新换的号码，只有身边的几个人知道。高南去一旁接电话，陶玉达迅速投入黑客的战斗。

米峰来电约高南小聚，杜鹃将高南的事通报给了米峰，其实就算不用杜鹃说，这件事闹得这么大，米峰也听说了。

二人约在大排档，米峰早早地就到了，撸串撸得不亦乐乎，看见高南走过来，他远远地就对着后厨吼：“服务员！再来俩腰子！”

高南坐下，米峰为他倒酒，高南双手插兜，丝毫没有食欲。

“怎么了？工作吹了？要破产了？夜宵都戒了？”

高南斜了米峰一眼没有讲话，米峰笑嘻嘻地说：“杜鹃都跟我说了，这姑奶奶还逼我给你们破案！”

米峰一拍桌子，把来上菜的服务生吓了一跳。

“老子是刑警！刑警！你们这破案子不归我们管！你知道她说啥不？她竟然说我没能力管！呵，她也不看看我是破刑事案件的！杀鸡焉用牛刀！”

高南无奈，只得端起桌上的酒杯一饮而尽。

“书稿泄露就算了，私人号码也泄露了，我现在还在处理各种手机号码捆绑的事情。”

米峰的脸因为喝了点儿酒红红的，他正色道：“不过说真的，你的微信通讯录倒是可以好好彻查一下了。我还不了解你，你那些杂七杂八的工作人员都是杜鹃帮你联系的，能跟你加微信的，都是关系很近的。”

“之前签售会倒是加了几个书迷的微信，不过我相信他们应该不会……”

“不会什么！我觉得会！”

“可是……”

“可是什么可是，知道了你的电话号，然后通过电话找到邮箱，易如反掌。你告诉我，都哪几个人，我给你查查去。”

高南想了想说道：“小达，就是陶玉达，你见过，他不可能，信息泄露后我电脑邮箱的漏洞还是他帮我修复的。另外两个知道我微信号的粉丝，一个叫陈晨，是个三十几岁的女人，还有一个是不到30岁的男人，具体叫什么我就不清楚了。除了他们三个人之外，我还和武广加了微信，但我觉得他的嫌疑也可以排除了。其实……还有一个……”

米峰突然也想起了什么，看着高南道：“还有一个……你是说阮玉玲？”

高南点头：“不过她之前并没有加到我的微信。”只是，有了之前几次的事情，高南还是有理由怀疑，阮玉玲如果想要知道他的信息，应该会想方设法弄到手。

米峰听了高南的话，琢磨道：“阮玉玲？那你说黄金键盘是怎么回事？”

高南似乎也陷入思考，直到杜鹃风风火火地赶到，打断了他们的思路。为了信息泄露的事，杜鹃已经忙得连轴转了。没办法，高南的新书还未写完就签了很多合作，现在整本书搁置了，连带着影视、游戏、漫画等一系列合作全都中断了。如果不是她从中斡旋，估计高南要吃不少官司。除此之外，网上的公关也不能断，起码这次泄露事件的热度要压下去。

杜鹃把西装外套随手丢给米峰，米峰顺手叠好帮她挂在椅背上。桌上的残羹冷炙她也不介意，挽起袖子就开始吃。米峰忍不住道：“这都凉了，你等下一拨上来再吃。”

杜鹃道：“你别管我，我跑了一整天没歇，连口水都没喝。”

高南有些愧疚：“这事都怪我，不然有人要提出赔偿，就满足他们吧。”

“什么怪你！怪你什么？不行，这事要怪也怪网络安全不好，跟我们没关系，一分钱我都不会让步！”

饥饿的杜鹃一肚子火气，指着高南鼻子警告道：“万一有人敢绕过我来烦你，你也给我强硬点儿，听见没！”

高南不敢造次，连忙点头。

杜鹃话锋一转，忽然盘问米峰：“我让你管的事，你给我查清了没？”

米峰的头摇得像拨浪鼓一样：“我说姑奶奶，我是刑警，术业有专攻，这事真不归我们管，我就是想帮也帮不上啊！”

杜鹃放下手中食物，眼中熊熊烈火；米峰一个堂堂大队长竟然有些心虚。杜鹃拿起餐巾纸，将手指一根一根擦干净，然后起身，米峰连忙帮杜鹃穿上外套，杜鹃一手拎起包，另一只手拎着米峰的衣领直接连人一起拉走。

杜鹃对高南吩咐：“你把账结了自己回家。这人我提走，今天不给我点儿有用信息我跟他没完！”

米峰委屈不已，向高南求救，他一个男子汉大丈夫被一个姑娘提在手里像什么样子。

高南对米峰的求救信号视而不见，连忙掏出钱包付钱；米峰心如死灰，跟着杜鹃坐上了她的车绝尘而去。高南结完了账，准备离开，差不多该去接高漫回家了。

学校里，高漫在核对舞台上的设计流程，假人模特儿最后还是被高南搞到了。高漫将假人的小臂锯下来，在关节处安装了一个转轮，这样手臂就变成可控的了。原本台上需要一个工作人员站在那里调控开关，现在只需要高漫在后台远程操控假人模特儿的手就可以了。假人模特儿装扮一下，完全与舞台背景融为一体。

高漫正醉心于实验室设计，陈潇端着一杯牛奶走了进来，安静地站在一边，直到高漫忙完才走过去。

“饿了吧？”

高漫点点头，接过牛奶一饮而尽。陈潇将杯子放到一旁，坐在高漫旁边陪伴她。

“漫漫，这次演出怎么样？有信心吗？”

高漫点点头。

“你爸爸还没有来吗？”

高漫望望窗外，校园里只剩下零零散散的学生。高漫点了点头，说道：“等。”

陈潇摸了摸高漫的头，没有再多话，她看着高漫小手摆弄道具的样子，似乎这就是她整个世界。

陈潇一只手握着表盘，上面的秒针一刻不停地跳动，教室里安静下来。傍晚无人的教室里，灰尘在余光中翻滚，时间仿佛在这一刻静止……

当高南跑到学校的时候，看着空空荡荡的操场懊恼不已。明知道来学校的路上会堵车，他怎么还敢和米峰、杜鹃两个人耗那么久才出发。高漫一定又是所有孩子中最后一个走的。高南一路小跑冲进教学楼，找到高漫的教室，可是里面没有一个人。

他漫无目的地跑了很久才找到教师办公室，幸好里面还有最后一位女老师，是高漫的数学老师。

"老师您好，我是高漫的父亲，我来接她放学，请问您知道她在哪儿吗？"

"这个……你去找一下陈老师吧，这个星期是她负责送走所有孩子。"

高南刚拿出手机准备拨号码，忽然有人在背后轻轻拍了拍他的肩膀，高南转身发现来人正是陈潇。陈潇端着一个空牛奶杯，好奇地看着高南。

"陈老师，漫漫在哪里？"

陈潇一脸不解，说道："高漫已经被接走了。"

"被接走？不可能，被什么人接走了？"

"看身形好像是她妈妈刘律师。"

两人正说着，刘娜的电话就打进来了，高南马上接起来，还没等高南讲话，刘娜就直接吩咐道："我后天要出差，这次的案子比较棘手，可能我会忙得没空儿管任何事，所以我请了假，放下工作想跟高漫好好待一天再走，晚上高漫给我带好吗？"

高南心里的石头放下了，这么说是刘娜接走了高漫，高南连忙应允，二人虽然离婚但都彼此尊重，从来没有因为探视权而争吵过。得知高漫在刘娜那里后，高南离开了学校。

经过这次的泄露风波之后，高南手头上的项目停掉了，他也乐得清闲自在，写东西这么久，难得给自己充电看看书。刘娜的电话不适时宜地响起，他的第一反应是高漫睡前要与自己讲话，以前也有过这种情况，小朋友的心思总是猜不透，睡前总会莫名其妙想到某个人就要和他通话。

高南笑着接通，准备好了听高漫奶声奶气的声音，虽然每次只是几个词。

谁知刘娜的一句话令他瞬间如同跌入冰窖。

“高南，律所临时通知我马上出发，漫漫今晚不用送到我这里了。”

电话另一头传来了广播催促登机的声音，刘娜匆匆挂了电话。

什么意思？高南脑子里无限循环刘娜的话：“漫漫今晚不用送到我这里了。”

这么说接走高漫的，根本就不是刘娜！从放学到现在已经过去了几个小时，高漫到底被谁接走了？！

女人！

对，陈潇说接走高漫的人和刘娜差不多，那么可以肯定，应该是个女人。一个不好的预感涌上心头，是阮玉玲！

高南的手机响起，一个陌生的号码，高南换了新电话号码后，打进来的都是亲近的几个朋友，此刻的电话像是掐准了时间，来者不善。

高南接起，电话对面响起的声音令高南的心被狠狠地揪起。

那是高漫的声音，他第一次听到高漫那么大声音地喊出“爸爸”两个字。

/ 第六章　猫鼠游戏 /

夜黑如墨，四周一片寂静。

高南站在桌边，举着手机，他一直维持着这个动作，久到四肢失去知觉。黑暗从四面八方裹挟着他的身体，他不知道还要维持这个姿势多久。终于，焦急已经让他的耐心消失殆尽。

高南再一次开口，嗓音带着嘶哑：“你究竟想要什么？我都可以给你。”

“你的命。”听筒另一边传来了经过特殊处理过的声音，轻松的语气却发出电子感十足的声音，显得古怪又诡异。

高南没有丝毫犹豫答道：“给你。”

“哈哈哈哈哈……”对方大笑，似乎听到了一个很好笑的笑话。高南一直不动声色，静静等着对方笑完。

高南的冷静和沉默似乎让对方觉得索然无味，他渐渐停下笑声，开口道：“开个玩笑。”

“我想这并不好笑。你要什么，直接说，没有所求你也不会大费周章打电话给我。”高南一边接听电话，一边悄悄地从抽屉里拿出另一个备用手机，打开通讯录找到米峰的号码，编辑短信试图求救，同时定位来电地址。

“我想跟你玩个游戏，不知你这位号称智商一百四十九的推理作家，肯不肯陪我玩这个游戏？”

高南没有接他的话，而是切中要点反问：“我的孩子，你怎么才肯放？”

“高作家，你可以先将发信息的手指停下来吗？你这样没有诚意，可就没意思了。”

高南的手顿住，他四处环顾。

“不用看了，我无处不在。”

高南走到窗前，将房间里所有的窗帘都拉上，然后才紧张地发问：“你是谁？”

“我是神，复仇之神……我无处不在。你拉上窗帘我还是能洞悉你的一举一动，我会改变一切我想改变的。”

对方的话让高南不寒而栗，他强行让自己镇定下来。

“我是唯物主义，不相信世界上有鬼神。何况我自认有生之年并没有得罪什么人，你复仇复到我头上，你这个‘神’也要反思下自己吧。”

高南索性将手机扔回抽屉里。

“说吧，你想玩什么游戏？”

“简单，我要五百万。”

高南直接答应：“好，我答应你。”

“高作家有魄力，没想到上次的书稿泄露竟然没有搞垮你，现在说起五百万连眼睛都不眨一下，嗯，说明你的家底还在。”对方的声音带着一丝轻蔑，“看来我还是低估了高大作家的财力了。”

“上次的泄露事件是你做的？”高南有些惊讶，但同时又觉得在情理之中。

对方大方承认道：“是我，可惜这次的手笔太小，只是让你丢了工作。你要一无所有游戏才有趣，怎么样？我这招不错吧？”

高南深吸了一口气，强忍着怒火问道：“五百万什么时候要？送到哪里？我什么时候能接回我的孩子？”

“别急，我说了，你要陪我玩游戏，游戏通过了我才会放了你的女儿。”

高南胸中的怒火已经使他双眼通红，他咬牙道：“要做游戏，那你就快说，不要绕圈子！”

“简单，在这七天之中你顺利完成我发布的每一个任务，就可以得到下一个线索，每一个任务你都要送给我一百万，直到你顺利闯关完成第五个任务，我收齐五百万，你们父女团圆。”

高南直接问道：“我直接给你五百万，不用七天，两天时间我凑齐，一手交人一手交钱，怎么样？”

“我要玩游戏！你必须配合我！如果你敢报警，你女儿活不到警察找到我！我要玩游戏！”

高南双手揉着太阳穴，内心也快要崩溃了。他强迫自己冷静下来，通过刚刚的表现，显然对方有明显的性格缺陷，甚至严重的心理问题，单纯求财只需速战速决，拖延的时间越长，风险就越大，此人却兜着圈子玩游戏，说明他对自己的智商和逻辑思维有很大的自信。换一个角度想，高漫在高南“游戏闯关”前至少是安全的。

“好，我答应你，第一个任务是什么？”

高南话音刚落，对方回答道：“等着！”说完便挂了电话。高南哑然，胸腔似乎被什么给堵住了。

在黑夜中，高南想出去狂奔，却不知道往哪里去。一拳打到棉花上就是这种感觉，他现在甚至不知道对方姓甚名谁，是男是女。

复仇之神……复仇……

高南仔细琢磨着这句话，他想不出自己有什么仇家，也许对方只是单纯求财，可求财的人又怎么会绕这么大的圈子来做游戏？高南拿起手机，想要拨通刘娜的电话，想想又无力地放下。

但一想到绑匪刚才说的五百万赎金之事，又迅速拿起电话，也顾不得现在是晚上，就直接给银行的理财经理打了电话，让对方以最快的速度给自己弄到五百万现金。理财经理虽然有些为难，但因为高南是他比较重要的一个客户，于是答应会想办法办到。

一夜无眠，清晨第一缕阳光穿过厚重的窗帘照进书房的时候，高南顶着两个黑眼圈盯着满地的烟头，手边摆放着几摞犯罪档案参考资料。一夜过后的他形容枯槁，下巴上冒出了一片青胡楂儿，短短几个小时好像老了十岁。

高南站起来，一气之下将桌子上所有书籍全都拂到地上。他陷入深深的自责。女儿下落不明被人绑架，自己却真的信了对方的鬼话，试图在这些后人编纂的小说、资料中寻找破案思路。高南站起来一把拉开窗帘，阳光瞬间充满整间书房。

他拿出手机翻找了半天，发现没有任何信息和未接来电，顺着昨晚的电话回拨过去，却只听到了手机是空号的提示音。他等不了了，无论是真是假，这种等待对于一个父亲来说无异于煎熬。

高南拨通了米峰的电话。

“喂！高南！高南？”

高南开口问道：“你在警局吗？”

“我在外面办案，上次跟你说过，我跟我们头儿说了十天破案，我现在还没头绪呢。”

高南有些犹豫，昨天晚上对方的话还在他耳边回荡：如果你敢报警，你女儿活不到警察找到我！高南打了一个冷战，第一次感到恐惧。

“电话里说不清楚，我们警局见可以吗？”高南的声音有些飘。

米峰有些担心，高南今天的状态明显不对。

“你没事吧？我现在回警局，你到了等我一下。”

高南挂了电话，收拾好自己准备出门，他已经下定决心报警。他想过了，世界上没有鬼神，对方能无孔不入地监控自己的一举一动，无非是在房间里做了什么手脚或仅仅是刚好猜到自己的行为，自己昨天晚上慌了神，没有想到这一层。米峰是警局里自己信得过的人，如果米峰插手，一定不会被这个狡猾的绑架犯知道。

高南一夜未睡精神不好，也不敢开车，他拦了一辆车一路飞奔去往警局。米峰还未到，高南决定不走进警局，而是在大门口等候。

高南找到一个角落，在那里压低帽檐静静等候，他不敢大摇大摆走进去，毕竟这个绑架犯的门路他还没有摸清。等候之时，高南手中无意玩弄着刚刚打车的票据，忽然，他看到一行字。那张发票上，清清楚楚地写着：报警我就杀了你女儿！

高南一惊，攥紧了单据，抬头远眺出租车离开的方向。然而，出租车早已消失在视线中，高南努力回忆着刚刚司机的相貌，却无论如何都回想不起来，刚才在车上，他一心想着要如何救出高漫，根本没有注意过司机，只记得司机似乎戴着跟他一样的鸭舌帽，但司机从始至终没有回过头，更没有和他说过一句话。他甚至都未曾注意过司机是男是女。

恰好这时，米峰的电话打来，高南握紧手机，却不知接还是不接。警局的大门口，米峰正从一辆警车上跳下来，四处环顾寻找高南。高南似是给自己壮胆一般，按下拒接键，长吸一口气，大步走向米峰。

高南在背后拍了拍米峰的肩膀，米峰愣了一下才认出眼前的人是高南。

“大热天的你打扮成这样干什么，有人追债？”

高南摇头：“没……没……”

“啥事啊？神神秘秘的。”米峰忽然严肃地问道，“难道是有人出事了？”

“没事……没事……”

“高南，你这样可就没意思了！这么多年兄弟，你有事都不一定会来警局找我，没事你会主动跑过来？你刚刚打电话那语气，你都不知道有多反常！”

高南想了想搪塞道：“我想问你泄露电话可不可以要求赔偿。”

“就这？”

高南点头：“就这。”

“哎，我说你脑子是不是被杜鹃传染了。这种事你们都问我干吗，问律师！你小子是不是要破产了？怎么？这次打击不小啊，清心寡欲的高南都开始贪赔偿金了？”

高南点头：“是，这次风波不小，我出来走走，先回了。”

米峰连忙拦住：“你今天不对劲儿啊，真的没事？”

高南说：“我真的没事。就是平常这个点都在睡觉，最近晚上不写东西补足觉，白天闲得慌。”

说完高南转身离开，米峰看着高南的背影，摇摇头重新坐上警车，连警局都没进便离开了。

高南在路上买了个行李箱之后，直接打车去了银行，行李箱里装着五百万现金，接着他又打车回家。

太阳晒得人一阵阵发晕，高南一夜没睡，再加上拽着重得要死的五百万现金，体力已经透支。终于在中午十二点的时候，他撑着精神回到家中。

电梯门打开，一个低着头往电梯里走的外卖员与他撞了个满怀，他险些跌倒。外卖员在艳阳天也穿着冲锋衣制服，电动车头盔扣在头上，捂得严严实实的，仿佛不知道热。高南想要询问外卖员有没有受伤，外卖员却若无其事地起身，甚至不关心刚刚与他相撞的高南的状况，直接一脚跨入电梯，电梯门缓缓合上，外卖员忽然对着高南挥挥手再见，他似乎在微笑。

电梯门合上，高南在电梯门上看到自己的样子有些狼狈。他扶起倒下的行李箱，拖着走向家中。正要用钥匙开门时，高南却发现家门口放着一份外卖。高南并没有点外卖，可以说压根儿没时间叫外卖。杜鹃虽然照顾他，但照顾不到一日三餐，米峰更是，他就是个粗线条，不会细心帮他特意叫外卖回家。

刚刚与他相撞的外卖员应该就是来送外卖的吧，他拿起外卖看了看，发现收货人信息确实是自己，于是便将外卖拎回房间。

外卖盒格外沉重，没有丝毫热气，就像一个工具箱，与寻常的外卖不同。

当高南打开的时候，才发现里面竟然装的根本不是食物，而是一堆工具：泡沫纸包裹着的手枪、炸药、匕首、绳索以及一张图纸。

就在这时，高南口袋里的电话也适时响起，是一个陌生的号码，高南来不及思考，下意识地便猜到是绑匪，于是迅速接起。

“东西收到了吧。”熟悉的电子变音器，无法辨别男女的声音。

“你的第一个任务，第五大道与秀水街交叉口有一家银行，你一会儿去那里抢十万块钱出来，我希望明天中午十二点时听到你胜利的消息。记住，你只有七天时间，一百六十八个小时，千万别浪费哦。从现在开始，计时已经开始了。至于要给我的钱，我想你刚才已经取回来了吧，这第一个一百万需要放在哪里，我会再通知你的。”

听到对方的话，高南的头都要炸开了。他虽然是小说家，可抢银行这种事也只在电视或者书上看到过，从没想过这样的事有一天会落到自己头上。

高南压低了声音问道："你要五百万我可以直接给你，这十万也一样，我都可以直接给你，抢银行被抓了是什么后果你知道吗！到时候你一分钱也拿不到！"

"筹码大了，才好玩嘛！怎么样，高作家，玩吗？赢了可以救女儿，这个任务结束后我送你一个你女儿的东西。"

高南虽心中拒绝，可眼前的现实却不允许他有丝毫犹豫。一方面是违法犯罪，另一方面却是女儿的命。相信任何一个做父母的，在这样的现实面前，都会毫不犹豫、斩钉截铁地回答："玩！"

"好，高大作家果然痛快。既然如此，我相信你也应该明白，任务一旦开始，你就没有退路了。"

"放心，我一定亲手换回我的女儿。"

"哦，对了，你刚刚差点儿跌倒在地上，怎么样，没有受伤吧，哈哈哈哈！"电子音大声奸笑，高南如当头棒喝！

高南刚想质问，对方却挂了电话。

外卖员是他！出租车司机也是他！这个人如同噩梦一样无处不在！下次他还会变成什么人来接近自己？他究竟是谁？他是男是女？高南想到自己曾经离这个人这么近，心中就产生一阵寒意。这个人很疯狂，疯狂到不顾法律底线，抢银行的事在他口中就像买菜一样简单。就像电影里疯狂的小丑，他要把所有人都踩在脚下，人命和伦理在他眼中如同草芥。

高南看着眼前的工具，那把手枪尤其触目惊心，他检查过了，是真的。抢银行的事情高南是一百万个不能做。先不说银行的安保系统不是摆设，就算他策划了一场惊天抢劫案，顺利拿走钱款，公安系统可不是吃素的，恐怕他还没能找到高漫就会被捕入狱。

高南左思右想，十万块对他来说并不算什么，他的存款支付这个绰绰有余。他决定先取出十万块，送给对方，谎称是抢来的。

高南实在想不到为何有人会针对他们父女，准确来说是针对他。单纯求财不可能，有哪个劫匪会绑架了人之后再威胁他人去抢银行却只抢十万元钱的？十万元现金大概只有四斤左右，一个袋子刚好装满，对方显然是算计好的，他早就被对方的圈套套得死死的。做这么冒险的事情只为了十万元，明显是逼他在刀尖上跳舞。这么一系列的设计，难道真的是为了好玩吗？

七天五个游戏……

高南脑中忽然闪过《炼狱七日》，自己最新出版的一部小说。

小说里的李成宇也是要求邢鹿和他进行五个游戏，然后才会放了邢佳佳。作为刑警的邢鹿，在邢佳佳被绑架的这七天里，体验了炼狱般的日子。

李成宇的智商和残忍令所有人乱了阵脚，邢鹿按照要求赢得了每场游戏，李成宇每过一天就会把邢佳佳身上的一些东西寄给邢鹿。饶是邢鹿再坚强，也心中大乱。

在第七天的时候，邢鹿终于找到了李成宇，可惜邢佳佳已经被折磨得不成人形，甚至还被李成宇害死。

高南心中一冷，他自问没有得罪过人。恩怨纠葛最大的不过是武广，可如今的武广早已改头换面重新做人。而律师之后的生涯就是写小说，终日埋头书房，更不可能开罪什么穷凶极恶的歹徒。

高南的目光落到墙脚的黄金键盘上，随着键盘一块儿寄来的纸条早已不见踪影，但高南始终记得上面的话："我会做一件让你一辈子都记得我的事。"不知怎的，高南眼前忽然冒出来阮玉玲的脸。

下午一点时，高南就再次乔装出门，他头戴鸭舌帽，脸上戴着口罩、墨镜，穿着黑色皮夹克，一身装备在大热天里显得格格不入。

他来到秀水街银行大门斜对着的一家咖啡店，给自己点了一杯咖啡，在窗前午后的阳光里坐足了一个下午，其余什么也没做。对面银行熙熙攘攘，他看着人群，不发一言。

下午四点钟以后，银行的门口人流渐少，基本已经没什么人再来办理业务。似乎是因为快下班了，保安站在门口百无聊赖，活动筋骨。高南看了看腕表，马上四点半了，银行通常在四点半之后就会停止办理业务，之后便是员工盘点，五点时运钞车准时取走钱，之后便会关门。

他忽然站起来结账，然后拎着一个黑色旅行袋，在四点半时准时走进银行。他以为保安早就放松戒备，却不知一进大厅就被保安盯上。高南也是无奈之举，对方那个所谓的“复仇神”无处不在，一会儿化身为出租车司机，一会儿又变成外卖员，谁知道会不会埋伏在他身边变成其他什么人。

柜员看到高南这种装备进门，悄悄地将手伸到桌下，一边注视着高南，一边随时准备报警。高南拎着旅行袋，走向柜台。他将旅行袋放在柜台上，一只手掏向皮夹克里面，动作俨然要拿枪。

谁知高南刚要将手伸进皮夹克内侧口袋，就被一拥而上的保安按在地上，银行大厅里基本已经没有办理业务的人，空荡荡的一片，高南的出现自然显得格外突兀。此时的高南被死死地压在地上，保安摘下他的帽子、口罩和墨镜，高南透过气来之后连忙喊误会。

负责人提议报警，高南连忙阻止，他顺从地躺在地上，配合保安搜身。保安没有搜到手枪，只搜出一个皮夹，里面是少许现金和一张身份证。

“我中午预约过，下午过来取钱的。”

几个保安面面相觑，显然不太相信这样的说辞。在银行快要下班的时候过来取钱？开玩笑吗？

“你叫什么名字？”保安头子问道。

高南无奈：“身份证上有，高南，中午十二点多电话预约取款，取十万。”

保安头子看了看身份证，又看了看高南的脸，转头问柜员道：“有这回事吗？”

高南躺在地上提示道：“高南，东南西北的南。”

柜员想了想，恍然道：“对对对，是有这么回事。”

一众保安这才放开高南，保安头子还有点儿不好意思，说道：“对不起啊，你说你大热天穿成这样，搁谁谁不怀疑啊！”

高南重新戴好帽子等装备，只留下一句“人多眼杂”的话便跟着工作人员离开。保安们面面相觑，不明所以，纷纷散去。

十万块不多不少，刚好装下一整个旅行袋，高南提着一袋子现金回到家中。他打算将这笔钱连着那第一笔一百万直接送给对方，他想对方就算是有通天的能耐也不可能混入警方或是银行内部吧。届时他只需要在银行附近制造一场骚乱就可以浑水摸鱼、瞒天过海。

于是，高南通过人脉联系到一家专门做杂耍、跑酷表演的团队，并让对方在第二天早上七点半到八点半之间，打扮成007的模样，顺着第五大道一路表演下去，直到到达秀水街交叉口为止。

之所以选择这个时间，是因为高南知道运钞车通常会在早上八点左右将钱款送到银行，而这个时候银行的安保人员会格外警惕，一点儿风吹草动嫌疑人都会马上被控制。下午他去取钱的时候已经试验过了，他故意穿成一身黑，遮住面部，典型的"罪犯"打扮，结果还未做出什么行动就被保安扣下，可见即使在平常，这家银行的安保系统也是一等一的好。

第二天一早，表演团一路跑酷，在街上引起了不小的轰动，因为正是上班的高峰期，所以街上行人众多。大家纷纷拍照发微博、朋友圈，导致路上变得有些拥堵。高南在银行对面的酒店订了一间房，房间的窗户正对着银行。他用望远镜时刻注视着街道另一头缓缓驶来的运钞车，以及他请来的杂技演员们。

高南看了下手机上的时间，八点十分，按照目前运钞车的行进速度，五分钟之后，将会到达银行门口。高南在心里默默倒计时："五、四、三、二、一！"

运钞车停在了银行门口，银行的卷帘门缓缓放下，几个荷枪实弹、穿着防弹衣的人下车，守护着车门，银行工作人员立即开始搬运钞票。

杂技演员全然不知这边发生的事，他们只是按照雇主的要求，一路"闹腾"到第五大道与秀水街交叉口，八点十八分，一个表演者拿出早就准备好的空气弹对着天空燃放。

空气弹在上空炸开，几个安保人员忽然警惕起来，他们端起枪，眼睛如同鹰隼。运钞车大门迅速被关上，银行的卷帘门降下，一切迅速得如同在眨眼。

几名杂技演员完全是按照雇主的要求进行表演，根本没有意识到自己竟然惹了大麻烦，在将最后几个表演动作做完之后，几人正欢欢喜喜地准备脱下繁杂的道具和衣服，以为这场活动即将结束。谁知才刚刚准备行动，他们就被人控制住，随后警车的鸣笛声也在远处响起。

高南松了口气，一切顺利完成，他要的只是在银行附近的骚乱和轰动效果。他自有办法保杂技演员们无事，他们原本也是毫不知情。

一切尘埃落定，高南离开酒店房间，随后去了派出所，保出了那几名杂技演员。警方经过调查确认他们确实只是凑巧在那里跑酷街演，最终以扰乱社会治安但没有造成重大影响为由，处以罚金便放了人。接出几人后，高南给了他们丰厚的酬金。

随后，高南又紧急联系了昨日就找好的各大自媒体，让他们将提前准备好的几篇通稿发布出去，来报道今天的银行抢劫案件，就是为了在网上造势，话题的发酵需要时间，虽然这么短的时间无法在互联网上掀起水花，但是在本地有一定知名度就够了，因为案件涉及抢劫这个话题，因此短短几个小时，就已经成了本地新闻的大爆点。

做好了一切准备工作，中午之约已经快到，高南耐心地在家里等候绑匪的电话，做到这个程度，高南相信足以瞒天过海，欺骗对方。他坐在电脑前，浏览着网上发出去的通稿。忽然一个新邮件提示，他点开发现是一个陌生人的邮件。

本以为是垃圾广告，刚想删除，忽然想到上次陶玉达亲手帮他的邮箱升级了安全系统，广告邮件都已经进不来了。高南鬼使神差地点开了那个邮件，里面只有一个视频附件。高南下载下来，打开视频。

漆黑的屏幕里面是一声接一声的抽泣。老式煤油灯忽然亮起来，破败的旧墙下一只破破烂烂的洋娃娃瘫坐在地上。抽泣声越来越大，越来越大，直到变成号啕大哭。

“呜呜呜……爸爸……爸爸……”

哭声夹杂着女童呼唤爸爸的声音，高南的大脑忽然间有短暂的缺氧，这不是别人，正是高漫的声音。高漫为什么哭得这么惨？她在哪里？她怎么了？一连串的问号涌进高南的脑子。他迅速回复邮件，将自己的几个问题全部回复过去。

几乎是同一秒钟，又一封邮件传了过来，高南颤抖着手指打开。

“你不诚实。”

四个大字在邮件正文里，没有丝毫感情，让高南不寒而栗，他的计划看来被对方看破了。

高南迅速回复："再给我一次机会，这次会做到你满意，你保证我女儿没事。"

很快对方回复过来："最后一次，如你不愿，终止游戏，女儿还你。我会通过银行监控来审查你的任务成果。"

高南一时间泄了气，看着屏幕上"女儿还你"四个大字，心里明白，这个"还"恐怕也是九死一生。

他忽然想起什么，迅速回复对方，想要问一下高漫近况，就算是义无反顾去做违法的事，也要确保高漫的安全。可无论高南怎么发送邮件，都显示发送失败。

这个人，又凭空消失了。

下午一点，距离七日之约，还有一百四十三个小时。

高南又回到秀水街银行斜对面的那家咖啡店，静静凝视着对面人来人往的银行。他时而紧盯着对面，时而闭着眼睛在笔记本上写写画画，期间不停地看手表、不停地在笔记本上写写画画。直到两个小时后，他忽然起身走进了银行。

"先生你好，请这边取号。"

高南注视着眼前工作人员的脸，毫无动作。工作人员不明所以，以为自己脸上有东西，工作人员擦了擦脸，继续催促道："先生？请问您取号码吗？"

高南点点头，随后走出了银行。刚刚同他对话的工作人员就是昨天将他误认为罪犯的工作人员之一，看来她真的不记得他了，确认过这一点后，高南匆匆返回家中。

根据记忆，他绘制出银行布局草图，结合绑架犯寄来的图纸，又将两张图合二为一，完善成为一张无比清晰的平面图。高南握着图纸，闭上眼睛冥想，仔细规划着自己的路线。

每天下午四点半之前的十分钟是银行人流量最小的时间段，秀水街不属于主干道，工作日人流量不大。而隔壁的第五大道是晚高峰的主要干道，每个工作日都会堵车，会从下午四点一直堵到晚上七点，就算警车也不能及时赶到，所以说高南有六分钟到八分钟的时间行动。

而枪支等工具可以提前放在银行门口的垃圾桶内，清洁工每天清晨六点到七点之间来倒这条街上的垃圾桶，而银行八点半开门，所以他需要在七点刚过的时候提前将枪放进垃圾桶中。

最后，高南用红笔在图纸上圈了几个红圈，这是监控器的位置。这里的监控是唯一无法避开的，如果是亡命之徒，他倒是不在意是否会被录下，但他不是，而且他还不想那么早被捕，他犯下的罪他会承担，但是一切要等到他救回高漫后，他自然会自首领罪。

高南思虑良久，忽然想到一个人。

陶玉达一身黑衣黑裤，背着黑书包开门回家，陈潇坐在房间里对着电视发呆。她看到陶玉达进门，主动上前接过陶玉达的书包，帮他拿好拖鞋。

“你一整天都待在家里？”

“对，我在等你。”

陈潇拉着陶玉达走进卧室，打开衣柜为陶玉达展示两大箱整理好的行李。

陶玉达一脸不解：“你这是做什么？我的东西你也收起来了？”

陈潇拿出两张机票，对着陶玉达说道：“我们一起走好不好？你不是喜欢海吗，我们去沿海生活好不好？”

陶玉达不耐烦：“陈潇，你醒一醒，不要这么固执，世界不是围绕着你转的，我们已经分手了。”

陈潇从笔记本的夹层里拿出陶玉达的身份证威胁道：“你的身份证在我这里，你什么都干不了！”

“别白费心思了，以我的手段，没了身份证我照样什么都能干。”

陶玉达想要夺回身份证，陈潇眼疾手快连忙将身份证收起，陶玉达想要抢回来，谁知电话在这个时候响起来。陶玉达掏出手机，陈潇警惕地问：“是谁？”

陶玉达将手机背过去，陈潇冲上来欲要看电话，却被陶玉达顺势抽走自己的身份证。陈潇既没留住身份证，又没看到手机。陶玉达背过身去，走去阳台接电话。

“喂？哥。”

·

高南的声音从另一边传来：“小达……”

“哥，啥事，你说。”

高南有些犹豫：“你最近在忙吗？”

“咳，我能忙什么，每天对着电脑呗！”

“我这边有点儿事想请你帮忙，你看你要不来我家我们聊一下？如果你不愿意做，完全可以拒绝我，没关系，我理解，我尊重你个人意愿，因为这次的事有点儿不一样。”

高南啰里啰唆解释了一大堆，结果反倒越说越乱。陶玉达越听越迷糊，刚刚跟陈潇争吵的坏心情一扫而空，反倒被高南逗笑了。

“哥，你要说啥？还不知道是啥事呢。再说，哥的事，我向来是义无反顾的。”

高南心中有些愧疚，却不知道怎么跟陶玉达讲，毕竟这种事没有办法在电话里一两句说清楚。二人约了时间，在高南家里碰头。

挂了电话，陶玉达转身发现陈潇在他身后不远处一直静静地注视他，像女鬼一样，陶玉达吓了一跳。

陈潇跑上来强行抱住陶玉达，不停地说：“我们走吧，好不好？跟我走吧，我们不要再吵架了好不好？你不要和我分手，我不会抛下你，你也别离开我好吗？”

状若痴狂的陈潇，此时此刻哪里有校园里端庄美丽的女老师的样子，她更像是一个失控的女疯子。

陈潇趴在陶玉达的肩膀上，眼泪如同决堤般流到他的肩膀上。陶玉达想要推开陈潇的手只能僵在空中，进退不得。

最终，化为一声叹息，陶玉达轻抚陈潇的背，一下又一下，轻柔似羽毛。

“我也有我自己想做和必做的事情，不能就这样不管不顾地跟着你离开。”

陈潇哽咽良久，终于开口道：“那你别撇下我，你做什么我就做什么。”

陶玉达不知说什么好，等待陈潇的回复只是良久的沉默……

下午三点，高南与陶玉达在沙发两端静静地对坐，陶玉达听了高南的话后震惊得久久不能平静。高南有些手足无措，两只手绞在一起。

高南先开口道：“我说过，尊重你个人意愿，如果你不愿意我绝不强求，只求你先帮我保守秘密，我找到女儿后自会投案自首。但你如果愿意，事后我会一力承担所有罪名，你是被我胁迫的，也是受害者。我还懂一点儿法律，会最大限度考虑你的立场。”

“我是真的信得过你，才跟你说这么多，不然消息一旦泄露，我女儿可能就有危险了。”

陶玉达没有反应，高南以为这个大男孩儿被吓傻了。高南想想也是，这种诡异的绑架方式，连他都手心流汗、后背发冷。

他曾经试图对这个罪犯进行肖像侧写，可现在他的心很乱，再也做不到平日里的置身事外，头脑清晰。现在他的手中什么有用的信息都没有，甚至连对方是男是女都无法猜测，目前他除了知道对方可能是一个疯子之外，根本无法做出一点儿有用的判断。

这么久以来，他还是第一次遇到这样的情况。所以，高南此时也有些慌了。他现在也是病急乱投医。

他甚至开始自责，不该把陶玉达这个无辜的人拉进这个旋涡。

高南起身，打算为陶玉达添水，然后送他离开。

没想到陶玉达“噌”的一下站起来，双眼炯炯。

“哥！这情节只有美国大片里有！”高南一愣，没想到陶玉达会是这个反应。陶玉达意识到自己的失态，毕竟是高南的女儿被绑架的严肃的事。

“抱歉，哥，我不是那个意思，我只是对这件事感到匪夷所思。哥你放心，这件事就算你不为我扛罪，我也帮到底！义无反顾！漫漫我虽然只见过几面，但在我心里她就是我的妹妹，我们必须找到她、救回她！”

高南看着眼前的男孩儿，心里说不感动是不可能的。曾经他把陶玉达只看作一个逻辑思维不错的年轻书迷，后来发现对方黑客技术也出神入化，偏偏二人还非常有缘，他总能因为各种事情而求到对方帮忙。高南想，这也许就是冥冥之中的缘分，还好在他最无助的时候，有一个弟弟一样的人在旁边无私地帮助他。

银行的监控系统并不那么容易入侵，就算是陶玉达也碰到了难关，在高南家，他不吃不喝枯坐在电脑前，高南一直陪在旁边不敢打扰他。但陶玉达对着电脑连连摇头，时不时露出沮丧和烦躁的表情，让高南甚至一度觉得黑掉银行监控系统这条路堵死了。

就在高南开始筹备第二条计划的时候，陶玉达忽然发出一阵如释重负的欢呼。高南连忙跑过去，陶玉达拉着他，为他展示电脑上的画面。高南不可思议地发现，电脑屏幕上出现了九宫格的视频画面，就是银行的内部和外部。

陶玉达成功了。

陶玉达和高南击掌，最难的问题解决了，后面就好说了。

“对了，哥，给你看个东西。”陶玉达忽然切换画面，调出了一个黑色的页面。高南看着陌生，这不像平常浏览的网页。网页的内容是英文，网页的画面充斥着血腥与暴力。

“这是暗网，你如果决定了抢银行，需要购买枪支的话可以来这里，比特币交易。”

高南讶异，暗网？他也只是听说过没见过，一个互联网上的法外之地、罪恶之城，传说中能交易一切东西的地方。

“这就是……传说中的暗网？你怎么找到的？”

陶玉达得意道：“小意思，很简单。”

高南想到关于暗网的惊悚传说，连忙嘱咐：“你还年轻，以后少浏览这种网页。”

陶玉达摸摸鼻子，点头答应。

虽然高南以家长姿态教育陶玉达，但还是压抑不住自己的好奇心，随手点开一个直播画面，发现里面七八个金发女郎大跳艳舞，尺度令人不忍直视。

高南连忙关闭了直播，并且叫陶玉达离开暗网，将浏览记录清理干净，不要留下地址痕迹。他虽没上过暗网，但也懂暗网的游戏规则，能够上暗网的人都不是普通人，都在拼命地掩藏各自的身份。

“哥，还有武器交易，各种枪支弹药都有。”

高南连忙摆手。他心有余悸，这暗网不看的时候觉得神秘，看了……还不如不看。

陶玉达见高南有些不舒服，于是调侃道：“这里面的直播也不一定都是真的，都是为了赚钱。”

高南不能理解。

陶玉达耸耸肩，他也是因为好奇才去暗网闲逛过几次，仗着自己过人的电脑技术，他从不怕会在暗网上惹祸上身。

高南脑中灵光一现，忽然问道：“你能入侵到监控系统，那反过来想，能不能将已经有的视频植入到他们的监控视频存储系统中？”

陶玉达有些不懂，茫然地看着高南。

高南耐心解释道：“我的意思是，监控系统中已经录下的内容会以视频文件的形式存储在他们的系统中，对不对？”

陶玉达点头。

“那换句话说，如果我们用已经抢劫过银行的视频去替换他们的监控系统，是不是就等于更换一个存储视频一样简单？”

陶玉达还是很茫然：“啥意思啊？哥，我们到底抢不抢银行啊？”

高南胸有成竹：“抢！当然抢！只不过要先做一场大戏！”

晚上十点，西郊的野外。

陶玉达冷得身子直哆嗦，鼻头通红，不停地跺脚取暖。远处一辆车缓缓靠近，陶玉达眼中亮起了光芒。这辆小巴车在他身边停了下来。陶玉达一溜烟钻进车里。

昏暗的车厢中坐满了昏睡的人，领头的人格外热情，主动与陶玉达握手。

“陶老师您好，人都到齐了。”

陶玉达大致点了点人数，确认无误后才吩咐司机发车。他不放心，复又询问道：“专业吗？”

领头人拍胸脯保证：“您放心，我干这行多少年了，绝对专业！”

陶玉达说道：“那边已经搭景了，你们的人过去只有一个小时时间，之后就结束任务。”

领头人有些犹豫：“陶老师，群戏不好导啊，一个小时拍这么多人的群戏，您认真的吗？”

陶玉达假装发怒："能不能做？你不能做，其他群头能！"

领头人见陶玉达发火，连忙点头："能，能……钱到位，鬼都能给您找来。"

西郊的一个摄影棚内，高南对着图纸指挥工人布置，每一个细节都亲手把关，根据回忆和照片，几乎将银行一比一还原了。最后他指挥工人，将几个监控摄像头安装在固定的几个位置。一切调试好后，他解散了工人。

陶玉达带着二十几个人浩浩荡荡进门，高南从随身带来的行李箱里掏出制服为他们发放。中巴车上的领头人组织大家换衣服："来来来，快点儿啊大家，今晚就一个小时的戏份，早拍完早收工！工钱是平时的三倍！"

高南与陶玉达站在一旁，看着眼前这些人手忙脚乱地穿着打扮。

"靠谱吗？"高南问道。

"绝对靠谱，我一起打游戏的同事找的女朋友，之前是做群演的，掌握一手优质群演资源。"

群演领头的凑过来，恭敬地问道："陶老师，咱们这个摄制组成员都到了。您看，我这一大群人只签来了一晚上的时间，要是其他部门再不到，可就来不及了。要是……那钱……"

高南笑笑："钱不是问题。"他指了指四处悬挂的监控探头说道："我们没有摄制组，摄像机就是上面那几个。"

领头的一脸讶异，职业生涯中头一次碰上这种拍摄。

"那主演呢？剧本有吗？"

陶玉达笑笑，指着高南说道："主角就是他，一会儿他进来抢银行，你们就按照真实状况演就好，越真越好。"

群头听得一脸讶异，他还真没见过这种摄制组。陶玉达将一个红包塞给群头，说道："还劳您多费心，我们大哥只想过过拍戏瘾，所以事后也不用到处宣扬。"

群头捏了捏红包的厚度，心领神会，他们做这行的最会察言观色，红包到位了自然嘴巴封死。

拍摄很顺利地结束。遣散群演之后，高南和陶玉达不敢额外雇用工人进来，他们自己将场景拆除，然后才带着拍摄素材心满意足地离开。

陶玉达入侵监控系统，在对方的监控视频储存库中删除当日视频，取而代之的是他们拍摄的素材，经过一比一比例还原，足以以假乱真。

高南躺在沙发上昏昏欲睡，梦里面到处都是猩红的颜色，他好像被困在了一个平行空间，四面八方传来高漫的笑声，伸手去抓却总是一场空，用力奔跑也总是跑不出原地。这种无力感，就算他明知道是梦，也还是跑不出去。

忽然一个大力摇晃，将高南从噩梦中解救出来。陶玉达挺着一夜未睡的倦容，严肃地看着高南。

“来信息了。”

高南马上跳起来，坐到电脑前。陌生邮件只发了一个地址，准确来说那并不是一个常规地址，而是给了一个经纬度，并要求将一百万和抢到的十万元放到指定地点。高南用电脑搜索了一下，发现那个经纬度就是秀水街银行门口。“抢”了银行，难道还要回到案发地交易？对方是嫌自己死得太慢了？

高南问陶玉达道：“有没有可能搜索到这个邮件地址？”

陶玉达失落地摇头：“我试了，不行，说实话以前我有点儿自大，以为自己的技术还不错，还没有见过比自己好的。没想到人外有人，天外有天。对不起。”

高南拍拍陶玉达的肩膀：“没关系。”

陶玉达发誓：“我一定要超过他，这么厉害的对手，我一定要把他踩在脚底下！”

二人一刻也没有迟疑，马上出门来到银行门口，等了几个小时也没有等到人来接头。陶玉达在一旁不停地刷新着手机邮箱界面，始终没有新的信息。

高南点燃了一根烟，陶玉达也接过一根，二人在街边无所事事。打扫街道的清洁工看了他们好久，觉得他们是怪人。

清洁工带着一个黑色包裹走到高南、陶玉达身边，将包裹一股脑儿倒进垃圾桶。陶玉达沉浸在烟雾中，只有高南注意到。附近其他的清洁工都在往垃圾车上倒垃圾，清理垃圾桶，为什么这个人会反过来扔垃圾进去？

高南忽然想到什么，也不顾脏乱，直接伸手掏出那个包裹。陶玉达立刻反应过来，拦住清洁工去路。

“这个包裹哪来的？”

清洁工连忙摆手：“我不知道，有人给我让我扔进来。”

“他长什么样子？”陶玉达紧张地问道。

“我不知道，真的不知道，我就是收到快递和红包，没见过那个人。”

高南打开包裹，里面放了一个盆栽，二人面面相觑……这是什么意思？

清洁工忽然主动开口道：“对了，那个人说让你们把东西扔到垃圾桶里。”

高南问道：“还说了什么别的吗？”

清洁工摇头。

高南带着陶玉达回到车上，将车里装着一百一十万元现金的黑色袋子小心翼翼地包好，又扔回垃圾桶。而此时清洁工早已消失得不见踪影，二人只带着一个莫名其妙的盆栽离开。

陶玉达一路上都在研究盆栽，看了半天也没研究出什么来。倒是高南疲劳驾驶，再加上心事重重，差点儿撞上前面的车。高南忽然一个急刹车，害得陶玉达手中的盆栽掉在地上。陶玉达愧疚，连忙低头去捡。

谁知却在散落的花土中发现了一个粉色绸带，高南将车停在路旁，将粉色绸缎拉出来，是一个粉色蝴蝶结发卡，上面的血渍触目惊心。

这是高漫的。

高南的手不禁攥紧，陶玉达无言。

远处的天空逐渐破晓……

早上七点，银行还没开门，值班的保安交接工作。上班的保安在调查监控录像的时候，发现了昨天视频的异样。抢劫银行不是小案，保安吓呆了，为何发生了这么大的事情大家都风平浪静？他不敢有一丝隐瞒，连忙报告给上级。

银行内部连忙召开紧急会议，集体观看视频，并且找到了当日值班的员工，可意外的是当日值班的员工都一口咬定没有抢劫的事情发生。银行行长亲自带人查点资金，最后发现果然一分钱没少。那这个视频又是怎么回事？这件事引起轩然大波。

米峰依旧陷在上一个没头没尾的栽赃嫁祸武广的案子中，绑架嘉明的嫌犯就好像水滴融入大海，消失不见了。他将武广的所有社会背景、相关人员调查了一遍，依旧一无所获。

米峰垂头丧气地回到警局，也许他的职业生涯可能真的要输在这个对赌协议上了，限期内无法破案，就算赵局网开一面放过他，他也放不过自己。

“头儿，你听说了没？”米峰被自己手底下的小警员一把拉住。

“什么事？”

“秀水街那边的银行，昨天出灵异事件了！”

米峰一把扣下小警员的帽子，教训道：“什么灵异事件！这是人民警察该说的话吗！”

小警员吐吐舌头，嗫嚅道：“隔壁组都在聊这件事……”

米峰心里也好奇，于是拉下脸来问道：“说。”

“就是秀水街那个银行，监控拍到白天发生抢劫案，眼睁睁地看着劫匪抢走了一袋钱，不过你猜怎么着，清点库存的时候一分不少，当日值班柜员全都对这件事没有印象。”

灵异事件米峰是不相信的，他更倾向于人为，不过这个案子不归自己管，他也没精力插手别的同事的案子。

“头儿，我接着跟你说啊，结果你猜怎么着，上头把这件事压下来了！因为还没有最终结果，所以怕被人传到网上引起骚乱。”

米峰无语：“这不是瞎搞！人呢？人抓着了吗？”

小警员马上拍马屁说道：“是啊，要是咱米头儿出马，绝对一天破案！”

米峰吩咐道：“你告诉隔壁萧队，这事绝对人为。”

说完米峰大步离开，留下小警员一脸景仰的表情。

/ 第七章　媒体介入 /

陶玉达趴在电脑前睡觉，高南也靠在沙发上休息，即使是睡着，他也眉头紧蹙，手中紧紧地攥着那只染血的发卡，似乎这是能拉他走出噩梦的唯一绳索。

两个人从开始筹备瞒天过海的“抢劫”大戏后就几乎没怎么睡过，如今凶手只留下一个盆栽为线索，仍然叫人摸不着头脑。他们能做的只是等候等候再等候，每一秒钟对于高南来说都是煎熬。片刻的休息，也只获得了短暂的平静，精神上仍无法放松。

二人被一阵急促的电话铃声吵醒，陶玉达醒来后一时间不知自己身处何地。高南从地上捡起自己的手机，看了一眼来电显示发现是刘娜。他睡意瞬间全无，刘娜出差回来了？

他在脑中迅速过了几稿“谎言”，现在还不能让刘娜知道高漫被绑架了的事情，这除了让她平添恐惧外，根本不会有任何益处。更何况刘娜的身体他知道，如果让她受这种惊吓，恐怕她会直接躺进医院。

高南在心里打腹稿，刘娜问起高漫，就说是自己把高漫送到国外一家心理培训营，有专门的老师负责调整高漫的自闭症。电话催命一般响了很久，高南赶在最后一秒接听。

然而高南刚接通电话，还没开口说话，迎接他的便是刘娜声嘶力竭的哭声。

“高漫呢？”

“我问你高漫呢！她是不是被绑架了？！”

高南脑袋“轰”的一下，他有些蒙，高漫被绑架的事情只有他和陶玉达知道，刘娜是如何知道高漫被绑架了？

“娜娜，你不要慌，你先听我说。”高南试图稳定刘娜的情绪。

“你把我的女儿还给我！”刘娜大哭着指责，“若不是我在网上看到了消息，难道你就打算一直瞒着我吗？”

高南疑惑，他抓住一个关键词，连忙追问道：“网上？什么网上？”

“你和绑匪的通话录音已经被放到了网上，漫漫的视频也在网上到处传播。”刘娜声音已经接近颤抖，高南听了心疼不已。

陶玉达走到窗边拉开窗帘伸懒腰，却被外面的景象震惊。他连忙拉上窗帘，一个箭步冲到高南身边，不得不打断高南的电话。

“哥，外面都是记者。”

高南跟着陶玉达走到窗前。他只是个作家，虽然小有名气但毕竟不是靠脸吃饭的艺人，按理说是不会吸引这么多记者来家里拍他的。陶玉达拉开窗帘，高南向下看去，一瞬间下面所有的机器都对准了高南的窗户，闪光灯频闪，拿着话筒的记者仿佛随时准备冲上来，好在楼下的保安比较尽责，拦着记者没让他们上来。

高南连忙拉上窗帘，然后对着电话另外一边的刘娜保证道：“放心，我以我的性命担保，我一定会把我们的女儿找回来。我正在努力，相信我，会成功的。”

高南说完，手机由于太久没有充电而自动关机，刘娜的抽泣声在耳边断了。高南满心担忧，但是目前他要想办法从这里逃出去，救回高漫才能真正安抚刘娜。

陶玉达从门口跑回来，对着高南说道：“哥，外面有几个人，没拿机器，但是感觉也是狗仔，我们要不要冲出去？”

“不忙，还要配合绑匪完成四个任务，现在不宜轻举妄动，先上网看看什么情况。”

陶玉达和高南凑在电脑前，高南和凶手的电话语音和一段高漫被蒙住双眼反绑双手的视频传遍互联网。

高南完完整整地看完了高漫的视频，好不容易才忍住心中的波澜，双手紧握。

“有没有办法查出发布这条语音和视频的原账号地址？”

“需要时间……”

在无边无际的互联网里面寻找信息源不是一件容易的事，需要一步步找到最初放出视频和语音的源头，并不是靠技术就能完成的，陶玉达只能用笨方法一点点地寻找。

高南打开网页，他们只睡了短短的几个小时，网上已经掀起了海啸般的话题。他点开绑匪放出的语音片段，里面他和绑匪第一次对话的声音流出。高南庆幸这个绑匪最后给他留了一丝余地，故意放出的是剪接过后的音频文件，并没有将他们究竟要玩什么游戏和如何交付赎金等信息流露出来，这让他少了很多麻烦。

就在这时，外面大门的电子锁忽然发出开门的声音，高南和陶玉达同时抬头，二人相视一眼，皆紧张起来。他们注视着门口。难道说现在的狗仔已经敢公然闯进人家家里了吗？陶玉达悄悄地拿起手边的花瓶，准备随时进入战斗状态。高南相对镇定，只是轻轻地扣上面前的笔记本电脑。

陶玉达走到墙边的视角盲区，举起花瓶，高南则站在门口等人进来。

门外的人弄了半天才将大门打开。与此同时，陶玉达抬起手中花瓶转身就要砸下去。高南却率先冲上前拦住，提前抢下了花瓶。米峰拿着钥匙站在门口看着二人，赶紧转身关上门。

“你们要干吗，砸死我？亏我好心来救你们。”

高南惊讶地问道：“你怎么来了？”

米峰有些愤怒，并不似平日里吊儿郎当的样子。

“高南，我郑重警告你！”米峰一手揪住高南的衣领，一手指着他的鼻子，恶狠狠道，“漫漫是我干女儿！我有权知道她的安危！我更有权保护她！出了这么大的事你想瞒我多久？”

高南想解释：“我也是不得不……”

米峰对着高南的脸挥拳而下，高南没有躲闪，米峰却在关键时刻停下了拳头。

开门声再一次响起，屋中几个人朝门口看去。只见包裹严实的杜鹃挤进来，她摘下墨镜，察觉到气氛有些紧张，说道：“门口的人都被我支开了。”

“你们怎么进来的？狗仔没有过来拍吗？”陶玉达问道。

杜鹃拍拍米峰的肩膀，说道：“别提了，我今早上手机都快炸了，打电话又打不通，想直接上门又发现一群记者在外面。还是米大队长战斗经验丰富，要不是他我还进不来呢。”

“对了，漫漫现在情况怎么样？你为什么不报警啊？”杜鹃问高南。

陶玉达回道：“绑匪说不让报警。”

“那现在网上的音频和视频，闹得全国人都知道了，难道跟报警有区别吗？”杜鹃是个直性子，直接将一张卡拍在高南家茶几上，说道，“绑匪到底要多少钱？这些是我这些年的存款，你都拿去，给我把孩子救出来。”

高南看着杜鹃有些动容，他将卡还给杜鹃，拒绝道：“这钱我不能要，你收回去。”

杜鹃转身绕开高南递过来的卡，说道：“高南，我告诉你，这孩子在你心里是宝贝，我这个做阿姨的帮你带了那么久，救孩子这事别说跟我没关系！就这么定了，大不了以后你当牛做马多写几本畅销书连本带利还我！”

高南五味杂陈，说不感动是不可能的。但他还是将卡放到了桌子上：“换回漫漫的钱已经够了。”

只是……

高南现在才深切感觉到，世界上能用钱解决的事都是简单的事，以前在电视里看到这句话，只觉得是某个纨绔子弟的嚣张混账话。如今，他才真的觉得这句话是真理。要是五百万真的能简单地交换高漫，那倾家荡产他也心甘情愿。可世事总是这么复杂，现在他要千方百计地完成变态绑匪发布的任务，过五关斩六将才能将钱送到对方手里。

米峰不愿意跟高南说话，只看了杜鹃一眼，杜鹃心领神会，将一把钥匙交给高南。

“米峰那里有一套没人住的房子，你先去那里避一避。”

高南看着手里的钥匙，一时不知说什么好。陶玉达忽然问道：“我们怎么出去？如果光明正大地出去，这些记者岂不是要跟定我们了？”

杜鹃把手上的大旅行袋一扔，从里面掏出一件物业制服，让高南穿上，然后找来高南的衣服，让米峰换上。一切准备就绪后，她搬来一张椅子站上去，然后掏出一个打火机，对着房顶上的消防喷淋点燃打火机。没一会儿喷淋里自动感应到高温，喷出水雾，消防警报紧急启动。

米峰快速换好衣服，检查了猫眼外的动静后，默默规划路线。

“米警官，这样合法吗？你可是……”陶玉达紧张地说。

米峰严肃的脸有些垮台，陶玉达知道自己问了不该问的，于是马上噤声。

杜鹃忍不了了，催促道：“还愣着干什么？一个一个跑，米峰，你遮着脸往外跑，我跟着你，记者看到我和你在一起，肯定会认为你是高南！高南和小达，你们两个一起，高南装成物业工作人员，小达的身份没人能注意到，你们两个就趁着媒体被我们引开，走楼梯离开。”

杜鹃指挥完毕就带着穿着高南衣服的米峰离开，高南和陶玉达站在房间内，一直听着走廊里来来回回的脚步声，知道时间差不多了，于是才趁乱离开。

刘娜自从得知高漫被绑架后，也顾不得手上的案子了，直接从外地飞了回来。各路媒体像一个个精密探头，日夜不休地盯着高南的小区，只要有一点儿风吹草动，所有人都会动起来。

“知名作家深陷绑架旋涡！”

“残忍绑匪虐待自闭症儿童！知名作家背负千万赎金！”

甚至有节目邀请了各路专家，三百六十度分析此案，更有甚者，某些无良网红大V，竟然为了吸引流量涨粉丝，在高南家门口开起了直播……高南恐怕没有想到，有一天他能有这么“大”的热度。

电话打不通，刘娜干脆决定开车前往高南家。

另一边，杜鹃带着遮住脸的“高南”借着消防预警，大张旗鼓地从公寓楼的侧门走出。记者迅速捕捉到杜鹃的脸——高南的经纪人。杜鹃在，那么旁边的一定是高南。一时间，众多摄影机和话筒纷纷涌向二人。

杜鹃拉着米峰飞奔，媒体在后面追，直到追到小区门口，杜鹃二人被媒体团团围住。“高南”蒙着头一直在闪躲摄像机，而杜鹃在一旁阻挡拍摄。

远处，穿着物业制服的高南和陶玉达趁着媒体的注意力转移之时匆匆离开。杜鹃瞄到安全离开的高南，这才松了口气。

“各位媒体朋友，我知道你们关心高南，但此事我们暂时不方便透露，还请晚些时候等我们的官方回复，谢谢，请大家让一让。”面对记者们的提问，杜鹃一边隔开人群，一边从容地对着各路记者讲话。

“杜鹃小姐，请问这次高先生的女儿被绑架的消息属实吗？网上发布的录音和视频是不是真实的？”

“杜鹃小姐，请问高先生有报警吗？”

“杜鹃小姐，这次的绑架事件是不是高先生的仇人所为？网上传高先生曾经得罪过黑道大佬，是真的吗？”

“杜小姐，高先生的女儿现在生死未卜，请问高先生是否受到某些威胁？”

“杜鹃小姐，有专家分析，这是一次同行业内的恶性竞争，请问绑匪真的是高南的竞争对手买凶绑架吗？”

问题一个接一个，杜鹃统一回答：“不好意思，这事暂时无可奉告。抱歉，请大家让一让。”说完杜鹃带着米峰就要离开。

这个时候一名背着摄像机的男人忽然高声问道：“高南先生，你就打算一直缩在女人背后吗？不对镜头讲几句话吗？”

众人听到这句质问，更加激动。他们比之前更加踊跃，似乎今天不采访到高南决不罢休。杜鹃双拳难敌众手，在双方的拉扯中，杜鹃不慎被人推了一把直接向后仰倒。关键时刻，米峰出手一把抱住了她。

刘娜向高南公寓一路小跑，经过小区时一旁的骚动引起了她的注意，她一眼就认出“高南”和杜鹃，“高南”身上的那件长风衣还是她买的。从背后看去，“高南”的手紧紧地揽住杜鹃的腰，二人双眼相对。刘娜的头一阵阵发晕，却无暇去吃什么飞醋，她只想抓住高南问个明白。

离杜鹃和米峰最近的记者有眼尖的，一眼就看到了“高南”的脸，这哪里是高南，不过是个身材相近的替身。有人反应过来，杜鹃带着个替身离开，是不是为了声东击西，而此时此刻真正的高南正从家里出来？意识到这一点，这群追着新闻跑的人，马上对眼前的二人失去了兴趣，迅速地向回跑，也许赶上高南的背影也比毫无收获强。

记者渐渐散去，米峰黑着脸将杜鹃扶起，说道：“我建议你早点儿转行！”

杜鹃道：“没事，习惯了！不做这行你养我啊！”

米峰被问得一呆，一句话差点儿脱口而出，杜鹃也意识到自己的调侃似乎有些不妥。二人默契地选择翻篇，趁着记者走远，迅速地离开这个是非之地。

刘娜看到高南的背影和杜鹃相互扶持，记者逐渐散去，向她的方向奔来。她没有力气想太多，只一心想要抓住高南问个清楚。在人流的裹挟中，刘娜奋力地向前奔跑，她眼睁睁地看着“高南”扶着杜鹃渐渐走远。忽然一个大力猛击，刘娜被迎面而来的大汉撞倒在地，意识逐渐涣散。

在最后的意识中，一双光滑锃亮的皮鞋站在她身旁。

是高南回来了吗？是他发现自己了吗？

刘娜再次醒来之时，目之所及一片洁白。她浑身疼痛不已，似乎自己刚刚是被撞倒了，然后就失去了意识。她环顾四周，自己躺在一间豪华的单人病房里，房间里静悄悄，她左手边悬挂着一个输液器。

病房外一阵脚步声由远及近，刘娜盯着病房的门，直到它被推开，曹大海的脸忽然出现，刘娜眼底闪过一丝失望。

曹大海殷勤地将一篮子水果放在床头，又倒了杯热水给刘娜。

曹大海看着刘娜说道：“你没什么事，医生说你只是没休息好，精神上又受了刺激才会出现暂时性昏厥，休息一下就可以出院了。”

刘娜闻言马上拔了手背上的针头，掀开被子就要下床。曹大海在一旁刚要削个苹果给她，吓得连忙上前拦住刘娜。

刘娜挣扎：“放开我，我有要紧的事要做。”

曹大海并没有放开她的打算，耐心地说道：“网上早都传开了，我知道你要做什么。你放心，我帮你报了警，也会尽自己所有人脉帮你找人。你现在休息不好，就算找到孩子的下落，也没力气爬起来救孩子了。”

“你报了警？”刘娜惊恐地瞪大双眼，双手反抓着曹大海的衣袖，“绑匪明明说过不能报警的！谁让你报警了？谁让你擅作主张的？！”一想到此时高漫也许已经被愤怒的绑匪撕票，她就觉得自己生不如死。

刘娜坐在病床上挣扎着、踢打着，想要下床，想要离开，奈何她刚刚苏醒，身子还很弱，而曹大海虽然长得不高，但人长得比较胖，这会儿控制住虚弱的刘娜易如反掌。

他双手紧紧抓着刘娜的肩膀，将她硬是压在了床边，不让她再乱动：“现在这消息已经满天飞，而且看情况还是绑匪自己泄露出来的，很显然他们并不怕被警方知道，不然也不会闹出这么大的动静。我帮你报警，也是相信警方一定会处理好的。不然你要怎么办？难道就这么坐以待毙吗？！”

听了曹大海的话，刘娜瞬间怔住，一动不动。

曹大海的话不无道理，如今消息已经满天飞了，就算他们不报警，警方也一定知道了，而且与其靠他们自己去救孩子，不如让警方暗中调查。更何况，她也相信曹大海是有手段的人，他一直都是黑白通吃的。

刘娜现在也是病急乱投医，如果曹大海真的能帮忙打听高漫的下落，也多一分希望。

自从知道高漫被绑架了之后，刘娜就一直没有睡过，她的精神长期处于紧张状态。如今再不休息恐怕身体真的就熬不下去了，于是刘娜听话地躺回到病床上。

曹大海对此满意不已，连忙吩咐身边的助理去找医生来重新将输液针插回去。

刘娜有些担心，拉住曹大海的衣角问道：“你真的会帮我找女儿吗？”

曹大海拍胸脯保证：“放心，你女儿就是我女儿，我曹大海一定会竭尽全力帮你。”

刘娜自动地忽略了前半句话，有了他后半句的保证，她放心地躺回床上，此刻倦意从四面八方涌来，没一会儿就再次进入睡眠状态了。

曹大海轻手轻脚地走出病房，助理在旁已经等候多时。见曹大海出来，他将刘娜的包递过去，说道：“这是一块儿捡回来的，手机响了好久了。”

曹大海接过包，想要送回病房，恰巧手机在此刻再次响起来。曹大海伸手进去摸出手机，看到来电显示是高南，他索性直接挂掉。又凭借着隐约的记忆和手机上的指纹痕迹，曹大海尝试滑开了刘娜手机的屏幕，顺便清理了未接来电，然后将手机关机放回包中。

“包送到病房里，想办法把这个病房的信号屏蔽掉。”曹大海吩咐道。

助理有些为难：“老板，这里是医院，屏蔽信号不太好操作。”

曹大海眼睛一瞪：“我不管你用什么办法，这部手机不准接到任何电话！”

“是……是……”助理战战兢兢地应允，连忙出去买个手机信号屏蔽器回来。

高南的手机充好电之后，接连给刘娜打了几个电话都没有接通，心中有些担心，但想到绑匪似乎只对自己感兴趣，应该不会联系刘娜，于是稍微放下心来。更何况他现在也不知道该怎么面对刘娜，该如何对刘娜解释，鸵鸟心态也让他下意识地想先避开刘娜。

他与陶玉达暂居在米峰提供的住所里，暂时隔绝开一切外界的骚扰。陶玉达拿着一本《炼狱七日》走过来，对高南问道：“哥，你说绑匪的套路都在学这本书是吗？”

高南点头，陶玉达更加疑惑。

“作为你的忠实书迷，我非常不理解，用书中的桥段来犯案，难道不怕我们根据书中指引来抓他吗？”

高南指着书问道：“这本书你拿着看了那么多遍，有看出绑匪的套路吗？”

陶玉达摇头，高南拿过书来丢到一边。

“绑匪高明得很，我反倒希望他不是借鉴《炼狱七日》的桥段进行绑架。”高南眼皮低沉，陶玉达瞬间懂了他的想法。《炼狱七日》中，被绑走的小女孩儿邢佳佳每天都被李成宇折磨，而男主角邢鹿每天都能收到来自李成宇送来的一部分邢佳佳身上的东西，这七日对于邢鹿来说，就如同书名，“炼狱”七日。

二人正在研究小说之时，忽然门被外面的人打开，米峰大步走进来。高南和他并没有完全冰释前嫌，所以相处起来还是有些别扭。米峰没理会高南的别扭，而是率先对着陶玉达开口："小达，我有话跟高南说。"

陶玉达马上明白，乖乖地走出房间带上门。

"为什么不报警？不相信警方，还是不相信我？"米峰质问。

高南无奈，开口道："都不是，是输不起。一旦被发现报警，你应该能猜到后果。"

"那天你莫名其妙来警局找我，是不是因为漫漫被绑架的事？"

高南点头，米峰这才有些释然。

"我身为一名刑警，不该纵容你私下解决绑架案件。"

高南语气有些放低："这次，算帮我一回，别闹大，让我自己解决。"

"你求人倒不多见，我现在负责上次武广的乌龙案，所以你的绑架案我没办法跟进。这房子是我妹米兰托我看管的，还没来得及出租所以空着，不是我的。"

高南反应了几秒钟，立即明白，心里对米峰感激万分。高南一直知道米峰对自己职业的信仰，这次要他背离自己的原则实在是难为他，他能做到这一步已经是不易。

"我听说刘娜那边已经报警了。"米峰将自己从同事那边得知的消息告诉高南，"这件事现在被广大网友们关注，上头很重视，但你和绑匪通话录音里有提到，不许报警，所以这事警方不便公开参与。因此晚些时候，警方应该会公开表示，对此事暂时还不太确定是不是属实的消息，还需要进一步核实情况。但事实上，我们赵局将会亲自带队负责。"

高南听到这个消息，稍微皱了下眉头，但转而一想，若是刘娜报警了或许正好分散了警方的注意力，这样警方就不会过多地盯着他，也有利于他私下里进行这场游戏。

"警方现在都在娜娜那边，这样或许对我来说还是件好事。至少只要我最近不公开出现在你们警方面前，尽量回避着。他们应该也就不会察觉到我和绑匪之间的事情，对我救出漫漫是有一定帮助的。"

米峰点头："但是有一点，漫漫的安危，你不准瞒我。如果有需要，老子带着枪直接冲过去救人！”

高南点头，露出了这几天以来唯一的微笑。

“我不打扰你了，队里有事我先走了。”米峰刚打算要走，忽然想到什么似的，忽然转身问道，“你还有没有其他的事情瞒着我？”

高南愣了一刻，随后回道：“没有。”

“真的？”米峰再次确认道。

高南也再次肯定：“没有。”

米峰走后，高南接到了杜鹃的电话。杜鹃说，目前警方已经在微博上通报了消息，说暂时未收到报警信息，而他们公司也将马上召开记者招待会，让高南上网看一下。

高南和陶玉达二人坐在电脑前，看着网络直播，只见杜鹃作为高南的官方代言人，正在闪光灯前念着这次绑架事件的官方通稿：“关于近日来网络上所发布的音频和视频，全部都是子虚乌有，我们已经和公司的签约作家高南核实了真实情况，目前他的女儿正在家里，并没有发生任何意外。还请大家不要听信谣言，更不要传播谣言。对于给高南及其家人造成侵害的人员，我方将保留起诉追责的权利。”

杜鹃的视线落在电脑屏幕正前方，声音洪亮地说道：“一切都以本人此次的发言为准，关于后续爆料出来的任何信息，高南本人以及我们边江公司，都不会再就此事做出任何回应，谢谢。”这段话，杜鹃说得甚是流利，且声音坚定。在最后一个“谢”字说完后，她就在工作人员的簇拥下离开了镜头。任凭后面记者怎么追问，她都未再回复一言。

陶玉达看完了电脑里的视频直播后，转过头一脸惊喜地对高南说道：“哥，我发现杜鹃姐真的是太帅了！简直就是巾帼不让须眉。”

“是啊。”高南点头赞同，“在工作的时候，她一直都是这样的。”

有气势的女强人。

陶玉达在表达了一番对杜鹃的崇拜之后，就又投入搜索发布音频和视频的源链接中，经过一番努力，终于有了新进展。

高南女儿被绑架的新闻不断发酵，愈演愈烈。不过，在经过边江公司的公关团队运作了一番之后，目前话题热度明显降了下来。

很多人都说之前发布的音频和视频，正好和高南的新书《炼狱七日》里面的剧情很像，好像就是为了宣传本书造势的，还有人说因为高南新作已经卖出了影视版权，这个视频，不过是影视公司提前放出来的一段内容。

网络上一片哗然，有人说差点儿信以为真，有人说有待观望，还有人说散了散了……

然而，总是有些为了蹭流量的博主，为了吸引粉丝，趁机做出了各种扒皮帖或者各种各样的汇集帖。这些帖子正好为陶玉达寻找信息源提供了方便。

他甚至不需要依靠什么电脑手段，只是浏览的相关内容多了，就顺着线索慢慢找到了最先发布音频与视频的论坛地点以及发布账号。

“有没有可能查到他的发帖 IP 地址。”

陶玉达有些兴奋，挽起袖子准备在电脑上大展身手：“当然！看我的！”

如今不仅网络上的热度降下来了，而且事情也有了新进展，二人都发自内心感到喜悦。找到了发布账号的 IP，很有可能就能找到凶手。陶玉达准备通宵攻克这个账号！不找出来不睡觉！高南也决定坐在旁边陪他。

正说着，忽然陶玉达的电话响起，他有些不好意思地挠挠头，跟高南打了个招呼：“哥，我女朋友，我去接下电话。”说完陶玉达拿着电话转身走到阳台。

接完电话回来的陶玉达虽然还是和刚刚一样，但显然情绪不高。

“怎么了？”高南担心道

“没事！”陶玉达努力挤出一个笑容。

高南似乎猜出来一二，劝慰道：“吵架了？过来人的经验告诉你，要珍惜眼前人，吵架我们就忍一忍，忍一时说不定可以挽回很多。”

陶玉达不太懂高南说什么，陈潇的电话再次打来，陶玉达拿起电话看了看直接挂断关机。高南对此不再多言，年轻的陶玉达总是让他想到当初的自己。因为年轻气盛，他失去了陪自己一路走来的刘娜，他不想陶玉达也在感情上走自己的老路。不过感情的事强求不来，见他挂了电话，高南也没有再多言语。

米峰回到警队，武广的乌龙案他毫无头绪，与赵局的十日之期已经过去了一半，而他现在只能坐在办公室里望天。高南那里是一点儿忙也帮不上了，米峰这才发现，他立下军令状的结束时间，竟然与高南和绑匪所约定的最后期限是同一天。真不知这是巧合还是冥冥中自有定数。

同样是绑架儿童的案件，一个耍了警方，来了个嫁祸，而高漫……米峰不知道这两起绑架案之间，是否会有什么关联。

就在米峰一个人胡思乱想的时候，恰好有好事的小警员跑进来，一脸贼兮兮地呼唤米峰。

“米队，他们在研究隔壁那个银行视频，要不要一起去瞅瞅？”

米峰作势要打，吓得小警员连连后退，米峰道：“我们自己的案子还一头雾水，你倒好，跑去别人那儿凑热闹！”

“头儿，我们的案子左右也是没头绪，不如去隔壁看看，是否能找些破案的感觉回来。那抢银行的案子，所有的工作人员都失去了记忆，而且钱还一分不少，岂不是很奇葩！大家都是奇怪的案子，坐下来交流交流经验嘛！”

“数你嘴巴能说！你要是把心思给我放一半到案子上，我去跟上边说给你升职！”

小警员吐了吐舌头，似乎还不死心地问道：“头儿，你真不去啊？你不去我可去看啦！我牛皮都跟人家隔壁组的吹出去了，我说我们头儿出马，绝对马上破案！”

米峰摆摆手，让他自己去，小警员悻悻地离开。

小警员走后，米峰拿起卷宗怎么也看不下去，索性也走出门去隔壁组看银行监控。为了不被小警员调侃，他悄悄地站在一边。小小的显示器上放着银行当日抢劫的视频，抢劫犯包裹得严严实实，可米峰却隐约觉得熟悉。短短六分钟，抢劫的人凭借一人一枪，顺利带走了一袋现金。

米峰觉得哪里不对劲儿，太顺利了，现场的人似乎对此都是逆来顺受。安保人员、普通百姓、工作人员，似乎都在配合抢劫犯完成这次抢劫一样。

“头儿？我就说你会过来看看吧！”小警员忽然发现了站在身后的米峰。

米峰有些尴尬地摸摸鼻子，指了指手中的水杯说道：“我就是出来接个水。”

小警员一把拉过米峰：“哎呀，您就别解释了，您一出马，一个顶俩！”

“你别臭贫，赶紧回来干活！”米峰拉着小警员要走。

隔壁组萧队忽然拦住他，说道：“老米，有啥想法说说嘛，有啥可别扭的，不就是上次那个乌龙案抓错人了嘛！也不用总避着我们啊！”

米峰被萧队拱出一股火药味儿，他索性也不走了，看就看！

视频播放了几遍，米峰认真地看着。忽然他大叫：“停！”

“能不能抓取到柜台工作人员的脸？”米峰问道。

萧队回答：“太模糊了，有点儿困难。”

“退回去一点儿，对，就这里！”

米峰指着屏幕上一角，大门外的景象：“你们仔细看这辆车。”视频中前一秒有一辆红色的车驶入了监控画面，然而下一秒这车就从大门口的视频中消失了。

“这家银行在第五大道与秀水街交叉口，虽说第五大道是城市主干道，可这车也开得太快了，竟然不到一秒钟就消失了。”

萧队一拍脑袋：“对啊！交警队办事不力，秀水街人这么多，这车速都快赶上高速了，也太危险了！”

米峰无奈：“我是说，如果这车真的开得那么快的话，那么在视频里这车的画面不会这么清晰，所以有没有可能是我们都被视频骗了？”

“这怎么可能！这视频就是银行监控里调出来的，这眼睛总不能骗人吧……”萧队越说声音越小，心里也有点儿怀疑米峰说的被动手脚的可能性。

米峰说道：“眼睛是最好骗的，如果有心，一比一原样复制一个场景不是不可能，工作人员怎么会对抢银行这么大的事没有记忆？你真的相信这是灵异事件吗？我反正不信。”

萧队疑惑：“那现在该怎么办？”

“当务之急……”米峰指着视频上的几个柜员模糊的影像说道，“去视频解码，分析这个视频是否有被人剪辑拼接过，顺便也确认一下，这几个柜员是不是当天值班的柜员，到时候就都知道了。”

萧队马上行动，带着人去技术科。米峰站在原地，盯着屏幕上那个熟悉的身影，陷入沉思……

高南与陶玉达在房间里经过几小时的攻关，终于在海量的信息中找到了一点儿有用的东西。米峰去而复返，忽然上门。因为事情有了新进展，高南心情舒畅。他招呼米峰进门，谁知米峰黑着一张脸直接拉着他进了书房。陶玉达被震天响的摔门声吓得一抖，他知道米峰和高南的感情，所以也不好插手，只得默默继续埋头电脑里。

米峰直接一拳打在高南的脸上，质问道：“你说过，你没有事情瞒着我！”

高南捂着脸，仍然咬死认定：“没有。”

高南的反应激起了米峰更大的怒火：“秀水街银行监控怎么回事？你是不是跟绑匪做了什么交易？！”

高南沉默，既没有承认，也没有否认，只一句：“我没有抢银行。”

米峰愤怒地指责道：“我今天在局里看了银行的监控视频，不得不说，认识你这么多年，从没发现，你演技这么好！行啊你，影帝！你以为你能瞒天过海骗过所有人，可你骗不过我！你每次一陷入焦灼，就喜欢摸鼻子。今天我在视频里看到抢劫犯的身形有些像你，你在等候‘柜员’给你装钱的时候，不停地摸着鼻子！”

高南笑了，说道：“摸鼻子就是我？那世界上是我的人可多了。”

米峰却一点儿也笑不出来：“高南，你别逼我，你真的以为我们看不出来那个视频里面的银行是真的银行吗？我是人民警察，真的往下查，你知道后果会怎么样。我不想有一天亲手将手铐戴在你的手上。”

听到米峰的话，高南的脸色暗了下来。

“我被逼无奈，已经做到了最大限度的不伤害人。我可以和你保证，我没有抢银行。这么多年，你应该懂我，事件有了了结之后，我会自己投案，将一切都告诉你。”

米峰叹了口气，二人陷入长久的沉默。

陶玉达忽然从门外破门而入，激动地大吼：“找到了！找到发帖人地址了！”

高南和米峰同时跨出房门，跟着陶玉达来到电脑前，陶玉达鼠标不停地在屏幕上点来点去，为二人解释道：“IP 地址查出来了，是在福鼎家园二栋 401，是住户 IP，不是外面的地址。”

高南追问：“这么简单？”

陶玉达知道高南的疑惑，绑匪如此狡诈多端，势必不会暴露自己老巢的地点，更多可能是寻找网吧、公共网络来发布信息。

“查得千真万确，就是这里。”

高南有些不自在，但是现在到了不得不求人的时候，现在有了地址，查户主姓名这种事肯定是要米峰来帮忙。

“那个……”高南讲话支吾，米峰懒得跟他矫情，“把你刚刚说的地址给我。”

高南连忙抄了一份地址递给米峰。

“谢谢。”高南道。

米峰摆摆手，拿着陶玉达写给他的纸条离开。

刘娜在医院醒来的第一件事就是打开手机打电话给高南，谁知拿出手机后才发现，手机竟然一直处于关机状态，开了机之后又发现这里的信号微弱到连电话都打不出去。刘娜试图走出病房寻找信号，开门时却被曹大海堵在门口。

曹大海双手拎着满满两大袋的保健品，春风满面。

“你怎么下床了？快回去！快！”

刘娜无奈，只得被曹大海赶回病床。

“我的手机没有信号，好像坏了，能借我用一下你的手机吗？”

曹大海闻言并没有将自己的手机掏出来给她，只是说道：“我知道你担心女儿的状况，想要打给前夫对不对？”

刘娜点头。

“这里手机信号都不强，可能是院方不想打扰到病人休息吧。你不用担心，我说了会帮你。我已经把自己黑白两道的朋友都请到我家里了，你要是愿意的话，现在我就可以带你去见一见他们。”

刘娜眼中一亮：“真的？”

曹大海笑着点头。刘娜仿佛看到了希望，一时间将联系高南的事情放在脑后。她连忙换下病号服，穿好衣服，跟着曹大海回到他的家中。

刘娜第一次来曹大海家里．他的家是郊外的一个带有泳池和超大花园的独栋别墅，这片区域刘娜略有耳闻，是江城的富人区。她一直以为曹大海只是个律所合伙人，但是这里绝对不是仅仅一个律所合伙人能住进来的，曹大海应该还有别的事业，只是她不知道罢了。想到这里，刘娜对曹大海能帮助自己找到女儿的信心又多了一点儿。

曹大海的朋友们早已在家里围坐畅聊已久。刘娜跟在曹大海身后，悄悄地看了一圈，从外表来看，这些人非富即贵。曹大海带着刘娜走进来，一群人站起来寒暄。

“曹哥，这就是新嫂子吧？”

“我说大海，你从哪里找来这么个漂亮姑娘？”

刘娜皱眉，这些人的调侃令她不适，曹大海还算绅士，主动周旋道：“别瞎说，八字都没一撇的事，可不能胡言乱语。来，我给大家介绍一下，这位是我律所的精英律师，刘娜。”

刘娜对着大家微微点头示意。

曹大海一一为刘娜介绍：“这位是于哥，人生经历可是非常丰富，做生意垮了，进去蹲了几年，出来后改做地产生意，这几年倒是越做越大，江城一大半楼盘都是他的产业，也是我们中最有钱的，对吧？哈哈！”

于哥谦虚道：“哪里哪里，见外了，都是兄弟们帮忙。”

“这是老白，穷得只剩下钱了，做人民币生意，说白了就是放高利贷的，三教九流他都打过交道。”

“哈哈哈，说到这位，这位就不一样了，这是文化人，你应该也见过，财经频道知名主持人勖永辉，也是金牌制作人。他可跟我们这些粗人不一样，电视台媒体这块都得来他这里拜码头。”

刘娜看过去，似乎真的有些眼熟，就是电视上那个知名主持人。听着曹大海的介绍，刘娜心里震惊不已，想不到曹大海的人脉比她预想的还要广。

曹大海介绍完在场的人，马上切入正题。

“事情呢，我早都跟你们各位讲过了，你们谁那里有消息能帮得上，都说出来，就当丢的是我的亲生女儿！”

勖永辉开口：“曹哥，你的事我可是上心了，别说你急，我们电视台也到处挖新闻，可是放出去的这群记者，什么都没挖到。”

于哥也说道：“我也去找朋友在各个圈子里打听，这个高南就是一写书的，并没有人要找他麻烦。”

老白也接话：“大海，我道上的兄弟都问了，江城这地儿，各大帮派和势力都跟我拍着胸脯发誓，没有人去动过人。不过你放心，我老白最讲道义，我答应你了，我就会继续帮你查下去。老于、老勖他们是明面儿上的，他们混富人圈儿，但我老白不一样，江城每一条巷子都没有我插不下手的地方。”

曹大海说：“这么说，就是连你们都没有办法了？”

众人一时沉默，刘娜心中燃起的希望被一盆冷水泼灭。

老白忽然想到什么，开口道：“哎，我说嫂子……”

刘娜马上纠正：“叫我小刘或者刘娜就行，我不是……”

老白接收到曹大海的眼神，也不再纠结于称呼，他继续讲道：“我老婆近几年认了个大师父，灵得很！近几年我们都顺风顺水，连底下的小弟都不见血，不然你找他试试？找人这种事嘛，就是玄学。”

说着老白拿出一张名片给刘娜，刘娜半疑半信地接过名片，上面写了一个颇为玄幻的名字“道生一”，下面是一串儿电话号码。

因为没能得到什么有用的信息，众人也不好意思再多留，于是纷纷告辞，曹大海和刘娜也一起离开。

就在半小时之前，警方已经和她取得联系，表示会尽快上门安装监听装备，以及向她询问一些关于高漫失踪之前的相关信息。

刘娜本打算直接回家，但一想到手中紧握着的“道生一”的名片，又开始犹豫了起来，最后还是选择半路下车。刘娜将家里的钥匙交给曹大海一把，并让他先回去和警方沟通。

她一直是一个唯物主义者，可是现在没办法了，她很无助也不知该怎么办。她相信高南一定在为救回女儿奔走，但是他凭什么把她抛开，让她什么也做不了，只能在这里苦苦煎熬。就算现在警方参与进来了，也不一定就能第一时间找到高漫，既然这个“道生一”这么神，那她不妨过去试一试，也许就有线索了。

打定主意，刘娜再次尝试拨打了高南的电话，却依旧是没人接通。她等不了了，决定先给这个“大师父”打电话……

下午四点半左右，陶玉达和高南在家里苦等米峰的电话，终于等来了一个惊人的消息。米峰告诉他们，福鼎家园的 IP 地址户主名字叫阮峰。高南仔细回忆，表示并没有跟这个阮峰有过任何瓜葛。而米峰的下一句话令高南恍然，阮峰有一个女儿，叫阮玉玲……

高南脑子发蒙，难道真的是他的疯狂书迷吗？是她害了高漫？他拿起手机时才看到刘娜的电话，回拨却是正在通话中。陶玉达在叫他出门，他没有时间继续拨电话，他们要马上出门去福鼎家园堵阮玉玲。

他有些担心刘娜，想要去看看她，可不是现在。他发誓，一定要找回女儿，带着高漫一起去找刘娜，那个时候只要刘娜还肯接受他，他会用尽所有办法回到刘娜身边，给高漫一个圆满的家，永远不分开。

高南想到自己曾经在刘娜手机上做的可以保护刘娜的“手脚”，拿出来看了一下，发现刘娜此时所在位置正是市中心范围，并没有什么异常，他放心了些，于是做好准备，跟着陶玉达出门。

昏暗的房间里，四周摆满了蜡烛，刘娜与一名老道士坐在一张太极图中。刘娜将一张银行卡递给面前的道士，道士仍然双目紧闭。

“大师父，我是白哥介绍来的，求求您帮助我找到女儿。”

道士缓缓睁开双眼，问道：“你既然不信，为何来求我。”

刘娜心中一震，道士说中了她心中所想，她确实是不信的，但没办法只能病急乱投医。

“大师父，我愿意做牛做马，只要您帮我找到女儿。”

老道士长叹一口气，将面前的银行卡收下。刘娜见状知道这位老道应下了她的请求，连连作揖感谢。

“万事万物讲究一个缘法，你我有缘，所以我帮你。我帮你指明一个方向，如果你与你女儿缘分未尽，那么你们就会在那里相遇。切记，一切可遇不可求，凡事没有一定。”

刘娜闻言，虽然道士讲话云里雾里，但总比没有希望好，她立刻虔诚地鞠躬求一个方向。

高南和陶玉达来到福鼎家园，冒充房东找了开锁师傅直接将房门打开，没想到却扑了个空，房间内空空如也。两人什么都没找到，却等来了带着一队警察的米峰。

原来他们调查陷害武广的案子时，发现邮寄给嘉明父母的信封等物，竟然也是从阮玉玲这边发出去的，于是赶紧赶了过来。米峰看到高南和陶玉达时怒不可遏，直接将二人提上自己的车离开。

“你就这么不相信人民警察吗？我不是说了，发现一切要跟我说吗？”米峰一脸愤怒，指着高南吼道，“难道我给你户主信息，就是让你们这样不管不顾地私闯民宅？知法犯法？”

陶玉达忍不住为高南辩解：“米哥，我们怕耽误时间，所以打算提前过去，我们一到就想跟你说来着。”

米峰瞪了陶玉达一眼，吓得陶玉达赶紧闭嘴。

“他年轻气盛，你呢？你一个当爸爸的人了，也跟他们小年轻一样横冲直撞！”

高南没有回应米峰的话，他再次拨通刘娜的电话，依旧没人接听。他有些担心，不禁打开了手机中的应用，发现上面的红点在地图上移动，正往北郊的方向。

陶玉达瞥了一眼，惊喜道：“哥，想不到你也用这个，这种监控手机的 APP 早过时了。下次我帮你做个新的，绝对比这个好用！”

米峰有些后怕：“高南，你小子又干吗呢？我发现你是蔫儿坏，我现在作为一名警察要随时监视你这个高概率犯罪分子。”

高南严肃道：“是刘娜，不知道她为什么这个时间跑去了北郊，那里三教九流、鱼龙混杂，而且人烟稀少。”

听到高南的话，米峰也有些担心：“不如我们跟上她？”

高南点头：“走！”

刘娜的手机在背包里一直闪烁，她却浑然不知。为表敬意她在道生一那里一直将手机调成了静音模式，从那里出来就打车直奔道生一给的地址，完全忘记了手机已静音。

道生一给的地址在一个混乱的地方，平常没有正经人愿意来这个地方，市政府为了整改曾经在这里牵头过几个项目开发，但都因种种原因搁置。这里是各种地下交易、约架斗殴的胜地，是三教九流的天堂。

刘娜按照地址来到一间已经荒废的教堂前，教堂五彩斑斓的玻璃已经破损，风呼啸着穿堂而过。刘娜自打从车上下来就被人盯上了，只是她还浑然不知。

外面天色已暗，她走进教堂，里面不知道什么味道扑面而来，呛得她直流眼泪。她小心翼翼，不敢发出声响。

刘娜小心翼翼地往前走，在墙脚里发现几个背对着她的身影，不知那几人在做什么，看上去都是些十几岁的少年。刘娜心中第一反应，这几名孩子也是被掳来的，也许他们知道高漫被藏在哪里。

刘娜上前拍了拍其中一名孩子的肩膀，四名“少年”齐刷刷地回头，刘娜吓得心脏漏跳了一节。这四个人哪里是少年，明明就是中年人，他们只是身形瘦削羸弱，四张脸干瘦蜡黄、双目凹陷，下巴瘦得脱了相。被这四张脸同时盯着，刘娜心中毛骨悚然。

他们四人看到刘娜，忽然笑了起来，似乎发现了宝藏一般。他们向刘娜伸着手走来。刘娜有些害怕，急忙往外面跑，但四个人马上过来包围住她。刘娜发现这四个人虽然外形恐怖，但身体极弱，刚刚不知吃了什么，现在神色恍惚。她用力推开率先扑过来的人，那人竟然直接倒地。她心中有数，于是拼尽全力对抗这四人的攻击。

然而就算四个人再虚弱，刘娜依然双拳难敌众手，很快就处于下风。四个人将刘娜扑倒在地，他们脱下她的鞋子，抢下她的包，还要扯下她身上所有的首饰。就在她以为完蛋了的时候，高南和米峰等人忽然出现！

米峰冲上去三下五除二将四个人打倒在地，用随身带的手铐将四个人捆在一起。高南连忙抱起刘娜，将自己的鞋子脱下来为她穿上。陶玉达跑去帮米峰捆绑犯人。

高南直接抱起了刘娜回到米峰的车上，刘娜受到了惊吓，一直躺在高南的怀里哭。除了惊吓之外，她更多的还是为寻找高漫又一次落空而沮丧。

米峰将钥匙扔给陶玉达，跟高南说道：“你们先开我的车走。这四个聚众吸毒的渣滓，我要带回警局。我已经报警了，一会儿就有附近派出所的人赶到这里接我。”

陶玉达接过钥匙启动汽车，米峰嘱咐道：“把娜娜送回去，好好安慰一下她，她今天应该受了不少惊吓。”

高南点头，随着陶玉达驾车离开。

在回去的路上，几人一路无话。高南并没有开口问刘娜为什么会来这里，而刘娜也没有问高南为什么会在关键时刻出现。一路上，高南都抱着流泪的刘娜，直到快到刘娜家中的时候，她才停止哭泣坐起来，恢复到以往雷厉风行的女律师模样。

高南下车送刘娜上楼，刚到门口，曹大海却在里面打开门来接刘娜进门。高南讶异曹大海为什么能够登堂入室在刘娜家里，还如此自然如同自己家。

他想问，门却在他眼前重重地关上……

/第八章　赌上尊严/

米峰坐在办公室里，愁眉不展。如今高漫下落不明，绑匪穷凶极恶，他此时的脑子中都是高漫的事。

小警员走进米峰的办公室，将一个文件夹放在米峰的桌上。

“头儿，鉴定科的人说给你的资料。”

米峰点头，小警员离开。他将文件打开，迅速浏览了一下化验资料。专业术语他不懂，但结尾的几行大字就算他是个傻子也看得懂。上面显示，DNA 检测不符合。

昨天下午，因为米峰到高南家兴师问罪，高南决定不再对米峰有所隐瞒。

高南将一只染血的发卡递给了他，还有那台录像机也一并交给了米峰。

“我有的东西，都交给你了。”高南看着米峰，语气诚恳。

米峰看着发卡，心中有了不好的预感：“这是……”

高南点头：“是漫漫的，绑匪寄过来的。”

高南又指了指这台录像机：“还有这个，是签售会那日阮玉玲藏在我的化妆间里的，她放好后匆匆离开，忘记关掉开关，录到了一个放置炸弹的人。”

米峰收下发卡和录像机："我知道你的意思，这些证据我会保管好，你不准给我出一点儿事，还有，别再单打独斗了，你不是一个人在战斗！"

高南点头，二人再次陷入沉默。

在烟雾缭绕中米峰回过神来，望着眼前的化验单，起码现在可以证明昨天下午高南给他的发卡上的血迹不是高漫的。想到这里米峰心里安稳了些，但这也不能说明高漫现在很安全，未知即是恐怖。

最近一系列案子虽看似毫无联系，但只要仔细分析，就能够发现桩桩件件都指向了高南。

爆炸案，凶手扬言要炸了签售会，最后才发现竟然是虚惊一场，凶手将他们所有人都玩弄了一遍。

绑架并陷害武广的乌龙案，凶手想要陷害武广，可陷害武广的目的何在？武广身处监狱多年，一无仇家，二无钱财。凶手将警方玩弄于股掌之间，导演了一场瞒天过海的骗局，差点儿让警方酿成了误抓误判的大错。多亏了高南帮忙，武广才洗清嫌疑，打破了凶手的阴谋。

紧接着高漫就被绑架了，凶手打电话过来，与高南做起了游戏。游戏大胆辛辣，第一个就是抢银行，直接挑战警方的尊严。

三起案子看似风马牛不相及，但深究起来幕后黑手的风格又总是让人感觉到熟悉，米峰几乎敢肯定，这里面肯定存在一些关联。这几个案子里，竟然都有阮玉玲的身影，这个发现让米峰精神一振。

米峰想起高南给他的录像机，连上电脑打开视频，用高清的大屏一帧一帧地拉下去。他反复看来看去，除了判定阮玉玲就是一个不折不扣的疯狂书迷外，并没有什么更有用的信息。

但是，在阮玉玲后面进来的黑衣男子却成功地吸引了米峰的注意力。他听高南提起过，这个人就是放置炸弹的幕后黑手。

可明显先进来的阮玉玲是为了躲避他才离开的，难道阮玉玲和他不是一起的？炸弹案、绑架陷害乌龙案以及现在的绑架案并不是同一个人？那么，阮玉玲究竟和后面两起案件又有什么关系？难道绑架嘉明，并且嫁祸武广真的是她干的吗？和高南斗智斗勇的也是她？

米峰想起之前在高男家看到的那个黄金键盘，上面还有一句话"我会做一件让你一辈子都记得我的事”。如果这个字条是阮玉玲邮寄的，那么此时绑架高漫的事就对上了，这确实能够让高南记住她一辈子。

“该死！”米峰想到那字条当时被高南随手扔掉了，现在肯定已经找不到了，也就没办法进行笔迹核对。他使劲儿揉了揉头发，郁闷地拧紧了眉头。

染血发夹和录像机，现在看似多出了两个证据，实际上却令案件更加迷雾重重。米峰向后靠去，让视频自动循环播放。他始终想不明白，高南跟谁有利益牵扯……

米峰正想着问题，手中端起的水杯忽然一抖，尽数洒在键盘上。米峰手忙脚乱地擦拭键盘，却不小心连按了几个放大键，屏幕上黑衣背影被无限放大。

黑衣人正往房间中央空调出风口处放置东西，米峰忽然间顿住，也无暇再顾及水有没有擦干，连忙将黑衣人放置“炸药”这一段反复播放。

他注意到，黑衣人的右手颤抖，随着手臂的抬升，颤抖就更加厉害。米峰不停地重复播放，恨不得钻到视频里面去。

黑衣人右手无力，在跳下椅子时，不小心摔倒，下意识地用左手撑住了面前的桌子，这一系列情况都说明他惯用左手，是左撇子。米峰细看才发现，此人手指纤长，是一双年轻的手，联想起武广乌龙案中被绑架的小男孩儿口中对凶手的回忆，凶手手指纤长，跟武广短粗充满老茧的手截然不同。

米峰打电话叫回小警员，将蝴蝶结发卡交给他，嘱咐道：“送到鉴定科，帮我把上面的血迹做一个面向全市的DNA匹配，这事很急，快马加鞭！”

小警员一愣，看米峰的表情知道不是小事，于是拿起发卡转身一路跑着去了鉴定科。

自打看到了警方的通告和边江公司的媒体发布会之后，有些记者已经陆续离开，剩下的人在高南家楼下也已经渐渐失去了斗志。

他们在这里蹲守了一天，却一点儿消息都没有得到，不仅连高南的人没有看到，就连高南家所在的那栋大楼的楼梯都没能上去。

“高档小区就是不一样，这些保安还真是尽忠职守。”一个记者一边百无聊赖地刷着微博一边和同行们聊天儿。

“可不是嘛，这么大的事，要是一点儿有用的料都没采到，回去还不得被我们老大给……”另外一个记者做了个抹脖子的动作。

“你们觉得这件事是真实的概率有几成？”

“不好说。”第二个记者一副思考的表情，“虽说今天警方和边江都给了声明，但我总觉得有些欲盖弥彰的感觉。”

“我也觉得。要不然高南为什么不直接出现？哦，对了，你们说昨天火警警报响的时候，高南会不会已经趁乱离开了？”记者丙也凑过来加入讨论，“不然杜鹃为什么……为什么会刻意带个假高南来吸引我们的目光？”第三个记者说。

只是，第三个记者的话还没说完，另外几个人就互相交流了一下眼神，瞬间都反应过来了，于是再不管别人是否还在这里继续蹲高南，他们则一哄而散，纷纷转移阵地，与其在这里守株待兔，不如去边江公司或者警局挖料。

高南和陶玉达从家里逃出来之后，就一直待在米兰家里。

距离上次的游戏已经过去了一天，眼看着七日之约就要过去三天了，高南却迟迟没有收到下一个游戏指令。高南度秒如年，第一个“游戏”就是抢银行，接下来的“游戏”恐怕更加难做。

门铃忽然响起，高南瞬间神经紧绷起来。

反倒是陶玉达神情平静，起身朝着门口走了过去。在猫眼观察了一番之后，他这才打开门走了出去。没一会儿，便见他拎了两盒外卖进来。

“哥，都快中午了，我们先吃饭吧，你早饭也没吃，这会儿肯定饿了。”

高南有些歉疚，毕竟陶玉达是被他拉来帮忙的，结果他自己的状态人不人、鬼不鬼不说，连对方还没吃饭都没注意到。想到这里，高南主动接过外卖。

“小达，抱歉，我的疏忽。”

陶玉达倒是不在乎，坐在沙发的一端，开始吃饭。

“哥你就别见外了，叫外卖就动动手指，也不麻烦。而且你可不能倒下，你一倒下，我们的整体智商水平都要下降不少。”

高南撕开外卖盖子和一次性筷子包装袋，递给陶玉达之后，这才开始拆自己的盒子。还没等他拆开自己的盒子，陶玉达忽然跳起来捂着嘴巴蹦来蹦去。

高南以为他被烫到，道："你小心点儿。"

谁知陶玉达突然弯下腰来用力抠喉咙催吐，似乎是吃进去了什么东西。高南问他怎么了，他却什么话也说不出来。高南拿出手机准备拨打120，陶玉达一把拉住高南的手。他将手掌缓缓展开，里面躺着一个只有小拇指一半大小的塑料卷。

高南二话不说拿起塑料卷冲进厨房冲洗干净，然后为陶玉达倒了一杯清水，这才拆开塑料卷。

一张防水的牛皮纸被压缩成极小的一条，上面只寥寥数语。

"明日凌晨两点，城北花园裸体找树，新线索，最后一棵树下放钱。"

陶玉达将高南那盒外卖也拆解开来，果然在里面也找到了一模一样的塑料卷，只不过这次不是字条，而是一张城北花园的地图，上面标有路线，看来凶手是想让高南按照这个路线行动。

陶玉达与高南交换牛皮纸，当他看到上面的字迹的时候惊呆了，嘴巴大得简直可以塞下一颗鸡蛋。

"裸……裸体？那热搜不是要爆了？且不说哥你是公众人物！就算普通人裸奔也是伤风败俗的啊！他这分明就是直接打你的脸！不对！是把你的脸按在地上踩还逼你笑！"

高南沉默不语，不知道在想什么。

过了一会儿，高南起身，去书房找出一卷白板纸贴在客厅的墙上。

"小达，你能帮我搜一下公园的监控点都在哪里吗？"

陶玉达惊魂未定，再次张大了嘴巴："不是，哥，你真的……"

"先查监控探头地点，然后把城北花园的卫星地图给我一份。"

陶玉达见高南神色坚定，语气没有丝毫慌乱，他的一颗心也跟着安定下来。他相信高南，既然高南没有慌，那么他也要镇定。

查卫星地图并不是很难的事情，更何况城北公园本身就是公共区域，又不是秘密场所。陶玉达几分钟就搞定了一张高清地图，清晰到每个垃圾桶的位置都有，他将图发给高南，紧接着就着手调查监控探头分布。

高南对照城北公园地图，按照一比一的比例将地图重新绘制在白板纸上。高南发现，这条路顺着散步的小路蜿蜒，从左下角的入口一直走到了右上角的树林中。等高南把一切勾画完毕后，陶玉达那边也已经查好探头位置。

高南按照陶玉达提供的信息，将探头位置一一标到白板上，最终得到的结果令二人大吃一惊。对方为高南规划的路线，几乎都是按照监控排列行进的。换句话说，高南每分每秒都在监控探头下，一旦有心人监控，那么就等于是高南在为所有观众直播一场名人裸奔的丑闻。

陶玉达见高南不语，有些担心，于是主动开口问道："你不会真的要按照他说的做吧？"

高南没有开口，只是摸着下巴琢磨着什么。

"你继续查阮玉玲的线索，也许能从她身上查出什么线索。"

陶玉达着急道："可是凌晨两点，你真的要去吗？"

高南笃定道："去，一定去，只有去了才会有新线索。"

"可是，这是让对方牵着鼻子走啊！而且你知道那些媒体会怎么写吗？知名作家失女后陷入疯癫？"

高南拍拍陶玉达的肩膀，反过来安慰道："没关系，事情总要一件一件解决。"

陶玉达无可奈何，皇帝不急太监急，他只好悻悻地去与自己的电脑做伴。

高南看着面前的公园地图，心中疑云重重。对方神秘得真如同他自己所标榜的那样，如鬼神般无处不在。虽然自从高漫丢失后，自己与他打交道只不过两三天，可就这短短的时间，高南就几乎可以判定此人非同一般。

第一次游戏是抢银行，第二次游戏是公园裸奔，第三个、第四个、第五个都是未知。难道前两个是随机选择的吗？或者是拍脑袋做游戏，想到什么做什么？显然不是，荒唐游戏的背后一定存在某种联系！

下午米峰约高南出门，二人约在高南家附近的咖啡馆。米峰将一个文件交给高南，高南打开发现是一份 DNA 检测报告。

“你上次给我的发卡，我拿去检测了一下，上面的血迹不是漫漫的，你可以暂时放宽心了。”

高南嘴角挤出一丝苦笑，这可能是这几天来最大的安慰了吧。米峰拍拍高南的肩膀，得知这个消息的时候，他又何尝不是一样的心理。最近这段时间，接二连三的事故太多，每个人心中都压着一块沉沉的石头。

虽然排除了对发卡上血迹的恐惧，但并没有排除对高漫安危的担忧。

米峰说道：“你放心吧，那个发卡我重新交给鉴定科，叫他们和医院等单位联合排查，针对全市血型匹配，但是时间可能要慢一点儿。这次的发卡我是托各种关系拜托鉴定科同事加班赶出的结果。面向大众匹配不一样，可能会更麻烦。”

高南点头：“辛苦。”

米峰一拳轻轻撞向高南肩膀：“我跟你说过，高漫也是我干女儿，你再说这种话，小心我揍你！”

“对了，还有这个。”米峰忽然从背包里掏出一个录像机，“也是你一同给我的，我仔细看了一下，有些新发现。”

米峰打开录像机，将画面调出，由于画面不能放大，他只好手指着给高南演示。

“签售会那天的黑衣人，我用大屏幕观察过他的右手，发现他在手持东西时，右手在颤抖。而且他在差点儿摔倒的瞬间，下意识地用左手撑住了桌子。”

“左撇子？”

米峰点头：“我也这么想。”

“这个人嫌疑很大，还有一个就是阮玉玲，不过目前她消失了，小达正在帮我继续查她。”

米峰忽然问道：“只剩下几天了，对方有没有进一步动作？上次你跟我保证过，不瞒我！”

高南似乎想到了什么，忽然眼中一亮。

“我需要你帮我一个忙。”

凌晨一点五十五分，街道上空无一人，如果是闹市区还兴许有几个醉鬼，可城北公园平日里就只有老年人散步跳舞，一过了晚上十点就没什么人了。

高南开车带着陶玉达来到城北公园正门附近的胡同里，陶玉达往背包里揣了几条烟，径直走向保安亭。

已经是半夜近两点，保安也撑不住了，趴在桌子上打盹儿。陶玉达敲敲玻璃，保安睡得沉，并没有醒来。陶玉达脸贴上玻璃，在里面探视一番，发现电脑屏幕上确实有几个监控画面，只是一动不动有些奇怪。陶玉达没有多想，又一次大力敲击窗户。保安亭的保安忽然惊醒，乍一看一张脸贴在窗户上，吓得差点儿从椅子上翻下来。保安怒火升腾，开门就破口大骂。

“老哥。”陶玉达赔笑道。

保安心中余愠未消，且对这深夜的不速之客带有天然的防备。

“什么人？干吗的？”

陶玉达从包里掏出两条中华递给保安，保安的眼睛瞄到烟后，神色才稍微有些缓和。保安嘴巴上拒绝，但身体很诚实，眼看着陶玉达将两条中华塞入了自己怀里，才正眼看陶玉达。

“老哥，外边儿挺冷的，咱进去聊？”陶玉达笑眯眯地说道

保安戒备心十足，并没有直接放他进去：“你先告诉我你到底要干啥，说完了我再考虑考虑。”

“我跟我女朋友在这个园子里认识的，我打算在这儿跟她求婚，这不先跟您搞搞关系。”

保安狐疑：“这大半夜的跟我搞关系？你这臭小子别不是什么专吸人气的精怪变的吧？”

“哎哟，我的老哥哥，您可别拿我开涮了，我是附近夜场上班的，这不才刚到下班点儿嘛！我们白天睡觉，也就午夜这个时候有时间。”

保安上下打量了一圈陶玉达，拢了拢身上披的大衣，松口道：“跟我进来吧。”

陶玉达连声答应，赶忙跟着保安钻进了保安亭。

另一边，高南在车上远远地看见陶玉达跟着保安进了保安亭。他拢紧

了身上的大衣，拎着装钱的黑色袋子走下车。

陶玉达进了保安亭之后，一把将监控的电脑插座拔断。他假装愧疚，连忙起身道歉：“哎呀，对不起，真是不好意思，您看我对这里好奇，东摸摸西摸摸就碰断了线。”

谁知保安只是瞄了一眼，丝毫不关心，自顾自地拆了一包中华烟出来。

“不碍事，就是个显示屏，不影响监控。不过今天应该用不上了。”

“来，给您点根烟。”

保安刚要将脸凑过去，谁知陶玉达故意手一抖，打火机滚落在地，保安弯腰去找。高南趁着此时，赶紧蹿进了公园大门。陶玉达看到后松了口气，第一步完成。

陶玉达觉得用尽了此生信口胡说的能力，在约定好的十五分钟里，尽可能地拖延时间。谁知保安是个爱听故事的，一听到陶玉达求婚的事就拉住他不放了，非要他讲完才行。陶玉达绞尽脑汁，用了毕生的想象力才哄得保安心满意足。

这十五分钟对于陶玉达来说是如此漫长。他除了不停地为眼前这个爱听故事的保安编纂自己的爱情故事，还要瞄着公园出口，随时等着高南出来。

陶玉达心里仿佛过了一个世纪那么久，终于看到高南披着风衣站在公园门旁的草丛中打手势。陶玉达接收到信号后匆匆跟难缠的保安告别，在保安的百般挽留下，他风一样逃跑了。

陶玉达飞奔回车上，高南已经成功地捧着一个纸箱回来。在陶玉达的心里，任务似乎仍没有结束，他的袖口里露出一个扳手，另一只手从口袋里掏出一把钥匙。

高南吓了一跳，连忙问：“你这是做什么？”

陶玉达认真道：“哥，我觉得你今天就这么走了，第二天恐怕互联网上到处都是你裸奔的视频，这种病毒性的传播，没人能把它删除干净。”

高南摆手道：“你快把这些东西都收起来。”

“这钥匙是保安亭的，这扳手也是我刚刚顺来的，我们不如今天晚上就斩草除根。”陶玉达的眼神不禁飘向保安亭里看电视的保安。

高南无语：“什么斩草除根，你要杀人灭口？”

陶玉达赶紧摇头：“我哪敢杀人！哥你说啥呢！我的意思是，我们冲进去把录像删除。”

“不必，”高南直接拒绝道，“恐怕那个人还要用监控视频来验收游戏成果呢，我们删了视频，那不是等于今晚白干了？”

陶玉达还没反应过来，高南直接夺过他手中的扳手和钥匙，顺着车窗扔出去，然后发动汽车绝尘而去。

黎明之前是一天的开始，也是一天之中最黑暗的时刻。高南将陶玉达送回家后驱车返回米兰的房中，他捧着纸箱坐在客厅里，缓缓地拆开胶带，里面一把马尾躺在箱子里。

高南双手颤抖，小心地将箱子中的一把长发拿起。

是高漫的头发，高漫惯梳马尾，这把头发几乎是贴着后脑勺一刀切断的，高南看了心痛不已。他将这把头发用力捧进怀里，神情有些憔悴。

同样在黎明前的黑暗里，在没有开灯的房间里，只有一台电脑屏幕发出惨白的背光。一个穿着黑色帽衫、帽子低低地扣在头上的人正在电脑前。他双脚踩在椅子上，摆弄着眼前的电脑。

他熟练地在键盘上敲代码，屏幕前的画面飞速切换。

终于，画面切换到城北花园的监控探头画面，他按下快进键。画面飞速快播，正播放到高南站在视频下，开始解开风衣的带子时，屏幕忽然黑屏了。屏幕显示着大大的“检修”二字，似乎在嘲笑电脑前的人。

黑衣人迅速快进，可一直没有新的画面产生。监控探头，全部是关闭的。

黑衣人双肩颤抖，似乎压着极大的怒火，反手将手边的玻璃瓶砸向电脑。电脑屏幕闪了几下黑了，房间归于黑暗……

夜里的荒郊，阮玉玲蓬头垢面、嘴唇干裂，她已经好久没有喝到一口水了。她将随手捡来的木枝当作拐杖拄在手里，没人知道她走了多久，更没人知道她在找什么。她有些神经质，甚至一寸地皮一寸地皮地翻找。

她踉踉跄跄地跑，直到眼前出现了一座废弃的工厂。这种地方本应是没有人的，此时此刻却在门口停着一辆满是尘土的桑塔纳汽车。阮玉玲连忙躲了起来，在角落里默默地注视着从工厂里出来的人走上那辆桑塔纳。阮玉玲似乎很怕这个人，当他走出来的时候，她浑身上下抖得像一个筛子。直到这个人驾驶汽车绝尘而去，阮玉玲才渐渐放松下来。可即使这样，她也不敢马上出来，等到看不到汽车的影子，她这才敢走出来，走进工厂。

这是一座废弃的“钢铁垃圾场”，占地面积宣示着曾经的繁华，可如今却寂静无声。

阮玉玲走进去，并没有过多逗留在厂房内。她似乎要翻遍每一个废弃零件，也要找出点儿什么东西来。

她四处游走，来到了一个看上去是办公室的单间，由于大门紧锁，现在又是夜晚，根本什么都看不清。阮玉玲凑近大门，借着月光朝里面望去，但还是什么都看不清。阮玉玲不敢出声，准备再去其他地方找一下，恰好在这时，里面传出了一些细微的声音。阮玉玲被吓了一跳，屏住呼吸，久久没有动作。

过了好一会儿，阮玉玲最终还是决定打开手机，用手机的手电筒照进去，却只看到一个小男孩儿背对着她躺在地上。

阮玉玲有些懊恼，这似乎不是她找的人。就在她准备离开的时候，一声微弱的轻咳引起了她的注意。里面的“小男孩儿”缓缓转过身来，阮玉玲惊呆了，里面的哪里是小男孩儿，明明是被剪没了头发的高漫。

高漫看到阮玉玲后也一愣，缓缓站起来走到门前，与她隔门对视。门上系了一把拳头大小的老式锁，阮玉玲左右查看，直到确认了不会再有人来之后，才试图打开大门上的锁。可惜门上的大锁没有钥匙无法打开，高漫忽然伸出小手，指了指锁眼。阮玉玲一瞬间会意，连忙跑出去，一路寻找可以开锁的工具，最后捡到了几根小铁丝后才跑回来。

高漫看着阮玉玲开锁，而阮玉玲无论怎么用铁丝去撬锁也打不开。阮玉玲额头上一滴滴汗水滴下，越是心急越是手乱。

阮玉玲愤怒地将手里的铁丝扔在地上，干脆放弃打开门锁的想法，拿起手机准备报警。她这才发现，手机根本没有信号。

“怎么办，怎么办啊……”阮玉玲急得原地跺脚，可却无能为力，她快要抓狂了。

高漫借着手机的灯光看着满头大汗的阮玉玲，无奈地叹了口气，这才伸手从地上捡起铁丝，自己对着锁孔开始捅了起来。

废弃工厂的门口，那辆桑塔纳去而复返，车上的人缓缓走进工厂。而里面正专心研究开锁的阮玉玲和高漫对此浑然不知，直到脚步声步步紧逼，阮玉玲才慌了阵脚。她捡起自己不小心掉在地上的手机，想要躲藏却发现这里虽大却并无能够藏身。

脚步声越来越近、越来越近……

早上八点刚过，已经回去简单洗漱的陶玉达又回到了高南这里，然后他又带着高南来到了一个单身公寓。

“就是这里了，如果没错，阮玉玲就住在这里。”

高南赞叹道：“以为你凌晨回去就睡了，没想到你的技术神了，这都能查到。”

陶玉达一脸得意：“这简单，只要我整理一下之前查到的网络数据，然后再稍微分析一下阮玉玲的社会关系就行。阮玉玲是没有工作的无业游民，全部收入都来源于家庭，也就是她的父亲。我们上次已经查到了她父亲的身份，所以我黑了她父亲的账号，知道他给这个公寓的物业打过租金。”

高南无奈地扶额：“等这次事情完了，不能再放任你在外面当黑客，很容易走入歧途。”

陶玉达脸上一红：“这没什么，小意思。”

显然他误以为高南在褒奖他。

“这个小区全都是单身公寓，是由小区物业统一对外租售的，所以一查转账的备注就知道阮玉玲家的具体地址。”陶玉达解释道。

二人来到阮玉玲家门前，从外面看门缝里夹着一张催缴电费的单据，日期是三天前，看来是很久没有人回来过了。陶玉达敲了敲隔壁的邻居，询问阮玉玲的下落，可左右的邻居都称好久没见到这里的住户了，因阮玉玲平日里寡言少语，所以邻居们并不与她交好。

高南带着陶玉达又去了物业，他们假装成阮玉玲的同事来送文件，希望物业能够代为转达并告知阮玉玲回来时的行踪。谁知物业听到他们的话竟然露出一副哭笑不得的表情。

“你们说是那个租客的同事？别闹了，我们就没看见过她上班。”

高南与陶玉达面面相觑，高南问道：“你怎么知道她没上过班？”

“别提了，这人门口总是垃圾堆成山也不下楼扔，被投诉过好多回了，好几次我们上门检修才发现原来她房内的垃圾更多，她几乎好几天才出门一次，每次出门还穿得严严实实的，哪像是要去上班啊，要去抢劫还差不多。哈哈……时间久了，她的事都在我们物业这里传开了。警告也警告过几回了，再犯我们就要赶她走了。”

高南问道：“她这几天有没有在家？”

物业工作人员摆摆手：“她们家的电，三天前就给断了，因为不缴电费。哎，对了，你们真是她同事吗？要不你们把电费给垫一下吧。”

高南不理物业人员，继续问：“她什么时候会回来？”

物业翻了一个白眼：“这我哪知道，再不缴齐水、电、房租，我们下个星期就找搬家公司，把她房间里的东西全都搬到废品厂去。”

高南恳切道：“那可不可以麻烦你们，在她回来的时候通知我们一下。”高南找到纸笔，正打算抄写自己的电话号码，物业工作人员却已经不耐烦地开始赶人了。

“真当我们做慈善呢！走走走！”

高南和陶玉达双双被赶出门，阮玉玲这条线，又断了。

高南回去后，觉得时间差不多了，于是把陶玉达又推到电脑前。

“你说过，凡是黑客入侵都会有记录，只不过有人有手段掩藏自己的记录，而多数人却无法掩盖自己的记录，即使是技术过硬的黑客也有百密一疏的时候，对吗？”高南看着陶玉达问道。

陶玉达点头，他是跟高南说过这些。

“那能不能查一下，公园监控那边系统被入侵的记录？”

陶玉达忽然瞪大了眼睛，似乎想到了什么：“我明白你要做什么了？引君入瓮！以彼之道还施彼身！”

高南欣慰地点头，陶玉达也有些按捺不住，连忙使出看家本领寻找。只用了一个小时不到的时间，陶玉达就找出了这个人的 IP 地址，可结果却让二人大吃一惊，那个地方他们太熟悉了，就是他们刚刚回来的地方！

高南敢肯定，没人会那么闲去入侵公园的监控系统。自己完成游戏任务之后，去入侵系统的肯定只有一个人，就是绑架高漫的幕后黑手，而这个记录再次指向了阮玉玲，难道幕后黑手真的是她？

与高南这边截然不同的是，刘娜家中布满了各种各样的监听仪器，但无论是她的手机还是家里的座机，始终全都是静悄悄的，除了曹大海之外，并没有任何可疑电话打进来，好像绑匪对她完全不感兴趣。

连夜坚守的警察有几个已经熬不住了，东倒西歪地栽倒在一旁沉沉睡去。刘娜瞪着疲惫的双眼，紧盯着桌子上的手机，生怕错过任何一个绑匪的电话。她已经忘了自己有多久没有睡过觉了，可能她有睡过，可是脑子混沌、记忆颠倒，她不记得了……

忽然，家里的门被外面的人用钥匙打开，几名打盹儿的警察惊醒，看到来人是曹大海时便又昏昏欲睡。

刘娜的手机是用来监听绑匪来电的，谁知这几天来电最多的却是曹大海，他几乎每天都打好几个电话来嘘寒问暖，严重消耗掉了她的精力。

刘娜本就每分每秒都在提心吊胆，曹大海来电左右不过是问些吃饭、睡觉或者其他闲杂事，刘娜索性就又将家里的钥匙给了他，让他上门的话直接自己过来，不需要每次都打电话问候。

家里如今二十四小时有警察轮守，就算把钥匙暂时给曹大海，刘娜心中也并无担心，更何况他们现在的一日三餐都是曹大海送来的，曹大海偶尔也会给刘娜提供一些他通过关系所获得的情报。饶是油腻如曹大海，能在她最脆弱无助的时候做到这样随叫随到，刘娜心中说不感动是不可能的。

昨日曹大海还悄悄将刘娜拉到卧室，低声和刘娜说了一个线索。他说从朋友那听到风声，江城下面的東县王家村里，有户村民新买了一个八岁左右的童养媳。刘娜乍一听到这话，整个人都蒙了，本来想通知警察一起过去救人，却被曹大海拦住了。

“那边人传过话来说，买人的那户人家把孩子藏起来了，根本找不到。那些个刁民的事，我想你以前也有所了解，都是一家犯罪，一村子人帮忙打掩护的。所以，就算我们现在真的和警察一起去，如果没有十足的把握一举找到孩子，那么他们打死不承认，我们又没有证据，也是无济于事。打草惊蛇之后就更别想找到孩子了。万一他们……”曹大海做了一个用手抹脖子的动作，刘娜瞬间被吓得一个激灵。

她觉得曹大海说得很有道理，如果直接带着警察过去打草惊蛇，就算对方不将孩子杀了，哪怕是转移了，那她这辈子都别想找到漫漫了。

想通这些关节之后，高漫没通知警察，直接坐上曹大海的车杀过去。

一般被拐来的人，买主家里是不会透露一点儿风声的，一是怕孩子家里人找来；二是怕孩子逃走。曹大海花了大价钱，渗透到江城下属的每一个乡镇才打听到这么一条有用的消息，也只有这家买来的孩子条件与高漫相符合。刘娜听后孤注一掷，做好了与对方同归于尽抢回孩子的决心。

谁知到了那才知道，买这个消息本就不易，更何况疑似孩子家长的人想要见孩子那就更加不易了。果然和曹大海与刘娜所担心的一样，对于这些村民来说，人家老两口辛辛苦苦攒了几万块钱买个童养媳给自己家的傻儿子生孩子不容易，即使知道这事是违法的，他们全村人也都纷纷选择“帮亲不帮理”，所以曹大海和刘娜刚到的时候，问不出一点儿消息来。

最后又是曹大海拜托了当地的地头蛇，帮忙和那户人家沟通，并且花了买下这个小女孩儿三倍的价钱，才让那买孩子的老两口松了口，说可以让他们二人见一见孩子。

但对方最后的要求是，无论是不是他们要找的孩子，都不能报警，否则就是宁可让这个买来的孩子彻底消失，那老两口也要保住自己。

曹大海当然懒得理这些事，一对村民买了一个童养媳跟他有什么关系，倒是刘娜神色有些凝重。曹大海还真的有些担心，他知道刘娜这个人有些直肠子，平日在法庭上大杀四方，还真保不准她要多管闲事。谁知刘娜只是迟疑了片刻就马上点头应允，曹大海这才松了口气。

老农民夫妇似乎还是有些放心不下，刘娜急于知道那个女孩儿是不是高漫，于是只好伸手发誓：“我以我律师的职业向二老保证，如果我透露出去半点儿关于这里的信息，那么就令我不得好死！”

二老听着这重话，再想想事后丰厚的金钱，足够给儿子盖一间洋气的大婚房，于是索性赌一把。

刘娜和曹大海跟着村民弯弯绕绕地走了半天，最后来到了一间密不透风的地窖，农妇将地上挂着一个大铁锁的铁板掀开，里面黑黢黢的仿佛关着什么野兽。农妇又从怀里掏出一个手电筒，打开大灯向里面照去。刘娜冲到地窖口向里面望去，看到一个孱弱瘦小的身影缩在角落，大灯令那个小女孩儿下意识地遮住了脸。

农妇吆喝：“你把手拿开，不拿开晚上没饭吃！”

小女孩儿颤颤巍巍地移开双手，刘娜心中巨石落地，这个人不是高漫。与此同时，她的眼泪也忽然落下，这样一来仅有的线索便又断掉。

她又为自己刚刚的想法感到羞耻，不是自己的女儿受苦所以心中松了口气，可眼前的小女孩儿也是一个活生生的人啊，她也有父母，她的父母也一定正像自己现在这样着急难过。

回去的车上，刘娜一直沉默地看着窗外飞驰而过的风景，道路两边的景色渐渐褪去一些荒芜。

想到这里，刘娜的心瞬间绞痛得厉害，作为一个母亲，作为一个法律工作者，她无法做到知而不报、袖手旁观。于是，她掏出电话拨打了110。

“喂，110吗，我要报警，东县王家村涉嫌买卖儿童。”

曹大海手中的方向盘差点儿打滑，他惊讶地看着旁边的刘娜。

“女孩儿，八到十岁的年纪，被关在地窖里，其他的我不清楚，你们去搜一家老夫妇家里，他们有个精神有问题的儿子，你们问一下就知道了。”

刘娜挂了电话，曹大海无奈道：“我们跟地头蛇保证过，你这样不仁义啊！”

刘娜面无表情，说道：“我宁可以后真的不得好死，也要把那里的脏事捅出去，在人命面前，我就只能对不起他们所谓的仁义了。”

曹大海无话，心中有气也没有发作，他花了大价钱疏通的关系，最后没在刘娜那里讨到一点儿好处，反而还让他对那些江湖朋友失了道义。

失去了线索的刘娜只能陷入守在电话前日复一日的等候中，她心中焦急、狂躁，如同一拳打在棉花上。曹大海提着高档便当盒，推开卧室门，看到刘娜正坐在床上发呆。

曹大海将食盒依次摆在旁边的桌子上，又一一打开，推到刘娜面前。

“知道你没有胃口，但你昨天从王家村回来之后就没有吃过东西吧？今天我特意为你准备了日料，清淡好下口。吃口吧，这可是一年只来一次江城的日本大师傅亲手做的。我从去年就预约排队才等来的机会。”

刘娜看着眼前精致的料理，摇摇头表示实在吃不下去。

曹大海有些急了：“你不吃怎么行？你知道他在江城逗留的这五天，每天只接待三桌食客！其他两桌见我要打包，都笑我是土老帽！连日本大师傅都急了，食材都是空运来的，要我一定要马上吃！我眼巴巴地给你送来，你居然还不吃？”

刘娜一脸歉意：“实在是抱歉，曹主任，我知道您这几天对我照顾有加，我感谢您。可是请您理解我的心情，就算是山珍海味我也吃不下。”

曹大海在原地走了几圈，强压下心中不满，之后又换上了那副惯常的笑脸，说道：“今晚有一场酒会，我想邀请你陪我过去。”

刘娜难以置信，她现在怎么还会有心情去酒会？

“抱歉曹主任，我想再说一遍，您为我做的我心里都记得清楚，我感谢您，但是我现在真的没有心情做别的事情，抱歉。”

曹大海继续说道：“我今晚缺一个女伴，真的需要你，况且今晚的酒会有更多各行各业的大佬，我可以继续为你介绍能帮到你找女儿的人。”

刘娜听到此才有点儿动心，她说：“真的？”

“当然是真的，这种酒会一般人还参加不了呢，带你提前去见见世面，以后我们在一起这种事多了。”

刘娜自动忽略他再一次幻想他们在一起的话，她早就知道曹大海不是表面上那么简单，绝对不是一个简单的律所合伙人。通过上次东县王家村的事，她讶异于曹大海的门路之广，广到能打听到人口买卖的消息、广到能获得地头蛇的帮助。所以这次的酒会，刘娜有些动心。

但一想到还在客厅中随时等着绑匪来电的警察们，于是对曹大海说道：“我需要和他们沟通一下。”上一次他们二人独自行动，偷偷去王家村，就已经让在家里值守的警察不高兴了，说她不配合；若是这次他们再贸然行动，确实不好交代。

其实刘娜心里也明白，警方如此也是对案子负责。若是恰好在这时绑匪给她的手机来电，而她身边没有警察，很有可能就失去了第一时间追踪绑匪的可能性。然而，这通电话究竟是否会打过来，刘娜无法确定。

其实，她很想和曹大海去试一试。与其在家里等，不如去酒会试试，寻找其他人的帮忙。

这样一想，刘娜便起身走出房间。曹大海一听刘娜的话，知道让刘娜陪同自己出席酒会这事有戏，心里一阵窃喜。

刘娜和外面的警察们经过了好一番沟通，才终于让对方答应了她。但前提是，如果绑匪来电话了，要第一时间用其他电话通知警方，并且尽量和绑匪拖延时间，以给警方争取更多的时间查到对方的地址。

虽然刘娜表示自己会去，但同时还是对曹大海说道："我可以去，但是今天的时间太赶了，我没有任何准备。"

曹大海脸上绽放出一个大大的笑容，他知道刘娜的软肋，只要在她面前提孩子，她就什么事情都会答应了。

"小事，小事！你在家等我，我晚上带着礼服来接你！"

说完曹大海一边打电话安排，一边离开房间。刘娜看着桌子上那盒无人问津的料理，拿起，转身将其丢进了垃圾桶。

高南在家中盯着白板上的分析图，对方到现在都没有异常，说明这次的游戏他算成功了。他严格按照对方的游戏要求"裸奔"了，可对方并没有要求他录制视频，所以公园的监控探头是好是坏就不归他管了。这次绑匪这么折磨他，很显然是因为上次抢银行弄虚作假的事情被看穿了。而这次算是他钻了对方的空子，那么下次对方又会提出什么奇怪的游戏呢？

米峰带着杜鹃上门，杜鹃与高南两天未见，便觉得他整个人瘦脱形了。

"昨天的发布会之后，大部分记者都散了，但还有一些不肯放弃的，依然徘徊在你家附近，这几天你还是老老实实在这里住下吧。我刚刚在商场给你买了几件能换洗的衣服，这几天你也没能好好休息，我先去厨房，给你煮点儿饭。救人要紧，但前提是你没有倒下。"杜鹃一边将东西放到沙发上，一边挽起袖子走进厨房。

高南看着杜鹃走进厨房，心中一阵感激，却什么也没说。

高南转过头来看着米峰问道："对了，你们警方那边是否有查到关于绑匪的消息？"

米峰摇了摇头："绑匪的反侦查能力真不是一般的强。我们赵局还在让我和他交代关于你的事情呢，我都不知道下一次他再问我的时候，我要怎么回答。"

虽然高南心里知道这个结果，但当听到警方也毫无线索的时候，还是有些失望。

"这个绑匪只和你单线联系，我的同事在娜娜家里摆好了各种监测设备，可到现在一通电话都没有。"

"他的目的似乎并不是为了钱，而是……和我较量。"高南也是刚刚才想通这点。绑匪和他玩游戏，似乎就是想要用这种手段打败他，而且之前绑匪联系他时，还特意强调了一下他的智商是一百四十九，显然这个人特别在意对手的强弱。

"绑匪的肖像侧写如何？如果你能推测出个大概情况，赵局那里也好有个方向。"

现在的警方基本相当于摸黑调查，唯一有些可疑的人员就是阮玉玲，除此之外并没有更多有用的线索。

只是，他们都知道，目前阮玉玲也是在失踪的状态。

"阮玉玲那边，也没有一点儿线索吗？"

米峰又摇了摇头："她也好像人间蒸发了一样，一点儿线索都查不到。我们赵局那边已经根据我透露给他的消息，将阮玉玲生活区域的监控都调了出来，但目前还毫无所获。他们还没察觉到，是有人刻意将阮玉玲的信息全部都抹掉了。"

米峰在对赵镇华透露信息的时候，是做了筛选的。这些都是他和高南二人商量之后做的决定。他并没有将绑匪是个电脑高手的事情告诉赵镇华，因此警方至今为止还只是在进行常规调查，并没有往高科技犯罪这方面考虑。因此，也就没有人会以为，阮玉玲的消失，很可能是人为隐藏。

"绑匪是个智商很高的人，而且还有很强的黑客技术。"这一点也是让高南感到恐怖的。高南不知道若是没有陶玉达，他自己究竟能坚持多久。

他坐在沙发上，从茶几上拿起一些他随手涂鸦的东西，过了一会儿才缓缓说道："绑匪的侧写……我尝试了很多次，但始终无法具体形象化，目前只能分析出他有很高强的电脑技术，自由职业，20 到 30 岁之间，喜欢看悬疑小说，且有可能是我的粉丝，或者至少看了我的《炼狱七日》，并且对其中案情有研究。有一定的表演型人格，嫉妒心强，且有很强的胜负欲，性格中带着一定的偏激性，喜欢将一切掌握在手中。"

"还有呢？"

"没了。"高南摇了摇头，"可能是因为这次关乎漫漫，所以我一直无法静下来，脑子里一团乱。"

米峰心里了然，看高南的神情似乎又陷入了自责和难过，于是打算转移话题。他看了看房间，没发现陶玉达，问道："小达呢？"

高南解释道："他也跟着忙了几天了，本来让他回去睡一觉再回来，结果他回去后又给我查了半夜的线索，这会儿实在熬不住，我就让他先回去补觉了。"

米峰点点头，心中对陶玉达又多了一分认可。

"对了，你们这次行动怎么样，顺利吗？有没有下一步的信息？"

说到这里，高南扯了扯嘴角："一切顺利，这次真的多谢你帮我。下一步信息还在等候中……"

昨天下午的咖啡馆中，高南与米峰二人互通有无，米峰将血迹和录像机的事情告诉高南后，高南也决定不再对米峰有任何隐瞒，于是将自己的下一步行动告诉米峰，并请米峰帮他完成了至关重要的一环。米峰听了高南的计划之后，一刻不敢耽误，当下便找来了杜鹃，二人搭配完成了高南的要求。

那时杜鹃特意打扮一番，精致得仿佛不食人间烟火。她在路人惊诧的目光中走入公园，哪里偏僻去哪里，专挑人少的地方去，到了没人的地方她马上将自己的妆揉花，头发散开，鞋子丢掉一只提在手上，衣服也少几颗纽扣。

杜鹃再次出现在公园门口的造型吓坏了众人，她将自己无风不起浪的本事发挥得淋漓尽致，很快公园门口就聚集了一批人。

杜鹃大喊："非礼啊！非礼啊！抢劫了！光天化日还有没有王法！"

周围的人对她指指点点她也毫不在意，围观的群众对这个刚刚走进来的、不属于他们生活区域的女子都有印象，如今这副模样也真叫人担心。

杜鹃见时机成熟，马上掏出手机报警，附近派出所的人马上赶到，带着杜鹃来到派出所做笔录。杜鹃一口咬定自己被非礼和抢劫，但警察去查监控记录的时候却发现杜鹃是在探头死角的位置被抢，画面只拍到了杜鹃一半的身子，而"作案者"一点儿也看不到。

但杜鹃认定是安保设备的问题才导致自己遭遇此次伤害，她死乞白赖地坐在当地派出所不走，谁也奈何不了她。于是米峰拜托了他的好友——如今在这个派出所做领导的哥们儿出面，最终调解成功，条件是城北公园探头进行全面检修，时间从凌晨两点直到早上六点，所以这段时间的视频内容是无。

米峰从头到尾详细地跟高南讲完，高南一边感动，一边对杜鹃佩服不已。杜鹃职场上的杀伐果决他是见过的，但是没想到她"撒泼耍浑"也有一套。

杜鹃端着几个简单的家常菜出来，依次放在桌子上。

待到三人全部落座，高南忽然站起来郑重地对着杜鹃鞠了一躬，吓得杜鹃连忙跳起来。

"你这是干什么，做个菜至于吗？"

高南不知道该怎么感谢杜鹃，最后只是看着她认真地说："没什么，忽然想对你说声谢谢，为了我……这么多年我是了解你的，你能为我做这么多事，我真的……感谢你。"

杜鹃有些难为情，于是强装不屑掩饰："哎呀，你快赶紧坐下吧，恶心不恶心啊你，高南我跟你说，你再跟我说这种矫情的话，我打你，你信不信？！"

米峰看不下去了，直接阻止了这一场大型表彰会。

"行了，你们不饿吗？赶紧开动吧！"米峰说着就站起来把杜鹃按回椅子上，然后亲手去盛了三碗米饭。

"你的胳膊，赶快去贴跌打损伤膏药，这种事我比你有经验，实在不行我帮你。”米峰训斥杜鹃道。

高南疑惑，杜鹃看了高南一眼，想要搪塞过去。

米峰开口揶揄：“这不是杜鹃老师想要进军影视圈，所以演戏演过头了，直接摔了个‘狗吃屎’嘛！”

高南的脸都红了起来，更加难受。杜鹃受不了了，白了米峰一眼。米峰倒是无所谓地耸耸肩膀，自顾自地大吃起来。吃饭他还不忘训斥杜鹃：“你一会儿跟我走，我帮你上药。”

“不用。”

米峰态度强硬：“用不用你也得跟我走！你昨天报了假警，我有理由逮捕你跟我回家上药！”

杜鹃哭笑不得：“米峰你在搞笑吧！我报假警，然后你纵容包庇，你也是同犯。”

米峰无奈：“好好好，那罚我帮你这个母老虎上药酒。”

杜鹃生气：“母老虎？”

米峰丝毫不在意：“是啊，你大闹派出所之后，那里的小警员都这么叫你。”

杜鹃和米峰你一句我一句，高南在旁边听着，仿佛回到了过去看他们二人斗嘴的时光。

但是他心里知道，风平浪静的海面下正在酝酿一场海啸，还有三个难关需要他一一闯过。

/ 第九章　摸透规律 /

距离绑匪和高南约定的七日之约，已经整整过去了四天。

刚从高南那里吃过午饭，米峰就收到了赵镇华的电话。米峰告别高南和杜鹃，直接开车回了警局，到了之后才知道，原来是他要的搜查令下来了。

米峰非常高兴，他负责的是嫁祸武广的那个乌龙案，虽然在他们上一次追查的时候，从信封上查到了关于福鼎家园的线索，也查到了阮玉玲，但这些证据并不足以证明阮玉玲就和嫁祸武广的这起案件有关，还有一种可能是犯罪嫌疑人故意嫁祸阮玉玲，让她成为替罪羊。

所以当他和赵镇华申请重新搜查阮玉玲的单身公寓时，因为证据不足而被拒绝了。而赵镇华亲自跟的高漫的案子，虽然也有些线索指向阮玉玲，但因为没有明确的证据，他们也不能擅自使用搜查令。

“赵头儿，说实话你是不是也想借机去搜查阮玉玲？”米峰挑着眉头一脸笑意地看着赵镇华，却换来赵镇华一句“滚”。

米峰不敢再胡扯，拿着搜查令就往外跑。

这张搜查令得之不易，他是万万不敢再耽误时间的，要赶快和高南会合。其实说起来，这次能顺利拿到搜查令，还真要感谢武广。

武广早上接到高南的电话之后，便亲自到公安局指证，说阮玉玲确实追求他不得，米峰在旁边听后暗自翻白眼。事毕，米峰亲自送武广离开。离开前米峰嘱咐道：“这件事最好烂到肚子里。”

武广连忙点头：“我明白，我不知道高哥为啥叫我这么说，但是只要能帮到高哥就行，我欠他一个人情，要不是他我早就又蹲大狱了。”

武广忽然去而复返，他有些担心地问道：“米队长，您是警察，您可得保证我刚刚说的骗人的话不用坐牢。”

米峰认真道：“你骗人了吗？你刚才说的不都是真话吗？放心吧，只要你说是真的，我就相信。再说，高南之所以让你过来做证，也是为了抓捕这个丧心病狂的恶魔。”

武广这才放下心来离开，他出狱之后谨慎得多，对法律的底线特别敏感。

米峰正要拿着搜查令再去找高南，却在门口被赵镇华堵住。

赵镇华揶揄道：“你跟我保证了十天，现在可就剩三天了。”

米峰脸上僵硬，回道：“我从来都对我讲出的话负责，你放心。”说完米峰大步流星地朝着车走过去。他心中是烦闷的，看来这次是真的要降级处分了。

一想到这里，米峰心里也不痛快，于是在走到车旁边时，才回头对着门口的赵镇华说道：“只是赵局，我觉得您现在应该也没心思管我了，您自己也是满头官司。大家彼此彼此。哈哈哈……”

高漫的事毫无进展，高南又对警方避而不见，而绑匪从始至终都没联系过刘娜。可以说，迄今为止，警方没有获得一点儿有用的线索。绑匪的信息，除了他刻意透露出来的一些关于阮玉玲曾对高漫下手的消息外，再无其他。

作为迄今为止还未曾平息舆论的案子，赵镇华头上的压力肯定更大了。

赵镇华愣在原地，看着米峰的背影骂了一句：“臭小子！就知道给我添堵！”

米峰开车去米兰家接高南，高南看到搜查令之后激动不已，但看到米峰的情绪似乎不高，猜到米峰之前也一定为了这张搜查令费了不少力，况且米峰还曾和赵局长有十日之约，如今头上的压力肯定不小。

“谢了，兄弟。”高南开口道。

“再说谢我就揍你，这次全是凭借你自己的面子。再说，就算是帮，这可能也是我能帮你的最后一次了。”

说罢米峰挤出一个笑容，发动汽车。

高南带着米峰来到了阮玉玲所在公寓的物业处，物业看到是高南也没有好言语。仍旧是上午接待高南的工作人员，他懒洋洋地敷衍道：“不用问啦，没有回来过。你到底是不是他同事啊！”

高南看着他回答道：“我不是，这次我们来是要开她的房门。”

工作人员奓毛道：“不是同事，无亲无故我凭什么要给你钥匙？里面还有我们配备的一些电器，你都给我搬空了怎么办？谁负责？”

米峰懒得废话，直接将搜查令和警察证放到工作人员眼前。

工作人员看到证明文件得知对方是警察后马上换了一副嘴脸：“哎哟！早说是警察嘛！你们上午来说是同事我就觉得不像，你一看就正气十足，哪里会是那个女人的同事哦！真是好笑。”

米峰拿出公事公办的官腔：“不要废话了，赶紧拿钥匙，不要耽误我们办案。”

“好的，好的。”工作人员殷勤地找出钥匙，恭敬地带着米峰他们上楼。

在物业的带领下，他们一路来到了阮玉玲的公寓门前。一边走一边听物业工作人员嘴巴不停地碎碎念：“你们是不知道，我们保安老早就觉得这个阮玉玲不正常，她总是深更半夜回家，还不带钥匙，每次都是把我们保安叫起来去给她开门。说过多少次啦，哎哟，就是不改。”

“邻居也经常吐槽的，垃圾几个星期也不扔，在走廊里都臭掉了。”

米峰边走边问：“她有什么朋友吗？平常有什么人跟她来往？”

工作人员一脸鄙夷：“她那种人哪里有什么朋友啦？一直独来独往，就没见过她跟别人说过话。”

到了阮玉玲房间门口，工作人员亲自帮他们开了门，然后拉住米峰问道：“警察同志，我想问一下，她要是被抓进去，她的水电费谁来缴？政府负不负责呀？”

米峰被他吵得头疼，冷脸斥道：“不要影响办案。”

工作人员马上噤声，在门口乖乖等候。

房间门一开，一股潮气就扑面而来，空气中的细微灰尘在飞荡，应该是有一段时间人没有回来过了。

阮玉玲的房间其实不大，很简单的一室一厅、一厨一卫，但是除了床以外没有任何带有生活气息的东西，无法想象她那么宅的人是如何生存下来的。厨房里没有厨具，客厅被她改成了一间大大的书房，而卧室除了放了一张床外，其他什么都没有。

米峰看到墙上的东西惊呆了，上面几乎贴满了关于高南各种新闻报道的剪报，还有各种媒体放出来的图。沙发后面更是堆放了许多高南的作品，单是《炼狱七日》就堆了十本。

米峰不由得感叹：“我只见过追那些明星艺人的小姑娘，你又不是明星，她都三十岁的人了，也不是小姑娘，怎么还跟小女孩儿似的。”

高南对这些不甚在意，专心于搜集垃圾桶里的信息。米峰凑过去后连忙捂住了鼻子，里面堆放了一盒又一盒发酸、发霉了的外卖。高南在里面拨弄了良久，翻出了一张便利店的购物小票。小票上面清晰地标有时间、地点以及购买的物品。根据上面的时间推算，恰好是高漫失踪的时间。高南小心翼翼地将其整理好收起来，打算留作证据继续调查。

“高南！来！”

米峰似乎发现了什么，指着卧室里一面照片墙。墙上贴满了照片，但是与外面的各种剪报照片或者艺术照不同，这里贴的全都是各种角度的偷拍照。看上去这个阮玉玲喜欢用胶片机，拍完了之后洗出来。也正是因为这个，所以每张照片右下角都有一串日期。

高南一一看过去，有杜鹃带着高漫在游乐园玩耍的照片，杜鹃跑到一边打电话的照片，紧接着就是高漫站在一个人形玩偶前的照片，然后又是人形玩偶拉着高漫离开的照片，最后是高漫重新牵着杜鹃的手离开游乐场的照片。令人细思极恐的是，这张照片的不远处，那只人形玩偶正在默默地注视着高漫。

下一串照片是高南带着高漫在商场里买衣服的照片，二人出入各大商店都被事无巨细地拍下。包括他们后来在餐厅偶遇了陶玉达，陶玉达变魔术哄高漫开心。高南看了日期，的确是他带着高漫去买衣服的那天。

除此之外，还有关于高南的大大小小的照片贴在墙上，米峰看得头皮发麻。

“太恐怖了……太疯狂了……你几乎是无时无刻不在她眼皮子底下。”

高南摸着照片上被陶玉达魔术逗笑的高漫的小脸，心中想到，阮玉玲的失踪，一定是她发现了什么……

他们搜完了阮玉玲的住处，物业追在米峰屁股后面问是不是阮玉玲犯了什么法，他们可否将她的东西丢掉。米峰懒得跟他们纠缠，只留下一句：“不违法的前提下，公事公办！”

二人驾车绝尘而去，去了便利店，这个便利店，正是阮玉玲购物小票上注明的那家店。因为米峰的身份，很多事情好办得多。便利店听说是警察办案，于是很配合地调取了当日的监控录像。然而遗憾的是，当日的监控中并没有搜到关于阮玉玲的线索。

“你说会不会是……”米峰不禁想起阮玉玲家小区附近监控的情况。

高南点头：“应该是被人故意抹去了。”

米峰还是不死心，他从手机里调出阮玉玲的照片，指给便利店的店员让她辨认。

“那天下午，你有见过这个人吗？”

店员仔细看了看照片中的人，努力回想着那天下午发生的事：“啊，对，我想起来了！这个人我有印象，那天下午她是在我们这里买过东西。”

听到店员的话，米峰和高南先是一惊，接着又是大喜。高南赶紧问道：“你怎么能确定是她？”

“这个女人我印象很深刻的。那天她穿着米色的长款风衣，头上还戴着一顶蓝色渔夫帽。”在米峰和高南的疑惑中，店员将那天下午阮玉玲来便利店买东西的情况说了出来。

原来，当天下午，阮玉玲走进了便利店，在购物架上挑选了矿泉水、自动加热盒饭和两包卫生棉。就在她付款的时候，和她同住一栋公寓的邻居在背后偷偷说了一些关于她不讲卫生的闲话，还说她是个神经病。她怒了，最后几个人便在店里吵了起来。

刚开始阮玉玲还只是对另外两个人破口大骂，后来甚至要动手。就在其他人劝架的过程中，她头上的帽子掉了下来，这才让店员看清了她的脸。

也就是因为这件事，让店员对她印象十分深刻。

米峰和高南核对了一下购物小票上购买的物品，和店员所说的全部都能够对得上，也就是说，当天下午阮玉玲确实在这里买了东西。

如果这个时间段还在便利店，按照晚高峰的路况来说，没有两个小时是不可能赶到高漫的学校绑走她的。这么说，阮玉玲的嫌疑几乎少了一大半，但关于高漫的事，阮玉玲一定是发现了什么。

高南和米峰一致认定，阮玉玲对高南的跟踪监视过程中，很有可能恰好发现了绑匪。

米峰的电话忽然响起，他表情凝重，三两句结束了电话。

放下电话之后米峰称有重要发现，于是只得先与高南分手，匆匆赶回警局。

晚上六点整，曹大海准时带着礼服上门迎接刘娜。刘娜跟着他的安排，去做了发型，画了精致艳丽的妆容，一切准备就绪，到达会场后刚好八点半。会员制的酒会对邀请函审查特别严格，地点也是在郊外的一个高端的度假酒店里。

会场里衣香鬓影、觥筹交错，男人们携带着打扮得精致庄重的女伴三三两两围在一起高谈阔论，旁边的小型乐团现场弹奏着不知名的音乐，衣着复古的服务生举着餐盘四处游走。刘娜目的性十足，并无暇享受这场奢靡的盛宴。曹大海将刘娜的手强行拉过来放入自己的臂弯里，强调道：“洋人礼仪，你看这里都这样。”

刘娜没有拒绝，只是低声询问：“什么时候给我介绍能帮我找女儿的人？”

曹大海拍了拍刘娜的手背：“马上，马上。”

主持人站在台上控制流程，刘娜定睛一看不是别人，竟是那日见过的勖永辉。乐团忽然换了一首曲子，众人驾轻就熟地两两相拥进入舞池，刘娜还看到了不远处的老白和于哥，他们二人对另外几个穿西装的老头儿点头颔首。那日曹大海为刘娜引荐过他们几人，已是让刘娜对他们的背景咋舌，但如今看来他们在这场酒会里也是普通人，看来来参加这个局的人果然是非富即贵。

曹大海倾身邀请刘娜跳舞，刘娜有些犹豫。

“答应做我的女伴，总不至于一支舞都不肯跳吧？”

刘娜提醒道：“可以，但是不要忘记帮我介绍人。”

曹大海没有接话，刘娜顺从地将手搭在他的手心里，二人进入舞池。

一曲舞毕，众人散开，纷纷寻找酒杯，要么互相寒暄，要么继续在轻缓的音乐中跳舞。

“哪个人能帮到我？”刘娜小心翼翼地拉拉曹大海的衣角问道。

曹大海拦住路过的服务生，接了两杯酒，一杯递给刘娜，一杯拿在自己手中。

“跟着我。”说完便带着刘娜，迎上面前一位拄着拐杖的白发老者。刘娜不明所以，跟在曹大海身后亦步亦趋，天真地以为曹大海真的要帮她介绍人。

曹大海对面前的白发老者特别恭敬，老者周围簇拥着无数人，曹大海很卖力地讨老者的欢心。

“雷老先生！您好！”曹大海拱手作揖，刘娜跟在身边不知所措，也只好跟曹大海微微作揖。曹大海就够滑稽了，刘娜还跟着曹大海做出一样的动作，周围簇拥着的女眷发出了微微的嗤笑，声音不大不小，刚好被周围的人听到。曹大海面上微微一紧，但是他是什么人？即刻又换上更加灿烂的笑容。

“雷老先生，听说您最近喜欢上了收藏画作？”

老者笑着摆手：“哪里哪里，玩玩罢了，我老眼昏花看不出好坏。”

曹大海大方道：“怎么会，最近台北有场张大千名画拍卖会，我刚好下周去出差，到时候拍回一件真品孝敬您。”

老者身旁的女伴震惊道：“曹总大手笔，张大千可是千金难求呢。”

“为了让雷老开心，什么都值！”

刘娜在一旁拉曹大海的衣角，可曹大海似乎完全没有反应。旁边女伴眼尖地看到刘娜的小动作，尖声道："哎哟曹总，您的女伴看起来很无聊呢，一直拉您的衣角。"

一时间所有人的眼睛都齐刷刷地看了过来，曹大海面上有些挂不住，刚要解释，谁知刘娜率先张口。

"雷老先生，您好，我叫刘娜。曹主任今晚介绍我来，是想求您帮个忙。"

曹大海的脸瞬间黑了，连装笑都装不出来。

雷老："哦？我就说这张大千的真迹很难咽嘛！原来是有事相求。"

"不是不是，雷老，我是诚心来孝敬您的，并没有什么所求，您不要误会，她在跟您开玩笑呢。"

雷老倒是没有理会曹大海，反倒去问刘娜："你要求我办什么？都追到这酒会上来了。"

"是这样，我的女儿前几日被人绑架，现在生死不明，下落全无，我想借助您的势力帮忙打听寻找。"

雷老瞬间黑脸，原本看起来还算慈祥的面容已消失不见，此刻的他，直让人觉得仿佛下一秒，他就会掏出一把手枪来对着在场的人扫射，那周身的气息可以用狠戾来形容。周围调笑的女人、说恭维话的男人全都噤声，一直注意这边动向的人也都察觉到了气氛的异常，瞬间安静了下来。

雷老将拐杖用力向地上一敲，道："我的时代早就过去了，我累了，你们年轻人的世界，你们玩！"

雷老看了一眼一旁的乐团，乐团马上会意换了一首舞曲，远处的众人全都附和雷老，不管是正在谈话还是正在喝酒的，全都放下手中的事进入舞池跳舞。雷老屏退所有人，只带着一个助理缓缓下场离开。

其他人也作鸟兽散，纷纷用可怜的眼神看了一下曹大海后散去。

刘娜意识到自己做错了什么，看着曹大海，弱弱地问道："我说错话了吗？"

"雷邦国曾经是响当当的人物。他一跺脚，整个江城都可以翻个个儿。现在他到处为自己树立儒商形象，最不愿意别人在他面前提起他的过去。虽然他现在的地位仍然很高，但最忌讳别人提起过去。"

刘娜有些抱歉："我不知道……我以为他跟于哥和老白他们是同一

种人。”

曹大海压着声音低声吼：“就算是十个老白和于哥，也抵不上这一个雷邦国！我这么多年辛辛苦苦在雷邦国面前装孙子，可能就因为这一个晚上毁了！”

刘娜默然，她本就不属于这个圈子，只是被曹大海拉进来。她想离开，又不甘心地问道：“你今晚到底能不能给我介绍可以帮我找女儿的人？”

曹大海忍不住了，直接低声吼道：“女儿！女儿！你就知道女儿！你那么想要女儿，我跟你生一个新的就好了！可是我这么多年的心血毁了就回不来了！”

刘娜一个耳光甩在曹大海的脸上，这一举动，瞬间将这场宴会推向了“高潮”，在场的所有人都停下了动作，转头向二人看过来。

能来参加这场宴会的人自然都不简单，早在雷老离开的时候，众人就已经注意到了刘娜和曹大海，刘娜这一巴掌动静不小，自然是瞬间就引起了所有人的注意。

曹大海脸上露出了鲜红的五指印，刘娜在众人的注视下转身离开会场。曹大海再也压抑不住怒气，一挥手将服务生手中的酒杯全部摔在地上。曹大海看着刘娜的眼神愤怒至极，恨不得将她整个撕烂。

和米峰分开之后，高南便打车直接回了家。

下车之前，他先是观察了一下楼门口，确认一切安全之后，高南才匆匆下了车，快速走回家中。

高南回到家中的第一件事就是将家中每个角落都翻找一遍，生怕落下绑匪送进来的什么线索，然而查找了一圈什么都没有发现。

接下来的时间高南就坐在电脑前，一遍又一遍地刷新邮箱界面。绑匪似乎故意在消磨他的耐心，眼看着时间一点点过去，距离约定的七日之约已经过去 108 个小时，而那绑匪一点儿消息都没有。

正想着，高南的电话忽然响起，在安静的深夜十二点显得格外突兀。他以为是绑匪的新任务，于是马上接起电话。

谁知对面却传来了他没有想到的声音：“喂，我快到你那里了，下来接我。”

高南挂了电话，迅速穿好衣服出门，站在小区门口等了很久才看到穿着礼服的刘娜落寞地向他走来。她光着双脚，手上提着一双高跟儿鞋。高南见状连忙跑过去，并将自己的鞋子脱下来给她穿上，然后将自己的外套披在她身上。见她沉默，他也很默契地没有开口询问。走了几步路后，高南还是不放心，索性连问也不问直接将刘娜背起来向家里走去。

等到放下了刘娜之后，高南只觉得背后湿了一大片，不知何时她竟然默默地趴在他的背上哭了一路。

高南听着卫生间里的淋浴声，心中五味杂陈。他心中有些烦闷，走去阳台静静地抽烟，直到看到刘娜整理完毕后走出来，这才掐灭烟头回来。

刘娜没有带衣服，她洗完澡后就只能穿上之前没有带走的那件定制的睡袍，高南看着她穿着睡袍埋头沉默地吃面，竟然有些恍惚，好像他们又回到了过去的日子。

刘娜像是跟自己较劲儿一般，囫囵地将面条咽下去。高南越看越不对劲儿，刘娜不是因为饿才狼吞虎咽，而是在折磨自己。直到刘娜“哇”的一声哭出来，高南吓了一跳，下意识地冲过去。刘娜将头埋在高南的腰里哭得声嘶力竭。这么多天来，她第一次哭得这么痛快。

高南一下接一下轻抚刘娜的头发，心脏一阵阵绞痛，他觉得自己有些浑蛋，不仅弄丢了刘娜，还弄丢了高漫。

高南嗓音沙哑：“对不起。”

听到高南的话，刘娜停下了哭泣，从高南的怀中抬头，眨巴着有些红肿的双眼，模样甚是可怜。

“是我忽略了你，对不起。我只想着能够快点儿找到漫漫，然后你就不会伤心，可是我没有想到的是，忽略你会让你更加伤心。”

高南长叹了一口气：“唉，不知道你这么多天是怎么熬过来的……”

“我也有错，我应该有什么话都对你说的，过去我总是自私地希望你能猜到我的一切心思，你没有猜到我就单方面对你‘判刑’，认为你不够爱我，如果不是我当初自私任性，我们也不会走到这一步。如果没有离婚，说不定漫漫也不会丢。”

刘娜越说越失控，高南紧紧地把刘娜搂在怀里。他口中呢喃：“我再也不会弄丢你们，等漫漫找回来，不管你愿不愿意，我都要把你追回来，我们一家三口永远不分开。”

高南不知道的是，就在他和刘娜互相安慰的时候，他的手机一直在他的外套中疯狂地嗡鸣……

深夜，陶玉达背着背包打开自家的门，里面黑黢黢的，安静得出奇。他见怪不怪，打开灯，给自己倒了杯水，喝完后才开始到处寻人。

陶玉达打开卧室的门，发现里面空荡荡的，待打开卫生间的门的时候，才发现陈潇披头散发地蹲在马桶旁边，他伸手打开卫生间的灯，陈潇抬头看着他，她的脸上尽是瘀青。

“你蹲在这里做什么？”

陈潇缓缓站起来，将手中的验孕棒递过去，陶玉达抬手要接，陈潇下意识地护着脑袋要躲开。陶玉达一把夺过验孕棒，看到上面两道线的时候瞪大了双眼。

他紧紧地捏住验孕棒，心中思绪万千，但他仍在努力让自己平复下来。经过两个深呼吸之后，他转身踹开了卫生间的门，在客厅里来回踱步。

陶玉达有些控制不住自己的情绪，眼泪也顺着脸颊流下来。

陈潇从卫生间里走出来，站在一旁看着状若癫狂的陶玉达，她试图靠近却又有点儿发怯。她把心一横，索性一把扑了上去，从背后抱住陶玉达，充满瘀青的手臂伸到前面轻轻地抚摩他的胸膛，令他顺气静心。

“放松……深呼吸……我一直都在，我不会抛弃你……”

终于，陶玉达在陈潇的抚慰下逐渐恢复正常。

凌晨四点，高南忽然从床上惊醒，他看着旁边熟睡的刘娜，心里有一丝暖流流过。高南蹑手蹑脚起来，寻了一圈才在卫生间里找回手机。打开便看到米峰的几个未接来电和一张图片，看来他那边有新发现。高南打开米峰发来的信息，是一张检测报告图。

上面显示，高漫发卡上的血迹来源于陈潇，高漫的那个心理老师。

早上八点，米峰就和杜鹃找上门来，也没有按门铃，直接用手里的备用钥匙开了门。高南正站在客厅喝水，听到开门声，便朝门口看去，有些惊讶地看着正准备走进来的二人。而恰好在这时，刘娜穿着睡袍从卧室里走了出来。米峰瞬间恍然大悟，一脸“我懂了”的表情看着高南。

杜鹃拎着一袋衣服，有些落寞地道：“原来你一大早叫我给你送点儿女装是给她的，抱歉，我以为你说错了直接带了男装过来。”

刘娜无所谓地耸耸肩，接过杜鹃手中的衣服。

“谢谢，辛苦你了。”说完刘娜转身进了卫生间换衣服。

杜鹃也没看高南，而是直接说道：“既然衣服我给你送到了，我还有事先走了。”

杜鹃正要转身离开，米峰也急吼吼地跟高南告别：“她今天要去医院，我先陪她去，昨天晚上发你的东西你看了吧？”

高南点头，米峰这才放心地追杜鹃出门。谁知刚冲到门口，正与抱着箱子的陶玉达迎面撞上。箱子里的资料散落了一地，都是高南这些年发表的小说，他们想从里面探究一下有没有什么思路。

米峰连忙蹲下帮陶玉达捡资料，陶玉达推辞道：“米哥，您忙您的，我自己来就行。”

米峰没有讲话，还是蹲下帮他一起捡：“对了，我之前就在想，咱们之前是不是在哪里见过，总觉得你有点儿眼熟？”

听到米峰的话，正在捡资料的陶玉达手上的动作一滞，有些疑惑地看着米峰，似乎不太明白米峰在说什么，他想了想说：“是说在炸弹案的时候吗？当时我也在场的，还被警察叫过去录了笔录呢。”

“哦。”米峰若有所思地点了点头。

米峰帮着陶玉达捡完资料后，忽然从包里掏出一张纸和一支笔递过去：“对了，我还没有你的电话，你写一个给我吧，我以后也方便联系你。”

陶玉达想也没想，接过纸笔就写下自己的电话。米峰在一旁观察，看到陶玉达熟练地用右手写字时，一颗悬着的心放了下来。

米峰一路狂奔追上杜鹃，杜鹃一脸鄙夷：“你跟着我做什么？”

“你的手臂是因为帮我忙才撞了的，我应该负责到底。”

“我是为了帮高南。”米峰被杜鹃一句话堵得哑口无言。

杜鹃看米峰可怜，只好摆摆手道：“算了，我手坏了，也缺一个帮我拎包的。”米峰听到杜鹃这么说，立刻反应过来赶紧跟上。

二人到了医院，米峰非要跟着杜鹃进入诊疗室里。医生是个慈眉善目的老人，她笑着看米峰道：“姑娘，你男朋友好担心你哦！”

杜鹃白眼：“他才不是我男朋友呢！”

医生一副过来人的样子道：“都这么关心你了，看来是个知道疼人的，不如就收了算了。”

杜鹃笑着道：“他还是留给想做慈善的姑娘们收吧！”

医生仔细地看了杜鹃的手臂，紧张道：“哟！你怎么不早来看，你看看这都肿起来了才来！你们现在的年轻人就是这样，小伤小病从来不当回事，等严重了才来哭。”

米峰紧张道：“医生她怎么了？”

“还是需要拍个片才知道，不知道是不是骨折了，你这只手使不上力吧？”

杜鹃点头：“最近抬起来都很无力，我以为只是普通挫伤或者拉到筋了。”

米峰忽然想到什么，拉住医生问道：“医生，您说一个人的手没有力气，会不会是因为受伤了？”

医生被米峰这么一句没头没脑的话搞得一头雾水：“那原因多了，你这么问我，我也回答不了。”

米峰忽然一拍大腿，把房间里的两个女人吓了一跳。

“我想到了，对！右手无力不一定是左撇子，在差点儿摔倒时下意识地用左手，也可能只是因为右手有旧疾！”

杜鹃有些尴尬地圆场：“抱歉啊医生，他脑子有问题。”

米峰想要回警局翻找档案，刚迈出步子又马上收回来，乖巧地坐回到杜鹃旁边。一动一静收放自如，杜鹃忍不住“扑哧”笑了出来。

“你去吧。”杜鹃贴心地放他走。

米峰抱着杜鹃的手提包，说：“不，说了陪你检查完。”

这一刻杜鹃忽然觉得这个五大三粗的人竟然有些可爱。

几项检查过去，幸好杜鹃没有伤到骨头，米峰亲自开车将杜鹃送到了家中才离开。他心中似乎有了一个方向，但是急需回到警局确认。

上午十一点，高南与陶玉达站在净水厂外几个巨型水桶前面面相觑。

就在两个小时前，他们在陶玉达带来的小说夹页中发现了新的线索。根据指示，他们来到了这个净水厂。

据陶玉达说，那箱书从他家里带出来后，只有他在外面的自助早餐店取餐的时候，曾被他放在桌子上。但他前后离开不到一分钟，其余时间，书箱完全没有离开过他的视线。

高南并不想再探究纸条是从哪里塞入书箱的，绑匪无孔不入、故弄玄虚，似乎对他们十分了解，他们也不是第一次见识。高南觉得过于把精力放在绑匪是如何传递消息上只会浪费时间。时间所剩不多，他只想快点儿找到女儿。

净水厂虽然大，但并不复杂，他们一点点搜查，终于在一间库房里听到了声音。

那是高漫的声音，声音凄切，不停地抽泣着："爸爸，爸爸……"

一听到高漫的声音，高南瞬间慌了神，顾不得其他，立刻冲进去将高漫营救出来。他狂踹铁门，可是怎么都踹不开，他又捡起石头对着铁锁用力砸下去。陶玉达及时拉住了他，喊道："别慌，仔细听！"

高南被陶玉达叫醒，他安静下来，里面高漫的声音仍然一声接一声地叫着："爸爸，爸爸，爸爸……"

刚刚高南心慌了，所以失去了判断能力，现在听来这声音虽是高漫的却没有一丝人气。陶玉达找来一根铁丝撬开门锁，他们跑了进去才发现库房里空空荡荡的一个人都没有。高漫的声音在这里回荡着，格外瘆人。高南跟着声音找到了源头，库房的角落里放着一只老式录音机，不停地播放着高漫的声音……

高南拿着录音机，按照纸条的要求，将钱放下之后，便与陶玉达一同离开了。

回到米兰家，高南坐在白板面前死盯着一张江城市地图，直到陶玉达喊他吃饭他才有所反应。

"哥，你看什么呢，我们还剩两个任务就可以救回漫漫了。"

高南指着地图上三个地点，秀水街银行、城北公园、郊外净水厂。高南用笔将这三个地点连成一条线。

“哥你觉得这些地点有蹊跷？”

高南点头：“我想了很久，绑匪这么强调形式感，那么这些游戏必然不是随机的。第一次是银行，我们用‘金’代替；第二次城北公园，我们用‘木’代替；第三次净水厂，我们用‘水’代替。”

陶玉达抢白道：“金木水火土！五行？”

高南点头。

“那么下两个任务，很可能就是与火和土有关？可是哥，我们知道了也没用啊，没办法猜到绑匪具体要做什么。”

高南指着地图上那条连线，说道：“你看从秀水街到净水厂，江城大小公园有很多，净水厂也不只是北郊这一座，可这条路线却是一路向北的。我们可以猜想，下一个代表‘火’和‘土’的任务，就在北方。”

陶玉达挠头，似乎还是不理解。

高南继续讲道：“绑匪说过，第五个游戏完成之时，就是我接回漫漫的地方，那么第五个‘土’游戏的地点应该就是挟持漫漫的地方！我觉得绕过‘火’直捣‘土’，杀他个出其不意。而且，从这一次‘水’的游戏来看，这绑匪似乎也并不是太聪明，并没有玩什么花样。”高南一边说一边摇了摇头，那模样似乎在说“也不过如此”。

陶玉达有些疑惑地问道：“哥，你不怕绑匪提前获悉你的想法吗？”

陶玉达问这句话的时候双目炯炯地盯着高南的眼睛，高南一只手搭在陶玉达肩膀上：“时间只剩下两天，如果对方一直拖延着时间来发布游戏，你觉得我能完成绑匪剩余的两个任务吗？我无路可走了。所以这个消息就只有你知我知，天知地知，你和我总不会泄露吧？”

陶玉达点头保证：“当然！”

/ 第十章　最新线索 /

下午五点半，警局，局长办公室。

“赵局，我们的人看到高南昨天从外面回家之后，今天早上米队的车就出现在了高南家楼下，大概十分钟之后，米队离开，没过一会儿，高南也和人一起开车离开，汽车一路向北。但他似乎发现被人跟踪……因为人跟丢了，所以我们就只好继续回高南家附近守着，可直到现在，高南也还是没有回去。”小警员站在赵镇华的办公桌前，诚惶诚恐地汇报，心里一直担心局长会因为他们跟踪失败，而对他们发飙。

“算了，高南这么多年也不是吃素的，在改行做作者之前，就是比较有名的律师，后来又成为悬疑小说作者，反侦查能力肯定不错。你们被他发现也情有可原。”看着手里的调查资料，赵镇华陷入沉思。

过了好一会儿，他才抬头看向面前的警员：“女儿失踪这么大的事情，他却表现得这么平静，不仅没有报警，而且还似乎在刻意避开警方。就连米峰……”

这二人的关系，赵镇华是非常了解的，好得差不多能穿一条裤子。米峰是个单身汉，平日总是喜欢到高南那里蹭饭，更是将高漫当作自己的闺女般疼爱，但如今这二人都好像没事人一样，很明显不同寻常。

反常即为妖。

高南、米峰他们一定在暗中做什么事情，而且一定和绑匪有关。

在高南计划如何出其不意，直捣黄龙，跨过“火”关，成功到达“土”那一步的时候，米峰这里也终于有了线索。

他在和杜鹃分开之后，就一头扎进了警局的档案室里，把高南做律师期间经办过的所有刑事案件全部都找出来一一审阅，管理档案室的工作人员几次过来叫他一起吃饭，他都因为太过专心而没有听到。

“米队？米队？”

“怎么？要下班了？”米峰看了看手机，已经下午六点了。

工作人员无奈地摇头道：“我是问您研究什么大案呢，叫你都没听见。”

米峰揉了揉眼睛，道：“没啥，都是些麻烦事。”

工作人员也不再询问，转而道：“我也没啥事，就是看您这么忙，知道今儿肯定又得加班了，这不到饭点儿了嘛，就想问您要不要跟我一起出去吃饭？”

米峰摆摆手：“不了，我这还差一点儿没看完，等看完了再去吃，你先去吧。”

工作人员见他再次埋首于档案中，也不好继续打扰，于是一个人离开。

米峰用了大半天的时间，几乎翻遍了所有资料，仍是一无所获，高南曾经经手的案件都会记录在案，可是并没有任何一个人有绑架高漫的嫌疑，更别说是右手有问题了。他又重新捋了一遍所有档案，还是没发现，难道说有没记录到的？

“见鬼了，一定是哪里出了问题。”米峰独自一个人蹲在地上喃喃自语。

“光天化日，哪来的鬼？”一个雄浑的声音出现在米峰背后，吓得米峰手一软，刚整理好的档案又散落一地。米峰回过头刚想发火，一见是赵镇华，吓得连忙将火气憋回去。

“赵……赵局。”

“嗯，我听说有人要住在档案室。”

米峰下意识地问：“谁？”问完才意识到赵镇华在说自己。

赵镇华无语地说道：“谁？你说还能有谁！这么积极研究案子，看来是案子有进展了？看来米队长不用降级写检讨了。”

米峰实话实说：“报告赵局，没有一点儿进展！”

赵镇华被气得说不出话来，指着米峰的鼻子开骂：“那你最近在忙什么？！你和我约定的十天，可就剩下不到两天了，马上就要到尾期了！你像只苍蝇似的往档案室钻？”

“报告赵局！这不还有两天呢嘛！我都不急……”

赵镇华气得手抖，要不是米峰是他一手提拔起来的，他了解米峰的为人，真想一巴掌扇过去！

“你这么说我是太监急了？”

米峰摸摸鼻子，有些示弱：“没……没……我没这么说！”

赵镇华被气了个够呛，指着米峰说道：“好啊好，你厉害，你有能耐了米峰，我不管你，你继续无头苍蝇一样忙，两天后你自动写检讨书，自动打报告申请降级！”

米峰挺直腰板敬礼：“是！”

赵镇华看着米峰，无奈地摇了摇头，转身走出了档案室，却听到身后传来米峰的声音道：“也不知道您自己的案子查得怎么样了，还总有时间盯着我这里。”

武广案本就是死案，如今高漫丢失的事情更使他没有精力继续追查。想到武广，他是唯一一个有嫌疑和动机对高南下手的人，可在这件事里，武广也是受害者。况且在高南帮武广洗清嫌疑之后，武广对高南感恩戴德。退一万步说，绑匪显然是个高智商，武广肯定不是……

米峰随手捡起武广的卷宗，这份档案一开始就被他排除在嫌疑之外了。他之前又和高南碰头过，他们两个一致认为爆炸案、武广案、绑架案，三者之间必然有联系，甚至大胆假设，这三桩案子也许是一个人所为。

逆向思维，先做定论，再倒推。假设三桩案子真的是同一个人所为，那么武广案中为什么幕后黑手会无故对武广下手呢？武广和他有什么深仇大恨？米峰合上武广案的卷宗，当年事情其实结束得不算完满，被绑架的小男孩儿母亲在最后意外身亡。当年案子一了结，小男孩儿的继父就带着男孩儿远走他乡定居外地。这么多年过去了，当年那个沉默寡言，目睹亲生母亲亡故的小男孩儿早已变成了大男孩儿。他们移居的地方是距离江城市两千多公里的凌云市，早已与江城市毫无瓜葛。

米峰手指在档案上敲击，想了片刻，他下定决心！跑一趟凌云市！

时间已经所剩无几，他现在立刻开车去机场，买最近的一班飞机票，争取明天一大早处理完那边的事情，就以最快的速度赶回来。他赶到机场时幸好还有最后一班去凌云市的飞机，为了不浪费时间，他在候机的时候就打电话联系了当地的警局，拜托他们提前查好当年武广案中的继父刘子健的住址，他下了飞机后好直接过去。

最后，米峰犹豫良久，给杜鹃打了个电话。等候接听的电子音显得有些漫长，终于，杜鹃接听了。

米峰紧张，未等杜鹃讲完话便连珠炮一般嘱咐道：“这几天你不要提重物，最好不要上班，饭也不要做了直接叫外卖，不爱吃外卖就到楼下饭店买点儿什么。睡觉时注意姿势，不要压到手臂，玩手机的时候也尽量不要长时间按来按去。”

杜鹃迷茫：“你到底要说什么？”

“我在机场，要出差一趟，不过最迟明天上午回来。”

“所以呢？”

米峰忍不住大吼：“没有所以，就是担心你！”

米峰说完马上挂了电话，他独来独往惯了，不知何时起在出远门之前要去跟另外一个人报告。米峰自我心理建设，把这归结为“等飞机焦虑症”。

黑暗的房间中，阮玉玲躺在地上昏迷不醒，额头上的血渍已经干涸，伤口也已经结痂，她伤得不重，只是一直昏迷。高漫被关在这里已经不是一两天了，早已学会了如何打发一天。可如今面前躺了一个昏迷不醒的大活人，就让她有些不知如何是好。

水顺着房檐滴下来，高漫看了看窗外，又看了看面前昏迷的阮玉玲，她很果断地扯下自己小裙子上的缎带，然后将草垫、原料桶一层层叠起来，确认安全后，再一点点爬上去，踮着脚努力用缎带去吸收外面的水滴。直到缎带被水滴一点点浸润，她的手臂也酸软无力了，她才连人带桶一起滚了下来。小小的身体被摔得很狼狈，她也不哭不闹，只是爬起来拍拍土，然后跑到昏迷的阮玉玲身旁，将被水浸润的缎带放在阮玉玲额头上。

见阮玉玲不醒，高漫又去接水，这次她接了足有半小碗的水。她小心翼翼地爬下来。她一路护着这半碗水，来到阮玉玲面前，对着她的脸直接泼了过去。

阮玉玲被照面泼了半碗凉水，终于有了点儿反应。高漫见她眼珠动了动，心下高兴，又过去用力摇晃她的手臂。终于，阮玉玲被高漫给折腾醒了，缓缓地睁开了眼睛。

阮玉玲转了转头，打量着周围，她的声音有些嘶哑："这是哪里？"

高漫没有讲话，只是盯着她。

"我也被关进来了，是吗？"

高漫点点头，阮玉玲看到脑袋边上带血的缎带，又摸了摸脸上。

"是你救了我？还帮我擦干净了脸？"

高漫点头。

阮玉玲盯着高漫那张酷似高南的脸，喃喃道："可真是像啊……"

她不禁伸手摸向高漫："你叫我妈妈好不好？我带你出去。"

高漫皱着眉头摇摇头，忽然门外传来了脚步声，高漫掐了掐阮玉玲胳膊，阮玉玲瞬间会意，连忙闭上眼睛假装没有清醒。

高漫坐在原处，看着门被打开，两份饭送进来后，大门又被重重地关上。

米峰从上了飞机开始，眼皮就一个劲儿地跳，闹得他心慌不已。

他这次来凌云市并没有跟高南打招呼，也并不知道这次来会不会有收获。眼看着七日之约就要结束，他和高南都不敢肯定凶手会遵守规则在高南完成所有任务后放了高漫。

下了飞机后米峰刚打开手机，便看到凌云派出所的人已经把短信发到了他的手机上，并告知已经派人在机场接机。

米峰感到有些抱歉，毕竟这趟出差不算是名正言顺的公差，他还是托了一个在凌云市的老同学帮忙才查到刘子健的信息。而且，现在时间也比较晚了，还这样麻烦人家，他心中实在抱歉。

刚一走出机场，米峰就看到两个穿着便服的人对着他招手。米峰一眼就认出来其中一个。

“大刘！”

“老米！”

米峰和其中一个个头儿高高、有些胖的人紧紧地拥抱在一起。米峰和大刘是大学同学，两个人当初在一个寝室，感情很不错。警校毕业之后，大刘就被分配到了他们老家凌云这里。

“这都多长时间没见了，真快啊，现在你也是刑警大队队长了！”大刘一边说一边拍了拍米峰的肩膀。

“哪有你小子混得好啊，你这都当上分局的二把手了。看这肚子，不会这两年腐败了吧？”米峰嘻嘻笑着。

大刘一个飞脚踹过去，米峰灵活地闪避。两个人都“哈哈”笑了起来，好像又回到了当初上大学的时光。

米峰下飞机的时间已经临近深夜，就算他心中再焦急，想要马上去找刘子健，但也知道不太现实，于是只好听从大刘的安排，先办理了入住。

大刘将米峰送到房间之后说道：“刘子健现在住在我们这下辖的宣武县，从这过去大概要一个多小时的车程，我知道你心里着急，这事也确实不能耽搁，明天早上咱们早点儿过去，今晚你早点儿睡，我和小贾明早再过来接你。”

米峰对大刘点头道：“兄弟，这次谢了。”

为了避免早高峰堵车，第二天早上五点，天还没亮，大刘就和小贾来到了米峰所在的酒店，三人一起上了车，直奔宣武县。

不到六点半，汽车就已经停在了宣武县的派出所，因为还没到上班时间，所以所里只有两个值班民警。因为大刘早就提前和这里的人打过招呼，所以三人很快就拿到了刘子健的具体家庭住址，以及当地派出所开具的相关证明文件。

本来当地的民警想要带着米峰他们一起去，但被米峰拒绝，米峰称只是问一些问题，不需要麻烦他们了，二人只好作罢。

米峰等人按照门牌一间间寻找，仔细核对，找到了刘子健家里。

米峰敲门良久，没有人回应。

大刘掏出电话："我再去给派出所打电话问问，看看是什么情况。"说完便走到一旁拨通电话。米峰附耳在门上倾听，听到了玻璃瓶掉在地上发出清脆的声响。

米峰回头对正在拨电话的大刘道："家里有人！"

大刘收回电话，对着里面喊道："警察！开门！"

里面传来窸窸窣窣的声音，又过了良久，大刘抬起手刚要再次敲门时，门忽然从里面打开了。

开门的人太过瘦削，背也深深地驼了下去，双眼凹陷，脸颊上的肉也垂坠下去，这不是米峰印象中的刘子健。

米峰不确定地问道："你是刘子健？"

对方站在门口，一只手抓着门把手，一只手抓着门框，有些戒备地看着面前的几人，迟疑了一瞬之后，还是点点头。

"你怎么知道？你找我做什么？"

"我是米峰，你把我忘了？当年经办洪静和她儿子那宗案子的警察。"

刘子健双眼无神，好像在神游旧日回忆，又好像在仔细回想洪静是谁。大刘是基层片警干起来的，最擅长对付这种人，这样僵持始终不是办法，于是他一把拉开房门，带着米峰主动挤了进去。

米峰三人进屋后，迅速将房间扫视一遍。这是一个很普通的老式住宅，装修简陋，几个酒瓶子散乱着倒在地上，房间里有着浓浓的酒味。客厅里的摆设也挺简单的，除了一个略显破旧的沙发之外，就只有一台老式电视机。真没想到，十年之后的刘子健的生活水平竟然还不如十年前。

"你……你们……我……"刘子健有些结巴地说。

大刘却已经掏出一盒烟递给他，刘子健连忙回绝："我不抽烟。"大刘只好收回烟盒。

刘子健见米峰在打量房间，这会儿也有些不好意思："抱歉啊，家里乱。米警官，我想起你了。"刘子健脸上虽然挂着抱歉的表情，但是也并没有弯腰去捡地上的酒瓶。

"想起我这事就好办多了。"米峰率先坐在了沙发上，另外三人也都各自找地方坐了下来。

“其实我这次从江城过来，主要是想问一问你对当年案件的细节是否还有印象，也想了解一下，你和继子这些年的经历。”

米峰能感觉到，刘子健在听到“继子”二字时，脸上的表情变了一下。米峰的心往下沉了沉。

“怎么了，是当年的事情有什么问题吗？”刘子健问道。

米峰说：“放心，没什么问题，早都已经结案了。本没什么事情，只是最近我们在做一些旧案整理，所以我这次来算是做一个回访。对了，怎么没看到你那继子？当年那个小男孩儿，现在应该也得有二十几岁了吧？”

再一次听到米峰提起“继子”二字，刘子健的脸色瞬间变得铁青。

恰好在这时，门外传来一阵窸窣的开门声，大门忽然被人用力撞开，一个几岁的男童越过米峰等人，直接扑进了刘子健的怀里。

“爸爸！”男童甜甜地喊着，闻到刘子健身上的酒味，男童立刻一跳三米远，捏着鼻子嫌弃道，“爸爸你又喝酒了！”

刘子健尴尬地笑了笑，对于儿子的嫌弃似乎毫不在意。一个女人拎着两大包蔬菜进门，进了门就开始破口大骂：“杀千刀的，整天就知道喝酒，还不快过来搭把手！”

女人有着一头棕褐色的浓密小卷发。她骂了两句看到房间里还有外人，于是马上收口，转而用一种充满戒备的眼神上下打量着这几个“不速之客”。

“干吗的？”女人对着米峰几人说道。

刘子健将两大包蔬菜放置好后，赶紧回话：“这位是江城市的警察，过来问点儿事情。”

“江城市？我们家跟江城没有关系！”

刘子健想要拉回“怒发冲冠”的妻子，但又碍于她的淫威，不敢太用力。

“人家是警察，不要这么说话。”

妻子一下子怒了：“我怎么说话了！你这个窝囊废！废物半辈子，我嫁给你真是瞎了眼！”一想到这几年刘子健整天除了喝酒就是喝酒，人越来越颓废，她这心里的火气就不打一处来，于是说的话也越来越难听。

见父母争吵，旁边的男童“哇”的一声哭出来。

妻子还在污言秽语地骂着，小贾毕竟年纪小，没见过这般泼妇骂街，打算站起来去劝架，没想到就在这时，刘子健却突然从地上抄起一个酒瓶子，朝着地面摔了下去，同时大喊一声：“你给我闭嘴，泼妇！”

妻子显然也被刘子健这突如其来的硬气给吓到了，还待出口的脏话瞬间憋了回去，但她惯常在家里毫无顾忌，这会儿看到有警察在场，她家这个软弱了半辈子的男人竟然敢当着别人的面对她吼，她自然是不能忍下这口气的，于是愣了几秒钟之后，也干脆从地上捡起一个酒瓶子，打算朝着刘子健的身上砸。

眼看着这夫妻俩就要打起来了，就在这时，一直没有说话的大刘却突然掏出警官证和一副手铐猛地拍在桌子上，并大喊道：“都给我闭嘴！”

正要扭打在一起的刘子健夫妇，都被吓了一跳，果然马上闭上了嘴巴。房间里只有被吓坏了的孩子还在不停地哭闹。

小贾也被他们刘副局的气势震慑住了，眼睛里满满的崇拜之意。

大刘看着面前逐渐恢复理智的夫妻二人，沉声说道：“今天你们二人若是当着我们警察的面动了手，那就是被抓了个现行，那是要被拘留的。”

大刘这可不是吓唬他们，若他们真的动手了，那结果定然让他们吃不了兜着走。

“都冷静冷静吧，多大点儿事。”米峰此时也站起来，从刘子健妻子的手里拿下了酒瓶子，“我们今天过来只是简单问几句话，其实这事跟你们的关系都不大，只要好好配合一下也就没事了，但你们要是这样……”

妻子听了米峰的话，也似乎想明白了，狠狠地瞪了刘子健一眼，转身抱起还在哭泣的男童，气呼呼地离开。

门被重重地关上，刘子健长长地叹了口气：“她就是脾气不好，心肠其实不坏。也是我对不起她。让你们看笑话了。”

米峰没有说话，正准备坐回沙发上的时候，恰好看到了墙上挂着的全家福。照片上只有刘子健夫妻俩抱着一个小婴儿，只是那照片的构图实在奇怪，一家三口全部挤到画面右边，怎么看怎么觉得似乎照片被垂直截掉了一部分。

刘子健见米峰注意到了照片，干脆也不避讳了，直接将相框拿下来打开，将里面的照片递给他。

这张照片果然是被裁减过了，按照比例来看，上面原本还应该有一个人，如果米峰没猜错的话，应该就是那个继子，洪静的孩子。

刘子健看着照片，沉默了一会儿，这才开始开口缓缓讲起往事。

十年前，出了洪静那样的案子，他又被陷害入狱，情人早就跑了。在洪静死后，他就决定要担负起照顾洪韬的责任，至少要照顾到他能完全自立为止。他带着洪韬来到了凌云市，在这人生地不熟的地方，一切都要重新来过。

洪静去世后，虽然有律师帮忙打赢了官司，可本来武广就是没钱才干的绑架，即使他们赢了官司，也没拿到什么钱。而且洪静留下的钱本也不多，刘子健更是在认识洪静的时候，就已经生意失败毫无积蓄，这一大一小在陌生的地方只能一切从头开始。

那段时间，刘子健每日都在报纸上寻找新工作，他用尽最后一点儿积蓄将洪韬送进学校重新读书，自己白天就在外面面试。

洪韬在那场劫难中伤了右手，又随着他颠簸劳顿到宣武县，早就耽误了治疗的最佳时机，导致神经压迫，行动无力，而那时候他们穷得叮当响，就算他有心想要带洪韬去做复健，也没有钱去做。

接连两个月没有找到工作的他，眼见着银行卡上的余额一点点减少，就在他们即将走投无路的时候，他终于在一家生鲜店找到了一份工作。他清楚地记得，那日他满心欢喜，特意买了一条鱼，打算在接完洪韬回家之后，爷儿俩开个荤。谁知，他在学校门口苦等半天，也没有等到洪韬，于是只好进去寻找，没想到竟在班主任的办公室看到了洪韬。

班主任看到刘子健的时候并没有笑脸，反而摆出一副“来得正好”的样子。

刘子健战战兢兢地问道：“老师，他怎么了？”

洪韬站在一旁低着头，让人看不出他的表情。班主任揉了揉太阳穴，说道：“洪韬爸爸，我想您应该再考虑一下您的孩子是否适合继续在学校读书。”

刘子健心中一震，一种不好的预感升上心头，忙辩解道：“老师，他很乖的，话都很少。”

班主任耐心道："是，我知道这孩子话不多。但是我希望您能多照顾一下孩子的心理健康，您知道他今天在学校干了什么吗？"

老师也没等刘子健回答，就自顾自地说道："今天是学校统一体检的日子，全校每一个人都要参加。大家脱了外套排队检查的时候，有几个调皮的男孩儿指着洪韬脖子上的项链，说是女孩子带的，说他娘娘腔。洪韬当时并没有理会他们，却提前回了教室，将他们的书全都撕成碎片，把他们的书包全都扔进了厕所，还在下课的时候守在楼上，将一盆水泼在他们头顶。这还不算，他下午竟然翘课到校外找了几个小混混儿，打算让小混混儿将这几个学生打一顿。还好校警发现得早。

"洪韬爸爸，不是我说，男孩子之间打打闹闹是正常事，可是没必要这么报复，不知道您平时是做什么工作的，是否忙得抽不开身，但我还是希望您能将更多的时间放在孩子身上。孩子的教育，除了校园教育，家庭教育和心理教育都很重要。"

刘子健听后心里五味杂陈，解释道："老师，洪韬脖子上的项链是他妈妈的，他妈妈不久前刚刚去世。"

刘子健的话音刚落，一旁站着的洪韬眼里就悄无声息地掉下眼泪。

"洪韬爸爸，对于听到这个消息，我感到非常抱歉。我想……您先把孩子领回家，找人给他做一下心理疏导，然后再回来继续读书，您看怎么样？"

刘子健听到老师说完之后吓了一跳，以为老师想要拒收洪韬，也顾不得其他，连忙将手中的鱼塞给老师。

"您收着，老师，只要别让这孩子退学……"

"不不不，我不能收，您误会了，我没让他退学的意思，我就是……"

二人拉扯中，洪韬头也不回地跑开了。刘子健再追出去的时候，已经没了洪韬的影子。

洪韬在漫长的成长过程中一直是个脑子聪明的孩子，但绝不算是个好学生。

小城镇里的黑网吧，对于上网者的年纪并没有过多的限制，只要有钱就可以进去。因此，虽然洪韬年纪不大，却几乎天天都泡在网吧里消遣时光。

那时候的他，翘课是家常便饭。除了上网之外，唯一能算得上积极向上的爱好就是看书，但也仅限于小说。于是刘子健总结了规律，只要找不到洪韬，就去网吧找，网吧再找不到，就去书吧找。

在电子书没兴起的那些年，他们这个不大不小的县城很流行书吧，两三块钱就可以借来一本小说，店里也欢迎顾客泡在店里看书，顺便还能卖点儿泡面、汽水赚点儿钱。

刘子健在自己工作的生鲜店结识了现任妻子，妻子是个暴脾气，却是个热心肠。对于刘子健这种既穷又带着拖油瓶的人没有丝毫嫌弃，反而义无反顾地嫁给了他。就这样，刘子健再次结婚了，而洪韬跟着继父以及继父的新家庭组成了一个毫无血缘关系的复杂家庭关系。

这样的家庭关系，让他更加不想回家，有时甚至几日都不回来一次。

直到洪韬中考前，他的成绩都一塌糊涂。模拟考的成绩，甚至惨不忍睹到几科的成绩加在一起才一百多分。刘子健根本管不了洪韬，可这个脾气火暴的继母反而看不过去。她亲自从网吧里把洪韬拎回家，狠狠地打了一顿。

洪韬被打蒙了，在他的成长过程中，家里对他的状态基本都是放养的。刘子健作为继父，从不打骂他，而洪静却舍不得打他，更何况，那时候他学习很好，根本不用洪静操心，所以也不会挨打受骂。

直到这次被继母打了之后，他的心结好像瞬间解开了，封闭了多时的心门也敞开了。那一晚，洪韬在家里号啕大哭。

那之后，这对没有血缘关系的母子关系被拉近了。继母不仅会陪着他一起学习，还会给他做很多好吃的饭菜。最后，洪韬成了一匹黑马，短短两个月的时间，就从学校倒数，成功挤进了中游，虽然考高中无望，却上了一所计算机专业的中专学校。

后来，继母还因为知道洪韬手臂曾受过伤，又耽误了治疗，落下了病根儿，很是心疼他，于是打算带着他去做复健，直到医生说太迟了没办法治愈，这才作罢。但继母心中却对洪韬更加心疼了。

直到洪韬上了中专之后，继母也松了口气，也是在这时，她发现自己怀了身孕。八个月后，她和刘子健的孩子出世了，家里所有人的目光都被这个小奶娃吸引，继母放在洪韬身上的关注也跟着减少了。

巨大的心理落差让洪韬觉得自己再一次成了多余的人，而他在心里也对这个突然冒出来的小子讨厌极了。

时间久了，积怨也就深了。直到一个暑假，洪韬用打工的钱买了一台新电脑装在家里，着手自己酝酿已久的程序开发，结果却因为小孩子的玩闹，导致电源突然被切断，他几日几夜的辛苦全部白费了。洪韬终于爆发了。

洪韬抱起那个只有两岁的孩子，竟然打算将他从阳台上扔下去。若不是刘子健夫妇发现得及时，并将孩子救下来，后果真的不堪设想。

刘子健骂了洪韬，而继母则狠狠地打了洪韬一巴掌。就是这一巴掌，彻底将洪韬心中最敏感的那根弦挑了起来，也生生将他推入了深渊。

洪韬自那日离家出走之后，就彻底与他们失去了联系。如今也有几年时间了，他们再没有听到过洪韬的消息。

“我对不起洪静，没照顾好她留下的孩子，现在洪韬是死是活我也不知道。”

米峰抓住了关键点：“你说，洪韬的右手肌无力？”

“是，他的右手使不上力气，尤其高举重物。”

得到了有用的信息，米峰等人便准备告辞，刘子健犹豫半天还是嘱咐了一句：“如果找到那孩子，就让他回家吃顿饭吧，不管他犯啥法了。”

忙完了这里的事情，米峰一刻不敢耽搁，直接让大刘和小贾将他送去了机场。然而到了机场才被告知，上午飞回江城的机票已经售罄，米峰不得已只能选择下午的航班。

他给警局的同事打了电话，并将手中关于洪韬的资料传了回去，让他们尽快核对洪韬的信息，以最快的速度将这个人找出来。

上午十点，江城市妇产科医院里，陈潇独自一人拿着单据坐在长长的走廊上等候，看着三三两两做产检的小夫妻坐在她周围，她的心里越发觉得悲凉。

“你喜欢男孩儿还是女孩儿？”

“有什么关系，反正只要是你生的，无论男孩儿、女孩儿我都喜欢。”

“我现在好胖啊，好丑。”

“哪里丑，你胖点儿更可爱。”

隔壁的女人娇嗔着打了男人一拳，陈潇波澜不惊地坐在旁边，紧握着单据的手指却已经出卖了她。

“你的宝宝几个月啦？看你身材好好啊！”坐在旁边的女人似乎心情很好，她忍不住与周边的准妈妈们一起分享喜悦。

陈潇的笑容有些尴尬：“没……我……”

“你自己来的吗？有什么需要帮助的可以喊我。”旁边的女人向陈潇示好，可这让陈潇感觉十分刺耳。

还是那个男人反应过来，他及时拉回自己的老婆，在旁边耳语道：“你打听人家干什么？管好你自己。”

“大家都是要当妈妈的人，当然想要互相聊聊天儿啦！”

“那你跟我聊，不要去烦别人。”

陈潇听着身旁的“密聊”，心中苦涩难当，鼻子一酸，眼泪已经在眼眶里摇摇欲坠。

“陈潇！”

穿着白大褂的小护士探出头来呼唤，陈潇听见后立刻站起来，大步跟着护士走。刚刚的女人在后面还在对她大喊：“加油呀，准妈妈！”

陈潇不知说什么，只是对她笑了笑。

“你是陈潇对吧？”护士重新确认了一下孕妇的名字。

陈潇点头。

“人流？”

陈潇再次点头，护士没再说什么，径自带着陈潇走了进去。

手术室里的灯光有些晃眼，陈潇抬起手臂，试图挡住这刺眼的灯光。几名身着手术服的医生、护士正围在她身边，各自准备着接下来要用到的手术器材，陈潇缓缓闭上了眼睛，一滴泪却再忍不住从眼角流了出来。

陈潇回到家中的时候，陶玉达正对着电脑不知在忙碌什么，看见脸色苍白的陈潇，眼神下意识地回避。他主动倒了杯水给她，破天荒地关心道：“要不然你躺一下？”

陈潇点头：“好，你今天没有去高南那里？”

陶玉达：“一会儿过去。”

二人再无话，陶玉达欲言又止，陈潇知道他想问什么，索性自己直接说了：“我已经解决好了，你放心。”

陶玉达低头：“嗯。”

陈潇不知道此时的陶玉达在想些什么，她一双眼睛死死盯着他，半晌才幽幽说道：“这回……你应该可以安心些了吧？”

陶玉达眼中闪过一丝愧疚：“抱歉，你知道，我没办法接受……我这个人这辈子都不会做爸爸的。”

陈潇嘴角溢出一抹讽刺的笑：“我知道，所以我帮你解决了。”留下这句话，陈潇再也没看陶玉达一眼，转身走到卧室，连衣服也懒得脱便直接钻进了被子里。

寂静的客厅里，突然响起电子钟报时的声音——十二点整。

刘娜的心骤然收紧，二十四个小时，距离高南和绑匪的七日之约只剩下最后二十四个小时。

自高南收到绑匪第三个任务的纸条之后，她便得知了高南此时正在做的事情。也是从那时开始，她的心没有一刻是平静的。她实在想不通，绑匪为什么不只是单纯要钱，而要和高南玩什么狗屁游戏。显然，这个绑匪并不是单纯的绑匪，他究竟有什么目的，她却始终猜不透。

刘娜环顾了一下房间里的监控设备和值守警察，心中暗暗思量。

她是相信高南一定会拼尽全力救回女儿的，既然绑匪现下只单线联系高南，那么就算再让警方在她这里等待，无疑也是毫无意义的。但她若就此而让警方离开，显然也不现实。所以她必须想个办法，离开警方的视线，以便能和高南取得联系。

想通了这一点，刘娜对身边的警察说道：“这都中午了，你们也一定饿了吧，我去打电话叫个外卖吧。”

平日里这些人的吃喝都由曹大海负责，但酒会上的事情，显然让曹大海彻底恼了刘娜，因此这两日别说现身了，就是电话也不再打一个。刘娜倒是没什么，反而因此开心了一点儿，至少摆脱了一个大麻烦，但苦了这些在这里值守的警察，所有吃喝都需要自己处理了。

刘娜点好了外卖之后，给高南打了电话，二人约在了以前常去的一家面馆。面对着桌上热气腾腾的食物，二人却都没有胃口。

“绑匪的七天之约，就剩不到二十四个小时了，你跟我说的五个任务，如今还有两个，一天之内如何完成？”

高南沉静道：“我已经大概推测到了绑匪的行动轨迹，放心。”

刘娜看着高南的双眼，足足盯了他有一分钟的时间，在看到他眼神中的坚定之后，这才将悬着的心稍稍放下去了一些。她一直是相信高南的，只要他想做一件事，就一定能做到。

看着面前已经坨在一起的面，二人也无心再吃，结了账之后，便匆匆离开。

刘娜突然想起那天离开高男家时在小区里遇到的记者们，便问道：“你和小达是怎么避开那些在小区门口守着的记者的？这两天你们住在哪里？”

对于如何避开那些难缠的记者，高南没有回复。

“我们现在住在米峰的妹妹米兰家里。”

因为心里惦记着高南这边的情况，于是刘娜提议也要过去看一看。高南没有拒绝。

二人一同返回米兰家。

高南拿出钥匙开门，刘娜率先走了进去，而高南却站在门口迟迟没有进来。刘娜疑惑，转头看向门口，却发现高南已经蹲在了地上，正在认真地找着什么东西。

良久，才从地上捡起一张做了记号的小纸片。高南不动声色地关上门。

刘娜看他神色怪异便主动询问：“怎么了？”

高南假装没事地耸耸肩，另一只手却将纸片悄悄藏起：“没事，鞋带系得太紧了，鞋子不好脱。”一边说着一边仔细观察着周围。

有人来过。

前几次绑匪总是能悄无声息地出现在他身边给他留下线索，高南此后就多了个心眼儿，这一次出门前，他特意将正对着防盗门的窗户开了一半，然后又将一块做好记号的小纸片夹在了门上，之后再锁门。如果有人开门，那么开门时的过堂风便会将纸片吹落。高南刚刚在开门的时候，盯死了门缝，却什么都没有看到，显然，那纸片在他开门之前，就已经没了踪影。

他刚才在门口搜寻了半天，才在门外面一个角落里，看到了那张小纸片。

所以，他可以肯定，有人来过了。

而且，来的人不是米峰。

昨天晚上高南给米峰打电话一直显示无法接通，半夜时才收到米峰的短信，说他在外地办事，等回来之后会第一时间联系他。高南至今没有收到米峰的电话，那么就表示，米峰还没有回来。

而且，来的人也不是杜鹃和陶玉达，因为他们都没有这里的钥匙。

所以，来者只有一个人！

九十平方米的三室一厅的房子，高南一间一间开门看去，甚至连卫生间都不放过，直到来到最后一间卧室。

高南紧盯着卧室的大衣柜，刘娜觉得奇怪，刚想问高南在找什么，谁知高南却示意她噤声，她立马闭上嘴巴。

高南拉着刘娜的手，顾左右而言他："我送你回家吧，这两天你也累坏了。"

刘娜不知高南为何忽然这么说，但她能够感觉到高南一定是有什么事情，所以才故意说出这些话。

于是她配合地点头："嗯，是有些累了，那我就先回去。"

"我送你。"

说完高南搂着刘娜的肩膀一起走出卧室。

刚下楼，刘娜的表情一瞬间就严肃起来："刚刚究竟怎么了？神神秘秘的？难道家里安装了窃听装置？"

高南摇头："不可能，小达在家里装了一个干扰器，就算有监听的话也会受到干扰，听不到任何人讲话。"高南眼角的余光一直盯着楼口，不放过任何一个可能会出来的人。

"那是……"

高南坦诚道："现在你马上离开，出来这么久了，警方一定也察觉到了。你应该马上回去稳住他们，切记，在我救出漫漫之前，不要让他们插手。我这边的事情你不用担心，我会自己解决好，还有……"高南停顿了一下，握着刘娜的手，认真地看着她："放心，漫漫我一定会救回来的。"

刘娜本还想说些要帮他的话，但一想到高南的性子，也知道自己就算说要留下来，也一定会被他拒绝，于是只好点头说道："好，我相信你。"

此时再多的话都没有"我相信你"这四个字来得更有力量。

刚一送走刘娜，高南的脸上哪还有什么镇定自若，他瞬间以百米冲刺的速度往楼里跑。

谁知刚跑到电梯口，恰好看到陶玉达也站在那儿等电梯。陶玉达一把拉住高南："哥，什么事这么急？"

看到陶玉达在这，高南先是愣了一下，接着又道："来得正好，他好像在家里，快！你坐电梯上去，我爬楼梯，任何可疑的人都不要放过！"

陶玉达迷茫地问道："他？"

高南喘着粗气，还没来得及解释，陶玉达恍然大悟，结结巴巴地反问道："他不会是绑匪吧？"

高南点头，刚好电梯门开了，陶玉达二话不说冲进电梯，而高南也转身跑进旁边的楼梯间。二人一个电梯一个楼梯几乎在同一时间赶到了家门口。高南气喘吁吁，陶玉达欲冲进去却被高南拦下。

高南喘着粗气，努力平复呼吸。等到他完全平静下来后才指着门内小声耳语道："我数三、二、一，我们同时冲进去。"

陶玉达点头，高南掏出钥匙缓缓转动，门"咔嗒"一声开了。

高南低声道："三、二、一！走！"

二人破门而入，高南顺手锁死大门，然后直奔刚刚那间卧室，一把拉开衣柜，却发现里面除了一堆杂物之外，并没有藏着人。他不甘心，把床底、衣帽间再次查看了一遍，结果一无所获。

"连马桶盖我都掀开看了，什么都没有。"陶玉达耸了耸肩。

高南泄气，陶玉达凑过去问道："哥，你怎么知道绑匪来这里了？这么说你们两个居然还同在一个屋檐下过？绑匪胆子也太大了吧，居然敢亲自上门？”

高南将刚刚的经过对陶玉达说了一遍。

陶玉达捏着下巴道：“细思极恐，一个人竟然能这样悄无声息地潜入别人家里，看来确实手段不一般。不过话说回来，他总不会无缘无故来吧，剩下时间不多了，我们还有两个游戏没完成，所以他肯定是来送线索的！”

高南猛然惊醒，他的神经一直紧绷着，竟然忽略了绑匪来此的目的。高南赶紧冲回卧室里，打开衣柜大翻特翻，终于在一个堆满杂物的角落里找到一个纸箱。

将纸箱打开，果然找到了下一次任务的线索。

绑匪指示，在火葬场停尸间的一个冷柜里放有最后的线索，也是高漫现在被困的地点，他们需要在火葬场工作人员下班的时间赶到。

陶玉达看完打了一个冷战，说道：“晚上去火葬场也太可怕了。哥，咱们速战速决！”

高南走到墙上贴的地图前，仔细看了起来。第一个是银行，第二个是城北公园，接下来分别是净水厂和火葬场，果然不出高南所料，绑匪的逻辑就是按照金、木、水、火、土排列的，而且路线一路向北。那么下一个代表土元素的地点就是火葬场以北。

江城市以北是全国数一数二的资源大省，矿产资源丰富，全省经济支柱就是矿业。江城市也曾探测到矿产资源，市政府当年在北郊荒山附近开山采矿，但因资源勘探有误，资源储备不多，开山采矿又破坏环境，弊大于利，再加上民间环保组织的抗议，政府衡量再三，最终决定放弃开采矿石，但当时的工棚都留在那里。

经过这番分析，高南将最后的地点锁定在了一个地方——北郊废弃矿场。

高南向陶玉达说出了自己的猜想，陶玉达在听到高南的推论之后，有些震惊，但同时也有些担心。

“哥，这个有点儿冒险啊！无论你的推论正确与否，万一凶手发现我们没有去火葬场怎么办？”

高南郑重地对着陶玉达说道：“小达，你叫我哥，但是我这个做哥哥的却没保护你，反而要你一而再，再而三地保护我，说实话我很羞愧。”

陶玉达似乎也有些动容，但一秒钟后又恢复到嘻嘻哈哈的态度。

“别说这些，哥！跟你经历了这些，咱们也算是患难与共的兄弟了。”

“小达，我这次的行动有些冒险，但是也只能硬着头皮拼一次，我有个计划，必须要你配合才能完成。”

陶玉达见高南一脸严肃，于是也不敢再开玩笑了，他也正经起来听高南慢慢讲出计划。

/第十一章　浮出水面/

刘娜在回去的路上接到了曹大海的电话。这还是自上次不欢而散之后，她第一次接到他的电话。

电话里的曹大海，语气一改往日的讨好，换上了一副公事公办的口吻。

“律所这边有些事需要你过来一趟。”还没等刘娜说话，曹大海就已经挂了电话。

听着电话里的忙音，刘娜蹙了蹙眉头，心里虽然有些疑惑曹大海让自己过去是什么事情，但还是让司机掉头，拐去了律所。

刘娜赶到律所后，直奔曹大海办公室。

曹大海自打她进门之后，没看她一眼，只是低着头看文件。刘娜心里虽然着急回去，但一想到上一次酒会上的事情她确实做得不对，于是也不好意思将埋怨表现出来，便只好坐在沙发上等待，面上一分不显，但心里却十分焦虑，每一分每一秒都如坐针毡。

不知过了多久，就在刘娜准备起身告辞的时候，曹大海终于开口了。

“来了？”

刘娜心中腹诽，她都来了这么久了，曹大海却明知故问，明显就是故意整她。

曹大海起身将办公室的门关上，然后将百叶窗帘全部放下。刘娜心中“咯噔”一声，连忙站起来，问：“曹主任，您今天叫我过来有什么事？没事我就先回去了，我记得这段时间我家里出事，我是跟您请过假的。”

曹大海不慌不忙地走过去，按着她的肩膀示意她坐下。

“别急嘛，娜娜，我这里有些事情要跟你说。”

刘娜心中警铃大作，曹大海今天很不寻常。

“您说事情，不需要关门，被人看到对你我的影响都不太好。”说完刘娜就要走过去开门，曹大海却先她一步挡在了门前。

“我要说的就是关起门才能说的，涉密！哈哈哈！”

刘娜神色已经不悦，面上也露出了反感之色，她直接说道：“那请您快点儿说完，我家里还有事。”

曹大海笑嘻嘻地问：“小娜，你说这段时间我帮你不少吧？人力、物力，哪样都不差吧？”

刘娜点头，曹大海这点倒是没说错，确实帮助了她不少，虽然都没有结果。

“曹主任，这段时间确实很感谢您的帮助。等漫漫救回来，我亲自包个大红包给您。”

曹大海伸出食指摇了摇：“这些事可不是钱能还得了的，我为你付出的，可都是我这张老脸！人情无价啊！小娜，我为了你可欠下不少用钱都换不来的人情！这你要怎么还啊？”

“我知道，人情债不好还，不过以后您有用得着我的地方，我一定在所不辞。至于其他……曹主任，我想您主动帮我，也是因为同事情谊的，对吧？”

曹大海大手一拍：“呵，真不愧是咱们律所的名律师，这口才就是让人佩服！”

曹大海面上带笑，但语气却已经有了商人的那种唯利是图：“虽说我帮你是出于我的主动，但无论如何，你却不得不承认，你已经用了我的人脉，而我是个商人，从不会做亏本的买卖，这是其一！”

曹大海忽然向刘娜跨近一步，刘娜吓得赶紧后退。

曹大海继续咄咄紧逼："酒会上，那是江城市的风云场，你一个巴掌甩给我，令我在江城市有头有脸的人面前抬不起头来！这是其二！"

说完，他又向刘娜逼近了两步，刘娜吓得想跑，却被曹大海扯着衣领用力地拽回来。刘娜担心走光，只能紧攥着衣领尽可能地与曹大海保持距离。

"雷老先生一跺脚，江城都要抖三抖！我巴结他多年，钱和精力都没少投入，这才有了今天，结果你直接毁了我这么多年的心血。如今雷老连见都不见我！这是其三！"

曹大海直接将刘娜推倒在沙发上，然后整个人扑了上去。刘娜拼命反抗，曹大海却一个巴掌扇过去。

"这巴掌是还你的！一个二手的臭娘儿们，老子费那么多心思追你，你还不识抬举！老子忍你很久了，今天无论如何都得从你身上尝到点儿甜头，才能灭灭老子的心头火！"

刘娜自知力气小抵抗不了，强迫自己冷静下来，专挑软肋与曹大海谈判。

"现在在办公室，一墙之隔就是同事！你知道他们进来的话会有什么后果吗？"

曹大海大笑，刘娜的话竟然没有吓到他，他反而更加兴奋了。

"你放心吧，我这里隔音好得很，而且他们就在隔壁，那岂不是更刺激吗？啊？哈哈哈！"

刘娜心头一跳，但强装镇定，眼睛一眨不眨地看着曹大海："你不怕我告你强奸吗？我是律师，我会告到你身败名裂！"

曹大海稍微愣了一下，但也只有一眨眼的工夫，可情况瞬息万变，刘娜就趁着曹大海愣神的这一瞬，抬起膝盖，向上一顶，用力撞向了曹大海的裆部。

曹大海只觉得身下一阵剧痛，控制不住地发出一声大喊，双手也顾不得再去控制刘娜，下意识地便捂住了自己的命根子。刘娜趁机从他面前避开，站在了沙发旁边。

"你……"曹大海咬牙切齿地瞪着刘娜，想要说话，但身下传来的剧痛却让他无法开口。

刘娜冷笑一下，看着面前甚是滑稽的曹大海，心情好了不少。她细心地整理了下被弄皱的衣服，又将头发理好，这才不屑地瞥了一眼曹大海那肥硕的身子，转身朝着门口走去。

刘娜直接走到自己的工位上，拿出纸箱开始整理东西。

旁边的同事看到刘娜的举动，忍不住好奇，凑过来八卦："娜姐，怎么忽然开始收拾东西？"

刘娜在律所人缘一向不错，其他人也纷纷凑过来询问。

"娜姐，你跟曹主任吵架了吗？"

"对啊，怎么你要离职？我们从来没听到你说过啊？"

"太突然了，娜姐，你也不给我们机会一起吃个饯行饭啊！"

刘娜收好东西后笑笑，只说了一句："再见！"

在飞回江城的飞机上，米峰仔细回想着这几起案子。如今炸弹案、绑架陷害武广的案子全都联系上了，这个当年是受害者的洪韬有很大嫌疑。只是从目前了解到的情况来看，高漫绑架案似乎跟他并无关系，当年高南也算是帮了他的。如今，他就算找人报仇，也不应该找到高南。

那么，那个绑架高漫，并且威胁高南的人究竟是谁呢？

一时无法确定。

因为比原计划晚了几个小时，米峰刚一下飞机，便给高南打了电话，结果却一直没有人接听，于是他也不再浪费时间，直接开车回了警局，迅速投入查找洪韬的事情上。

全国叫洪韬的人有几万人，将性别和年纪不符合的筛掉之后，最后符合条件的竟然为零。

看着这样的结果，不仅米峰讶异，就连参与筛选的同事也都觉得有些不可思议，甚至怀疑是哪里出现了问题。

看着这样的结果，米峰感到有些沮丧，但也只是一瞬间，他就想到了一个人，或许这个人能帮上忙。

阮玉玲与高漫在这间十平方米左右的小房间里，分不清时间和空间，二人更多的时候是大眼瞪小眼。阮玉玲除了追星没有别的事情可以做，更没有朋友可以谈天，也不喜欢吵闹。可面对高漫这个年龄和她相差极大又沉默寡言的自闭症儿童，阮玉玲似乎想跟她聊天儿。也不管高漫有没有回应，阮玉玲都自顾自地跟高漫说着话。高漫一开始嫌吵，后来也见怪不怪了。一大一小的两个人，竟然还相处出了一些忘年交的感觉。

阮玉玲打算带着高漫逃跑。

她沿着这间“牢房”的墙壁，从头到尾拍打了一遍，直到找出一处听起来声音不一样的地方。阮玉玲兴奋，以为找到了薄弱的墙体，于是又开始兴奋地满房间找东西，准备将墙砸开，还真让她找到了一块砖头。

她跃跃欲试，刚拿起砖头，一想到旁边的高漫，复又放下。阮玉玲回过头来脱下外套，把高漫抱到稍远的地方，然后用衣服蒙住她的头，担心她被飞石伤到。高漫忍不住在衣服里翻了个白眼，心里清清楚楚地知道，阮玉玲就是在做无用功。

果然，阮玉玲敲得筋疲力尽，也没能撼动这面墙半分，倒是手中的砖头碎了。高漫长叹了一口气，向来不爱讲话的她嘴巴里蹦出了一个字：“笨。”

阮玉玲瞪大了眼睛，她竟然被一个小毛孩儿嘲笑了？

“我笨？我笨还不是为了带你出去……”

高漫摇摇头，无奈地走到墙脚堆放草席的地方，搬开草席拿出下面的一堆牛奶盒。这是她每天从早饭里收集下来的，绑匪虽然绑架了她，但对她还不算差，每天都会给她牛奶喝。

“这有什么用？这能出去？”

高漫没有理她，而是打开一个牛奶盒浸湿了水，将里面最薄的一层揭开，然后搓成一根细细的小“针”。高漫递给阮玉玲，阮玉玲拿来捏了捏，果然硬得跟针一样。

高漫拿回那根“针”，走到锁头旁，她的手很小，一下就伸了出去，然后用那根“针”在锁眼里转啊转。高漫就像不知疲惫的人一样，一直保持着一个姿势，在那里尝试开锁。也不知道过了多久，终于“咔嗒”一声，锁开了。

阮玉玲惊喜地看着她，佩服道：“真有你的，能开锁你怎么不早跑？”

高漫忍不住又翻了个白眼：“小，跑不远。”

阮玉玲二话不说，抱起高漫，趁着无人发现，迅速离开这个鬼地方。两个人开了门离开后，远处的走廊转角，一个端着水壶的人正脸色阴沉地注视着她们离开的背影。

二人一路跌跌撞撞，却一刻也不敢耽误。她们沿着公路一直走，可这里连一辆路过的车都看不到。眼看着天就要黑了，然而视野所见之物除了荒郊就是野岭，连一个人都没有。

高漫毕竟是孩子，跟着阮玉玲连着走了两个小时，实在是走不动了。阮玉玲身上有伤，之前又抱着高漫走了很远，这会儿也早已筋疲力尽。但她知道，不能放弃，不然很可能会再被逮回去。

她鼓舞高漫："快，那人一会儿去给我们送晚饭的时候，肯定会发现我们不在了，如果现在不走，我们很快就会被抓到的。"

高漫累得说不出话，更不想动。

远处有两道车灯正向她们靠近，阮玉玲燃起了希望："快看！有人了！我说什么也一定要拦下这辆车！"

说着，阮玉玲一副大义赴死的模样冲到路中间。她站在马路中间，汽车逐渐靠近了，她直接坐了下来。谁知汽车好像就是来接她们的一般，在离阮玉玲还有一段距离的时候，便缓缓停了下来。

阮玉玲有些戒备，连忙从地上连滚带爬地站起来，跑到高漫身边，紧紧地抱着她。

汽车熄火了，这时天已擦黑，她们看不清车里的情况，但阮玉玲隐隐觉得，车上的人就是来找她们的。

阮玉玲趴在高漫耳朵边小声说："如果是来抓我们的，一会儿我就上去抱住他，然后你赶紧跑，哪里黑往哪里跑，藏好等天亮。"

高漫抬头看着阮玉玲，小小的眼睛里闪现出了感动。

车门开了，阮玉玲不动声色地捏了高漫一把，示意她随时行动。汽车里迈出一只脚，然而那脚上穿的却是女鞋，等到露出全身的时候，高漫由惊转喜，放开阮玉玲大叫一声："陈老师！"

阮玉玲也看清了，眼前这个人不是别人，正是高漫的老师陈潇。

"漫漫，到老师这里来。"陈潇温柔的声线极具诱惑力。

“不要去！她是来抓我们的！”阮玉玲大喊。

高漫站在两个女人中间，不知如何是好。

高漫指着陈潇为阮玉玲介绍：“是老师。”

阮玉玲此刻智商上线，反问道：“我们这一路上都没遇到人，这么晚了，她一个女人怎么会出现在这里？而且她找到了失踪的你，你看她脸上一点儿惊讶都没有？这不奇怪吗？”

高漫迟疑了，转过头看着陈潇，阮玉玲说得对。

“过来吧，漫漫，老师带你回家找爸爸妈妈。”陈潇面不改色地说道。

“不要去！”阮玉玲坚持。

话音刚落，阮玉玲只觉得后脑勺一阵剧痛，眼前一黑，便失去了知觉，整个人重重地栽倒在地。

阮玉玲的背后，出现了一个举着棒球棍、穿着黑色卫衣、戴着黑色鸭舌帽的人。高漫看着这个不知道从哪里出现的人，惊恐地瞪大了双眼。

她甚至没来得及说一句话，就被陈潇用手帕给捂晕了过去。

傍晚，武广在接到米峰的电话时，意外得不得了。谁能想到堂堂的刑警队大队长，竟然会主动给他打电话，并且还态度诚恳地说要找他帮忙。在挂了米峰的电话后，他就开始收拾房间，虽然房间本来就已经很干净整洁了，但他还是觉得不行。

几乎是在他刚将房间又重新收拾一遍之后，外面马路上也响起了汽车轮子压过砂石的声音。

米峰刚下车，就看到武广已经打开房门在迎接他了。

“米队长，已经等你半天了。”武广笑着将米峰迎进了屋子，“你先坐，我去给你倒杯茶。”

米峰也没和他客气，便坐在了沙发上，趁着武广去倒茶的间隙，将房间环视了一圈。作为警察，时刻关注周围环境是他的职业习惯。

这一次让米峰没有想到的是，武广的房子比上一次抓他的时候，不知道干净了多少。看起来，如今的武广，真的已经洗心革面，准备重新做人了。这从一个人的生活习惯就能看出来。

当一个人热爱生活的时候，他的心都是阳光的。

武广很快便走了回来，手里拿着个水杯。

“请。”

米峰接过杯子，却注意到杯壁上面的标签还没有撕掉，忍不住笑了一下，心中已经确定，这杯子是新买的。

武广略有些尴尬，解释道：“平常家里也没有客人来，我自己又不喜欢喝茶，这杯子买来了之后，就一直在一边放着。”

武广没有说的是，这个水杯其实是一对，本来是他和前女友一起买的，可刚买来没多久，他们俩就分手了，于是这杯子也就一直没有派上用场。

米峰失笑，心想这个武广倒真的和他以前想的不太一样，若是不戴着有色眼镜来看，武广也和身边的那些普通人没什么差别。

米峰喝了一口茶，说实话，味道实在不怎么样，估计也就是几块钱一斤的那种茶叶，不过他本人对茶研究得不多，便也没有多说。

放下水杯，米峰看着武广开口道：“你也不用紧张，我今天过来，就是想找你问点儿情况。回答好了，你这也算是协助警方，算是立功了！”

武广听了这话，条件反射地原地立正喊了声：“保证完成任务！”

米峰扯了扯嘴角，继而又正色道：“我们当时判定你为嫌疑人，你知道是为什么吗？”

武广一脸严肃地点头：“知道，咋能不知道。因为我收了个快递，里面有作案工具。”

“那件保安制服，是你曾经穿过的？”

武广点头：“对，是我穿过的，但是我被辞退的时候就交还给物业了。他们那儿的人都挺抠门儿的，一件破衣服也要收回，所以当时我也就按照规定给他们交回去了。”

“可为什么寄回给你你知道吗？有人通知过你吗？”

武广一脸委屈：“通知啥呀，我走的时候跟他们吵了一架，那个保安队长恨我还来不及，咋能主动给我送衣服呢？要说起来都怪那天那个送快递的臭娘儿们！要不是她，我也不用二进宫再遭这罪！”

米峰忽然抓住武广问道：“你说什么？快递员是女的？”

“是啊，是个女的，她把头发扎起来了，挺热的天，却穿得特别厚实，还故意戴了个头盔，所以我就多看了她几眼。但就算她裹得再严实，我又不瞎，我还能看不出她是男是女吗？更何况，那手指头又白又嫩的，一看也是女人的手，我还敢肯定，从那双手来看，这女人年纪不大。”

听了武广的话，米峰凝眉细思了一会儿，他似乎找到了一个，以前他们一直忽略的点。

“关于这些，你当时在审讯室的时候怎么不说？”

武广更加委屈了：“当时我就顾着给自己喊冤了！哪想起来说这些无关痛痒的话啊。再说，我也不知道这快递员还能和案件有关，况且……你们也没问我啊！”武广的声音越来越小。他一直拿眼睛觑着米峰，看着米峰脸上表情变得有些沉重，也不知道是不是自己哪句话说得不对，心里忍不住一阵乱跳。

米峰不知道武广心里的想法，他现在一直在想着“成年女性”这件事，接着又对武广询问道：“你还能记得那个女快递员有什么特征吗？”

“特征倒是没看出来啥，那人跟我差不多高，大概快到一米七了，人应该不胖……”他仔细回想那天发生的事情，过了好一会儿才猛地拍了下大腿，大声道，“对了，我想起来了，她的手腕上戴了一条银色手链，上面还挂了一个表盘。”

米峰一听武广的话，心里瞬间激动了，于是也顾不得武广的意愿，拿出纸笔来就让武广给他把那条手链画出来。

武广心里一阵叫苦，可受不了米峰的威逼利诱，最后只好向他展示了一下自己拙劣的画技，凭着记忆，将自己能想到的都画了出来。

虽然画的东西实在有点儿惨不忍睹，但米峰还是觉得，有了这个东西，至少比什么都没有要强一些。现在只要找到这条手链的主人，就很有可能找到幕后黑手。

米峰看着纸上的手链图形，心里隐隐觉得似乎在哪里瞧见过。虽然想不起来这手链的主人是谁，但米峰想起来在这几起案件中，能和成年女性沾边的，除了一个阮玉玲外，就只有一个一直被他们忽视的人，这个人也曾在高漫被绑架的案件中出现过，那只染血发卡上的 DNA 就是她的——陈潇。

看来，他有必要再调查一下这个女人了。

“米队，这个东西，真的能用吗？”武广看着米峰一直盯着纸上的手链图形，有些不好意思地挠了挠头。

“能不能用到时候再说。对了，你会开锁不？”

武广扬扬得意地一笑：“那还用说？”

“行，带上你的工具，现在我还需要你帮我一个忙，你得跟我走。”

寂静的马路上，除了一辆小轿车在平缓地行驶之外，再无其他车辆。

车内没有开灯，坐在正副驾驶座的二人，半天也没有说话。

不知过了多久，那坐在驾驶座上的头戴鸭舌帽的人，才一边开车一边用略微低沉的声音开口问道：“这么晚了，你怎么会突然过来？”

“我实在不放心你，所以……”陈潇转头看着旁边正在开车的人，却见对方一直目视前方，根本连看都没看她一眼，于是心生不满。

也不知道今天是怎么了，她的心情很不稳定，一想到自己大老远地过来，甚至还帮忙将要逃跑的高漫和阮玉玲二人截住了，但对方却连看都不看她一眼，心里的怒火就越发压不下去。于是为了引起对方的注意，陈潇直接朝着那人头上的帽子伸出手去，打算将帽子摘下来。

开车的人显然没想到她会突然做出这样的举动，忙抬起右手按着帽子，但陈潇并没有放弃，反而双手都过来抢夺。一拳终难敌双手，再加上右手臂有旧疾，不仅本身没什么力气，就连抬起来也很费力，眼看帽子就要被抢走，那人心里一急，身子向右一倾，扶着方向盘的左手，也下意识地向右猛打了一下方向盘。

“啊！”

等陈潇反应过来，汽车已经朝着路边的护栏撞过去，陈潇忍不住大呼出声。

而那戴帽子的人，也显然意识到即将发生危险，顾不得再和陈潇抢帽子，赶紧双手握着方向盘，向左急转弯，并且右脚猛踩刹车。

也就是在这时，陈潇顺利地将那人的帽子摘了下来。

汽车在即将撞到护栏的时候，来了个 180 度急转弯，最后由于惯性，横着向前滑行了几米，才堪堪停了下来。

轮胎与马路摩擦的声音分外刺耳，让昏迷着的高漫都差点儿醒了。

“你疯了吗？！”

被摘了帽子的人在汽车停下之后，暴怒地转过头，看向了陈潇，对着她大吼：“是不是想死了？！”

陈潇也没想到会发生这样的情况，她不过就是想让他看看自己而已，也不知道为什么会突然变得脾气暴躁起来。她……看着他终于转头面对自己，心里虽然委屈，但还是有一些高兴。

然而面对着这张熟悉得不能再熟悉的面孔，她终于还是忍不住呜呜哭出了声：“小达……我……”

那被她唤作小达的人，可不正是他的男朋友陶玉达。

谁能想到每天在高南身边转着，说要帮他找回女儿的好弟弟，竟然是策划了这起绑架案，并将他玩弄于股掌之间的陶玉达？

陶玉达还要再发火，可一想到现在时间紧迫，还得赶紧将高漫和阮玉玲二人送到地方，然后再赶回去，便觉得不能浪费时间。但另一方面，他却又控制不住自己的暴怒。

陈潇是心理学老师，看着陶玉达双手死死地抓着方向盘，骨节分明、青筋暴突，就知道他此刻正在暴怒的边缘，于是也不敢再胡乱开口。

她担心他会忍不住，再对她动手。

以前他们二人之间没少发生冲突，每次都是陶玉达控制不住自己伤害了她。可她知道，那都不怪他。

但现如今不同了。

陈潇下意识地摸了摸自己的肚子。

经过几个深呼吸，处在爆发边缘的陶玉达才终于平静下来。他回头看了一眼还在后面座椅上昏迷着的高漫，又看了看旁边的陈潇，半晌儿才道：“放心吧，很快就要结束了。”

说罢，陶玉达开动了汽车。

而陈潇在听了陶玉达的话之后，却再也无法平静下来。

这是不是意味着陶玉达要对高漫动手了？

刘娜万万没想到，自己竟然会在大晚上接到陈潇的电话。她虽然表示了自己现在没心思去酒吧那种地方，但在听到对方说出手里有高漫的线索之后，便毫不犹豫地出门了。

但她不知道的是，她刚一走出小区的门，就已经被人给盯上了。

在刘娜头也不回地离职之后，曹大海越想心里越气，越气越咽不下这口气，于是直接打电话找人来跟踪刘娜，准备扳回一局。

“曹哥，是我小于，你叫我跟着的那个女的，离开公司之后，并没有直接回家，而是去了另一个高档小区，现在又出门了。”在小区外盯梢的人将自己所看到的事情向电话另一端的曹大海汇报。

曹大海一听“高档小区”，便猜到了刘娜是去了高南家，忍不住骂了一句“贱人”。都已经离婚了，竟然还整天往前夫的家里跑，既然这么不甘寂寞，又何必在他面前装贞洁烈女？

“跟着，看她又去哪里，见了什么人，有什么消息，都及时给我汇报。”

“是。”小于挂了电话之后，眼看着刘娜打了辆出租车，便也开车跟了上去。

陈潇将刘娜约在了摩尼酒吧。刘娜赶到的时候，看到陈潇一个人正坐在角落里，将自己裹得严严实实的，面前只摆着一杯果汁，在这样人声鼎沸的环境里，显得格外孤寂。

刘娜心里虽然存有怀疑，但还是快步朝着陈潇走了过去。

多日不见，陈潇似乎也憔悴了不少，看样子好像也和她一样，正在经历什么事情。

刘娜走到陈潇的面前，刚一坐下便开门见山地问道：“陈老师，你刚刚在电话里说你有关于漫漫的线索，能告诉我是什么吗？”

陈潇喝了一口面前的果汁，接着吐出了一句震惊刘娜的话：“我知道是谁绑走了高漫。”

刘娜听到这个消息，“腾”的一下站起来：“你说什么？”

刘娜的声音很大，让旁边坐着聊天儿的人都朝这边看了过来。

“你如果不想让我们见面的消息外流得太快的话，最好安静地听我说。”

刘娜的心中早已波涛汹涌，反观陈潇的脸上，却没有过多表情，仿佛她们此刻在聊的不过是一些无关痛痒的八卦。

刘娜不能理解，高漫是陈潇的学生啊！她们二人相处得一向很好，甚至陈潇是高漫在学校里唯一的“朋友”。

“陈老师，你能不能考虑一下我这个母亲的心情？请你，不，求你快点儿告诉我你所知道的一切！”刘娜虽然压低了声音，但每一个字却都是她的嘶吼。她的双眼已经涨红，眼泪也摇摇欲坠。

陈潇也不再和她卖关子，直言道：“绑匪是我的男朋友。”

刘娜瞪大了眼睛，桌面上的双手紧紧攥成拳头，一脸不敢置信地问道：“高漫在哪里？我的女儿她现在怎么样了？！”

陈潇没想到刘娜这会儿反倒平静了，竟然没有在听到消息后，直接揪着她的衣领，带她去警局。但她哪知道，刘娜此时恨不得直接一掌拍死陈潇和她的男朋友。

陈潇看着刘娜，安慰道：“高漫在哪里我现在还不能告诉你，不过你可以放心，她的身体无碍，只是被剃光了头发。”

刘娜心中“咯噔”一下，眼泪瞬间决堤。

“只是被剃光了头发？”刘娜双目含泪地看着陈潇，“陈老师，你还小。没有当过母亲，所以你不知道，做母亲的，就算孩子少了一根头发，那都是会难过的……”

陈潇没有说话，只是将手轻轻放在自己的肚子上，眼神里也露出了些许温柔。是，或许她现在不知道，但相信过不了多久，她就能体会了。

陈潇再抬起头时，眼里的那抹温柔已经消失得无影无踪，眼中只剩下坚定。她盯着刘娜，一字一字地说道：“我的男朋友，名叫陶玉达。”

晴天霹雳！

刘娜整个人都是蒙的。刘娜只看到了陈潇的嘴在一张一合，好像根本听不到她究竟说了什么。

此刻她的脑子里只有一个念头，要将这个消息告诉高南，陶玉达，那个被他当成弟弟的人，竟然就是绑架了漫漫的真凶！

他们都被陶玉达耍了！

想到这里，刘娜从包里掏出手机，便准备给高南拨电话。然而手机屏锁才刚打开，就被陈潇给抢走了。

“如果你还想救回高漫的话，就得听我的！”陈潇的口吻是命令式的，并且没有丝毫转圜的余地。

刘娜此刻根本顾不得那么多，只想赶紧告诉高南，让高南将陶玉达抓起来，并且逼问他究竟将高漫藏在了哪里。所以她也顾不得那么多，站起来就要去陈潇的手里抢手机，哪承想，陈潇蛮横起来，也是不讲理的，竟然抬手就将刘娜的手机狠狠地扔了出去。

“砰”的一声，屏幕碎得稀巴烂。

“你！”刘娜看着被摔坏的手机，狠狠地瞪着陈潇，“你究竟想要干什么？”

“我说了，你只能听我的！”陈潇也毫不示弱，“坐下！否则你永远也别想找到高漫！”

刘娜的胸脯几度起伏，她强自压下胸口的怒火，过了好一会儿才坐下。

见刘娜终于安静下来，陈潇这才开口道：“只要你听我的安排，我能保证漫漫没事。”

刘娜衡量一番，这才安静下来。

却看此时的陈潇，双眼一动不动地盯着桌面上摆放着的果汁，半天也没有说话。既然已经得到了她的保证，刘娜悬着的心多少放下来一些，于是也不催她，只静静看着她。

陈潇的思绪早已飞远，她想起了自己和陶玉达这几年的经历。

几年前，陈潇认识陶玉达的时候，他还只是一个小她五岁的毛头小子。在陈潇眼里，陶玉达就像一个长不大的男孩儿，总是喜欢大笑，给人的感觉似乎永远都是充满阳光的。陈潇被这样的陶玉达吸引。她不在乎伴侣比自己年纪小，反而心甘情愿地照顾他。

就这样，她一直在陶玉达身边做一个忠心的陪伴者。可是看着陶玉达阳光的笑容，陈潇总是隐隐地感觉这不是真实的他。陶玉达表现得越是单纯率真，她就越觉得没那么简单。但陶玉达从不肯将最深的一面表露于她，于是她只能默默守护着陶玉达，随叫随到，永远甘之如饴地陪着他。

经过长时间相处，作为心理医生的陈潇敏锐地感觉到，陶玉达有很严重的心理疾病，这让陈潇产生了强烈的救助欲望。可随着她对陶玉达认识得越深，就越发现，他就像是一个无底的深渊。与深渊待在一起久了，哪怕自己知道危险，却还是在不经意间跌入其中。

等陈潇发现的时候，一切已经晚了。陶玉达毫不留情地利用了她，甚至不惜将她也拉入永恒的黑夜里。

陶玉达之所以能够成功带走高漫，是在她的协助下完成的。陷害武广，也有她的帮忙。绑架高漫的这段时间，所有的一切都有她的影子。

陈潇陷入了一个思维困境，她觉得只要自己能够满足陶玉达心中所想，就能使他开心，就能令他永远不抛下她。陈潇知道，陶玉达不能没有她，而她也不能没有陶玉达。

然而现在的陶玉达却变得越来越可怕。他的狂躁症已经到了无法控制的地步。他经常会因为一些小事动手打她，每次动手的时候，都像变了一个人，有时候又会一边打一边哭，那样子若说她不恐惧是不可能的。

可即便这样，她也从没有想过与陶玉达分开。直到……她怀孕了。而陶玉达无法接受这个突如其来的孩子，甚至因为恐惧做父亲，而逼着她去堕胎。

她去了，可在最后一刻，又改变了主意。

这个孩子是她和她最心爱的人的结晶，是他们的救赎，她舍不得放弃。所以就在医生最后一遍问她是否确定手术的时候，她放弃了。

但她还没有告诉陶玉达。

她不确定，若是被陶玉达知道，她私自决定留下这个孩子，他会不会再次对她动手。但她知道，这个孩子，她不会放下。或许，孩子就是一个转机，就是能挽救陶玉达的最后一线希望。

终于还是刘娜坐不住了，先开口问道：“你究竟想要我怎么做？究竟要怎样，才能将漫漫还给我？”

陈潇放下手中的杯子，拉住刘娜的手说道：“关于陶玉达的事，我希望你不要告诉高南。”

“这怎么可能？”刘娜拔高声音，一脸不敢置信。

“你要知道，现在他身边最亲近、最信任的人，竟然就是想方设法伤害他的始作俑者，甚至他自己也在危险之中而不自知！”

陈潇松开刘娜的手，有些无所谓地道：“如果你和高南说了，那么高漫的安危我就没办法保证了，当然，我想陶玉达也会得到应有的报应，不过是两败俱伤……只是，这样的结果，你们输得起吗？”

陈潇这句话戳中了刘娜的心，虽然她知道陈潇不会让陶玉达出事，但同时，她和高南也输不起。高漫就是他们二人的命根子，若没了高漫，她根本无法想象。

陈潇时刻注意着刘娜脸上的表情，见她有些动摇，于是又接着说道：“说起来你可能不信，即使陶玉达做了这么多坏事，但他仍然不是个坏人。你们没人懂他。”

刘娜无意于与陈潇纠结陶玉达是什么人，她不耐烦地打断道：“你一次性把你想要的说清楚。”

“好，既然这样，那我也就不拐弯抹角了。”陈潇看着刘娜，镇定地说道，“我们都不想两败俱伤，既然这样，这件事就不能让高南知道，这是其一。之后，我会把高漫给你们送回来，但你们要立即停止追查陶玉达。我们会远走高飞，一辈子都不会让你们再看到我们。”

“你确保能帮我救回漫漫？”

“我会尽全力，明天上午十二点之前，我会将孩子送回。”

“好，我答应你。”在陶玉达被捕和救回高漫之间，刘娜果断地选择了后者。

米峰开车带着武广来到一处民宅楼下，二人下车，武广有些好奇地问道：“米队，这是哪儿？你带我来这里做什么？”

米峰没有回答他的话，而是抬头看了看二楼靠左的那户人家，现在时间是晚上七点多，房间里却没有一点儿亮光，也许是真的没人。

“一会儿你就知道了。”米峰看着武广笑了一下。

然而，他的这个笑却让武广没来由地哆嗦了一下：“那个……米队……

你大老远带我来这个地方，不会是想……”

武广双手搓在一起，脸上带着歉意：“那个……您也是知道的，我……我才刚出来了，我……”

听到武广的话，米峰有些惊讶：“行啊你小子，脑子不笨嘛！”

“啊？”武广大惊，“您真的是要我……”他没有继续说下去，但那意思已经很明确，他不想做。

米峰走到武广身边，低声在他耳边说道：“你放心，我基本已经锁定了犯罪嫌疑人就住在这里，若是你帮我这一次，咱们抓到绑匪了，救出高漫，你不高兴吗？”

“当然高兴！”武广说道，但转念一想，却又想打退堂鼓，“可是……我……我都准备重新做人了，您总不能拉着我去做坏事吧。再说了，啥叫基本锁定？万一你猜错了，那我这不是又得被当小偷抓起来了？”武广连忙摇头拒绝，表示自己做不来。

米峰无奈，只好晓之以理，动之以情：“你看啊，高南救了你一命，你说了要报答他，那对他来说，现在最重要的事情，自然是救出女儿，所以你如果能帮他，那自然就是报答了。再者，有我这个警察在这里给你做证呢，你怕啥？”

虽然米峰说得有一定道理，但是武广就是觉得哪里不太对劲儿，他觉得自己不能听米峰的话，偷偷进人家家里。

“要不米队，你还是去申请个搜查令吧，我虽然不懂那些，但电视上也没少看，警察也不能无缘无故就闯入人家家门的，你回去弄个搜查令咱们再来，岂不是更好？”

“现在这么晚了，去哪里弄搜查令？而且再过十几个小时，如果还找不到绑匪，到时候高漫被……那就一切都来不及了。”

武广一想，觉得也对。时间就是生命，如果能早一点儿找到绑匪，就能多一分救出高漫的希望。

米峰看武广面上有些松动，知道只要再撺掇一下，或许就行了，于是干脆对武广保证：“若这次抓到绑匪，你就是立了大功；若是里面的人和绑匪没有关系，那有什么事情，我来承担！”

武广听了这话，瞬间不担心了，但一想到米峰只是光说又没有凭证，万一以后他抵赖可不行，于是干脆拿出手机，将米峰说的话，全录成了视频。这回才终于放心，拿着他的工具，和米峰一起上了二楼。

米峰先是在门外敲了几下，又等了一会儿，果然没有人来开门，确定房间里没人之后，这才让武广行动。

只见武广拿着东西在门锁上左右一扭，便听到“咔嗒”一声，门锁自动被打开了。

“怎么样，挺厉害吧！”武广自豪地对着米峰笑了笑。米峰也毫不吝啬地对着他竖了竖大拇指。

米峰一进门，就开始在房间里翻找起来，武广倒是很规矩地站在一边，什么东西都不碰。

米峰看着他急道：“愣着干吗？！动手啊！”

武广抿着嘴巴摆摆小手：“不了不了，我有自己的原则。我还是在门口给你望风吧。”

米峰长叹了一口气，只得自己翻找，直到找完了所有地方，还是一无所获。米峰有些泄气，武广在一旁看着，他犹豫了很久，终于还是忍不住走上前拍了拍米峰的肩膀，米峰停下动作回头看他。

武广抿着嘴巴不发一言，只是伸出一节小指指了指卧室的衣橱。

米峰顺着他手指的方向看了过去，有些疑惑地问道：“你是说可能在那里面？”

武广点了点头。

米峰冲去衣橱翻了一下，什么都没翻到，除了衣服，再没有其他。武广走上前，实在看不过去，开始动手四处敲打，直到敲打出一个地方有些不一样的声音，这才收回手，然后继续站在一边保持沉默。

米峰懂了他的意思，于是朝着那处用胳膊肘猛地撞了过去，木板被撞碎，里面露出一个档案袋。

米峰惊喜：“行啊，你小子，不愧是进去蹲过的，你这侦查能力得用到正地方。等这次的事过去，我跟局里打个报告，把你收进来当协警算了！”

武广眼睛亮起了光：“真的？我刚刚不算是帮助你偷东西吧？我可什

么都没说，都是你干的。”

米峰无语，没有回话，他急着打开手中的档案袋。里面是一个身份证，上面清清楚楚写着“洪韬”两个字，而旁边的照片却令米峰心中一凛，这张脸分明就是陶玉达。

陶玉达就是洪韬！

洪韬就是陶玉达！

而陶玉达现在时时刻刻都跟在高南身边，洞悉高南的一举一动。高南待他如同亲兄弟，却不知幕后黑手就在自己身边！他就犹如一颗定时炸弹，不知什么时候就会爆炸，将高南炸得粉身碎骨！

米峰给武广看身份证上的照片：“你还认识他吗？”

武广细细回想，米峰直接告诉他：“这就是你当年绑架的男童，你被陷害，高南女儿被绑架，包括签售会上的炸弹，都是他干的！”

武广肥大的身材不禁一歪。他忽然道：“我想起来了！签售会上那个出了风头的臭小子，就是他！”

一切都清楚了，米峰不禁起了一身冷汗，他马上拿出手机给高南打电话，然而无论他怎么拨打，却一直都提示无法拨通。米峰不敢耽搁，马上打电话回警局，将自己调查到的情况向赵镇华做了汇报，并请求赵局立刻全城搜捕陶玉达。

赵镇华对于米峰插手高漫被绑架案一事一点儿都不觉得奇怪。他早就想到，米峰那么在乎高漫的一个人，之前竟然一副丝毫不关心案情进展的样子，非常不寻常，所以他心里早就猜到，米峰一定是在私下里和高南有联系，并且在暗地里调查这起绑架案。如今米峰爆给他这么大的一个猛料，直接帮他解决了一个很大的麻烦。于是他二话不说，马上下令全城搜捕陶玉达。

武广一听要去找高南，也自告奋勇要帮忙。米峰想了想，多一个人也算多一个帮手，于是二话不说，开车一起带着他，直奔米兰家。

晚上十一点。

曹大海四仰八叉地躺在书房的老板椅上，在他面前的桌子上，正摆着刚才小于送过来的刘娜和陈潇在酒吧里会面的照片。

虽然酒吧里的彩色灯光闪烁，光线昏暗，但刘娜和陈潇两个人的容貌却拍得很清楚。

据小于的说法，这二人交谈的气氛不太好，刘娜还差点儿失控，对那个女人大打出手。

曹大海笑了下，脑子里转了几个弯弯，也算是想明白了一些事情。恐怕就是这个女人逼得刘娜和高南不得不离婚吧。所以，刘娜才会那么讨厌这个女人。

就在这时，他桌上的手机突然响了起来。

“喂？查得怎么样了？”

“查到了。照片上的女人叫陈潇，而且有男友，目前两人同居。”

曹大海有些惊讶：“这么快就查到了？消息靠谱吗？”

“绝对靠谱，一点儿也不难查。这个陈潇是高南女儿的老师，想来他们二人就是在高南接送孩子的时候勾搭在一起的。而且老大，绝对劲爆的消息是，你绝对想不到的，哈哈哈……”

“有话快说，有屁快放！”曹大海最受不了别人在关键时刻和他卖关子。

电话中的那人也不敢再胡扯，于是乖乖说道：“陈潇的男朋友名叫陶玉达，不仅是高南的铁杆儿粉丝，而且还和高南是好朋友，二人目前关系非同一般。你说好笑不好笑？自己被人戴了绿帽子都不知道，竟然还和高南称兄道弟的，真是可怜！”

曹大海也冷笑：“呵，确实越来越有意思了。能不能查到这个陶玉达的联系方式？”

“刚才就已经查到了。”

“好，那一会儿你就把陈潇和刘娜见面的照片发给陶玉达，我就不信一个男人被戴了这么大一顶绿帽，还能忍气吞声，毫无动作。”曹大海冷冷地撂下这句话后，挂了电话。

刘娜竟然敢这么耍他，他自然也不会让她好过。

/ 第十二章 拨开迷雾 /

对于米峰已经掌握自己的信息，陶玉达暂时是不清楚的，他眼睛死死地盯着面前的手机屏幕。

看着突然收到的照片，陶玉达握着手机的手指瞬间收紧，十指指节已经泛着微青，几乎要将手机捏碎。

感觉到陶玉达有些不对劲儿，坐在驾驶座的高南忍不住微微偏了偏头，视线在手机屏幕上一晃而过。

在等红绿灯的当口，高南转头看着陶玉达，关切地问道："小达，怎么了？是发生什么事了吗，还是你身体不舒服？"

陶玉达没有回答高南。他现在根本不敢说话，他怕自己一开口就控制不住胸腔里的怒火，怕在高南面前暴露出自己的真实面目。他尽量让自己的双手能够受意识的支配，费力地将手机里的照片关闭，一只手握着手机，另一只靠近车门右侧的手，则紧紧扣着自己的大腿外侧，那块被他用手指扣着的大腿处，裤子已经湿了，好在他穿着的是条深色的裤子，否则此刻一定已经鲜血淋漓，遮都遮不住。

交通灯变绿，高南重新启动汽车；见陶玉达没有回答，他也不催，只是认真地开车。

经过几个呼吸之后，陶玉达觉得自己能够控制住情绪，这才扯出一个自以为好看的笑，转过头，看着高南说道：“没事，哥，就是我们俩闹了点儿别扭，没什么大事。等救回漫漫之后，我再和她好好沟通沟通。”

“哦，是这样啊！”高南点点头，“男女朋友之间，没有什么话是不能说的，也没有什么问题是不能沟通的，要懂得谅解，这样才是给彼此机会。人生在世，难得能遇到一个关心自己，喜欢自己的人。”高南一边开车，一边将自己对爱情的理解说出来，也不知道他是在教育陶玉达，还是在用这番话告诉自己应该抓紧刘娜。

“嗯，我知道了。哥，我会好好珍惜关心我的人的。”

“小达，这次的事情之后，你有什么打算吗？”高南话锋一转，侧头看了看陶玉达。

陶玉达没想到高南会问这个问题，一时间有点儿愣住，不知道该怎么回答。

以后？他的以后会怎么样？

他从没有想过，也从没有奢望过会有什么以后。对于他这样的人来说，每一天都是从上帝那里偷来的。

若是这次的事情圆满解决了，他……会怎么样呢？

陶玉达笑了一下。

高南见陶玉达的脸上露出笑，于是又开口说道：“今年你也22岁了吧，虽然现在说结婚的事情可能早了点儿，但人家陈潇年纪要比你大，你们也在一起几年时间了，如果认定了这个人，就好好过。钱不是问题，虽然这一次用了几百万元，但你要相信哥的实力，再努力努力，多写几本书，赚他一个亿不是梦。等到你结婚的时候，哥帮你找个好楼盘，给你们安置新房。以后啊，哥这里就是你的家。”

多么感人肺腑的话啊，只可惜……

陶玉达嘴角露出一抹凉凉的笑，继而转过头：“不不不，哥，我是自愿的，我不是为了要你的钱！”

“我知道。”高南解释道，“这不是报酬。我知道你的家里人都没了，既然你叫我一声哥，那么我就是你的家人。等到你结婚的时候，我这个做哥哥的自然应该帮你操办。等你和陈潇结婚了，那陈潇就是漫漫的小婶婶，到时候她在学校里也有了靠山了，你想想，还有谁敢欺负她？想一想，是不是也挺好的？”

陶玉达扭过头去看窗外，尽力掩饰自己的情感，打着哈哈说道：“我不要，我这么帅，还没单身够，我才不要这么早结婚！”

高南无奈地摇头：“臭小子。”

车在往火葬场的路上一路奔驰，高南的手机一直静悄悄地躺在驾驶位中间的水杯槽里，陶玉达不经意地瞄了一眼，又用手指划开自己手机的屏幕，状似无聊在翻看手机，实则是悄悄打开了手机里的隐藏程序，见那程序仍然开着，不禁松了口气。

这个手机监控阻断信号的程序，是他之前偷偷给高南的手机植入的，目的就是在关键时刻，阻止别人给高南打电话。尤其是在看到陈潇和刘娜偷偷见面之后，他基本已经可以确定，陈潇背叛了他。

她竟敢背叛他！

她怎么敢背叛他？

她怎么可以背叛他？

陶玉达实在不敢相信那么在乎他的人，竟然也选择在最后一刻抛弃他。可所有事情只要稍微联系起来，就可以确定陈潇的想法。

她先是和刘娜见面，和对方进行交易，然后又给他打电话，询问他在什么地方，目的就是确认他不在矿场，然后好趁机偷溜过去，将高漫救走，这样她就可以戴罪立功？自首，减刑？

呵，果然啊，这世上除了他的妈妈之外，根本没有任何一个人是值得信任的！

陶玉达冷笑，以为这样就能改变一切吗？

真是太天真了！

米峰载着武广来到米兰处，发现高南并不在此，桌子上的茶水已经冰凉，想来人应该走了很久了。

他继续给高南打电话，可电话那端始终无法接通。

“该死的！”米峰忍不住骂了一句，“高南这家伙究竟在干什么！”

在这样关键时刻，竟然无法打通电话，他要怎么将自己得知的线索转告给高南？难道眼睁睁地看着高南钻入陶玉达精心布置的圈套里？亏他们还将陶玉达当成弟弟一样看待，没想到那竟然就是一条毒蛇，随时都在准备一口将他们咬死。

武广此时也知道事情的严重性，看着米峰着急，他心中也着急："米队，现在的情况要怎么办？高哥电话根本打不通，你还有什么其他办法能够联系到他吗？或者，你仔细想想看，他现在可能会去哪里？"

"我不知道！我怎么可能会知道他去哪里了。"米峰一把将手机摔在沙发上。高南那家伙去了哪里根本没有和他说过。一想到这里，米峰就气不打一处来。

那个蠢蛋，放着他这个刑警队大队长不用，偏偏要和一个外面捡来的便宜兄弟黏在一起，真不知道他是怎么想的！

蠢！亏他还自称一百四十九的智商，简直就是个智障！捡了条毒蛇还不自知。

米峰越想越气，顺手从桌子上的烟盒里抽出一支烟点燃，猛吸了几口。在烟雾缭绕中，他的视线却意外落到了正对面墙壁上挂着的一块白板上，那上面贴着一张江城市的地图。

米峰双眼紧盯着地图，当看到那地图上标记的五个地点之后，一把将刚刚点燃的香烟摁灭，也顾不得自己面前还拦着一张茶几，直接起身从茶几上跳了过去。

就在这时，米峰的电话突然响起。他以为是高南那个蠢货的电话，结果是个陌生号码。

"喂，哪位？"

"是我。"

"娜娜？"

"你在哪？我有事要和你说。"电话那端的刘娜语气里透着刻不容缓，似乎十分焦急。

"我现在在我妹妹这边。对了，你知道高南去哪里了吗？他的电话打不通，我有很重要的事情要和他说。"

“我也打不通。”刘娜心里越发担心，除了担心高漫的安危，还担心高南，此刻他正在与虎谋皮，身边隐藏着一条毒蛇，高南却还不自知，他这是完全将自己置身于危险之中了。

“我也有很重要的事情想要和他说。”高娜深吸一口气，想了想还是在电话里说道，“陶玉达，陶玉达就是绑架漫漫的凶手！”

“你也知道了？”米峰惊讶于刘娜竟然也知道这件事情，那么……高南是不是也已经知道了？

“是陶玉达的女朋友，漫漫幼儿园的老师陈潇告诉我的。”刘娜在电话里简单将她们二人刚刚见面的事情和米峰说了一下，“她说让我不要告诉高南，陶玉达就是绑匪的事情，还说她会将漫漫带回来，让我放心，然后等救出漫漫之后，还要我们放他们离开。”

“不可能！”米峰斩钉截铁地拒绝道，“犯了罪的人就应该受到应有的惩罚，无论如何，我都不会放他离开！”

“当务之急还是先找到高南，救出漫漫。”

“对。”米峰的视线又转向茶几另一边的白板，又是一个纵身跳，跃到了白板前。他仔细地看着上面的地图，半晌，嘴角露出一抹笑，对着电话另一端的刘娜说道：“或许，我知道他现在在哪里了。”

陈潇在和刘娜分开之后，确认了此时陶玉达正在市区和高南在一起之后，也顾不得现在是半夜，就开车迅速赶去了北郊的荒废矿场。

到达矿场时，已经是深夜一点多钟，四处静悄悄的，除了偶尔响起的蟋蟀声外，再无其他声响。陈潇心中有些恐惧，这还是她第一次这么晚一个人来这里，但她还是壮着胆子从包里拿出手机，并打开手机的手电筒。

陶玉达这次提高了警惕，将阮玉玲和高漫关在了另一处房间里，这间房间只有一个小小的窗，但是已经被水泥糊住，关上门就密不透光，伸手不见五指，大门也改用厚重的锁锁起来。高漫和阮玉玲在里面根本没有时间概念，更分不清白天和黑夜。陈潇用从家里偷出的钥匙打开门，手机的光亮在房间里晃了一圈，这才在角落里发现了蜷缩在一起正在睡觉的高漫。

陈潇走过去蹲下，摇醒高漫。高漫揉了揉有些发胀的眼睛，借着手机灯光看见面前的人是陈潇时，瞬间一惊，在脑子反应过来之前，身体就已经先做出了行动，整个人已经警惕地朝后退了过去。只是她本身就背靠石墙，此时已退无可退。

陈潇试图安抚高漫：“你不要怕，我是来带你走的。”

高漫的眼睛里充满了恐惧，她永远不会忘记几个小时前，阮玉玲带着她逃跑，在半路上遇到了陈潇，她本来满心欢喜地以为这个平日里和她关系很好的老师是来解救她的，却没想到，平日里那样温柔善良的一位老师，竟然和绑架她的大哥哥是一伙的。

他们都是坏人！

“漫漫，我是你的老师，我不会害你的。你快跟我走。”

高漫摇头，拒绝陈潇碰她。

“我已经和你妈妈说好了，把你带到她那里去，快跟我走，不然一会儿那个大哥哥回来了，我们就都走不了了。”陈潇试图说服高漫，但高漫依然防备着她，这让她感到一阵头痛。

陈潇拉起高漫的小手，想要带着她离开。可还没等她站起来，只觉后脑勺一阵剧痛，眼前有些发晕。陈潇捂着头转身，这才发现阮玉玲竟然站在她的身后，手中正举着一块石头对着她。

本就是夜晚，再加上房间里无窗，密不透光，她在进来的时候，用手机扫了一圈，仍然没有注意到之前就已经躲在门口，屏住呼吸，随时准备偷袭她的阮玉玲。更何况她一心想要带走高漫，更是忘记了这房间里，竟然还有阮玉玲的存在。

是她疏忽了。

陈潇一只手捂着肚子，缓缓地站起来。目光落在阮玉玲的身上，两个人就这样对峙着。恰好在这时，高漫突然绕过陈潇，跑到了阮玉玲的身边。

阮玉玲紧攥着石头一把抱住高漫，盯着陈潇的眼神仿佛在看一只猛兽。

陈潇感觉后脖颈有丝凉凉的东西滴落，伸手摸了一下，用手机一照，这才发现竟然流血了。

陈潇感到一阵阵反胃，她知道自己坚持不了多久了，若是再耽搁下去，等到陶玉达反应过来，那么她们再想离开，就一切都晚了。所以她现在一定要带高漫离开。

陈潇打开录制的视频，画面中的人正是刘娜。

“漫漫，是妈妈啊！”刘娜在酒吧的昏暗灯光里，对着镜头挥了挥手，“陈老师是救你出来的，你乖乖地和她一起离开，妈妈和爸爸一起在家等你，好不好？”短短几秒钟的视频，却让高漫看得流下了泪水。

“妈……妈……”长久未曾发声，嗓音有些轻微的沙哑。高漫看着手机里的刘娜，伸出了小手，想要触摸。

那是妈妈！她好想妈妈！

“老师。”高漫抬头，对着陈潇伸出手去。她已经相信陈潇就是她妈妈派过来拯救她的人。

阮玉玲本想拽回高漫，担心这又是陈潇的花招。可一想到视频里面的人确实就是高南的前妻，便也没阻止了。

“快走吧。”阮玉玲也站起身，一只手拉着高漫，准备和陈潇一起带着高漫离开。

然而就在这时，黑夜里，远远传来一阵汽车的轰鸣声，听声音似还有一段距离，但从这越来越近的声音足以判断，车速非常快，很快就能到达这里。

“糟了，一定是他发现了。”陈潇握着高漫的手下意识地收紧。

阮玉玲自然也知道陈潇口中的“他”是谁，她抬眼朝着黑暗中看了看，将高漫的手交到了陈潇的手中：“带她走，无论如何，一定要将她送回她的爸妈身边。”

“你要做什么？”陈潇瞪大眼睛，不敢置信地看着阮玉玲。

黑暗中的阮玉玲，双眼睁得极大，像是下定决心一般，看着陈潇笑了笑：“我会尽我最大的可能为你们争取时间。你放心吧！”

说罢，阮玉玲朝前一推陈潇和高漫：“快走！听声音，他就要到了！”

高漫不知道阮玉玲为什么不能和她们一起离开，她眼睁睁看着阮玉玲走回了刚才的房间，伸了伸手想要拽住什么，最后却什么都没抓住，被陈潇拉走了。

陶玉达是开车过来的，此刻若是陈潇也开车离开，必然会在公路上与陶玉达撞在一起，为了避免遇到他，陈潇决定先找个地方躲起来，等陶玉达进去之后，她们再趁机离开。

陈潇带着高漫刚刚躲好，陶玉达那辆桑塔纳就停在了厂房门口。

陈潇抱着高漫，躲在一堆废弃的铁板和木料后面，借着月光看着陶玉达将汽车熄火，然后径直走进了厂房后，她们才跑了出来。

陈潇觉得自己也算聪明了一次，她在刚刚过来的时候，并没有将自己开来的车直接停在门口，而是停在了距离这里大概有三分钟脚程的一块空地上，此刻她们只要趁着陶玉达没有发现，赶快跑过去，并且直接将车开走，那么就可以顺利逃走了。

另一边，陶玉达将关押高漫和阮玉玲的密室大门打开，里面漆黑一片，什么都看不清。陶玉达打开手里的手电筒照了一番，却发现只有阮玉玲一个人背对着他睡觉。

陶玉达走上去用脚拨开阮玉玲，惊讶地发现，平日里都和她抱在一起睡觉的高漫此时竟然不见了踪影。

怒火中烧的陶玉达，再无法忍下怒气，他蹲下身来，用手紧紧地掐住阮玉玲的脖子，将她提了起来。

阮玉玲被掐得脸颊通红，眼泪顺着眼角流出。她不停地拍打着陶玉达的手，但无济于事。

“人呢？”陶玉达怒火中烧。被扼住喉咙的阮玉玲，根本说不出一个字来。

只见她的脸越憋越红，双眼的眼白处也已经爆出血丝，马上就要昏死过去，陶玉达这才将她狠狠地摔在地上。

好不容易能够呼吸了，阮玉玲赶紧张开大嘴，使劲儿吸了一口气，这才感觉自己活了过来。刚刚那一瞬间，她觉得自己可能就要死在这里了，幸好陶玉达在最后时刻，将她给放了。这倒让阮玉玲有些吃惊。

但他想通过这样的手段让她说出高漫的下落，根本不可能。所以她决定装傻。她抬头看着陶玉达，一脸不解地问道：“你说谁？”她的声音有些沙哑，显然是刚刚被陶玉达捏得伤了声带。

“别装傻，你知道我问谁，这里除了你和高漫还有其他人吗？”

“你都不知道我怎么知道？”

陶玉达一边活动自己的脖子，一边将手上的手表摘下放进口袋里，在阮玉玲还没反应过来的时候，就已经一拳挥了过去，阮玉玲整个人被打翻，并在地上连滚了两圈，直到撞上墙壁，这才停住。

这一拳极重，阮玉玲觉得自己几乎都要散架了。但她还是抬头，脸上带着嘲讽："怎么好端端的就把人给看丢了呢？哈哈哈哈……"

陶玉达指着她的脸再次问道："如果你不说，别怪我不客气！"

阮玉玲哈哈大笑，似乎变成了一个精神失常的疯女人，在昏暗的手电筒光下实在是有些瘆人。

阮玉玲以为自己的状态震慑到了陶玉达，她看到陶玉达蹲在地上双手抱头，脸深深地埋进了膝盖里。

阮玉玲的笑声渐止，她以为陶玉达这是绝望和不知所措的表现，殊不知这是他体内暴力因子爆发的征兆。就在阮玉玲完全放下戒备的时候，陶玉达忽然站起来。他面无表情，脸黑得似乎比这间不透光的房间还要黑，周身散发出来的气势令阮玉玲心里有些慌乱，这个人似乎刚刚完成了一种转化，此刻的他像是从地狱里走出来的魔鬼。

陶玉达逼近，阮玉玲不禁匍匐着后退，可她身后就是墙壁，此刻能往哪里退去？

陶玉达走上前，铆足了劲儿，一脚踢在阮玉玲的肚子上，阮玉玲只觉五脏六腑一阵剧痛，好像错位了一般。

紧接着，陶玉达连续猛踹，踹在阮玉玲的脸上、头上、肩上。她脸上全都是血，血从她的头上、嘴巴里流出，猩红一片。

陶玉达终于停了下来，他慢条斯理地提鞋，重新系紧鞋带，声音清冷而平静："人呢？"

阮玉玲已经满脸是血，她吐出一颗牙齿，啐道："不知道。"

就在这时，空旷而寂静的旷野里，一声汽车启动的声音响彻大地，瞬间惊动了在周边栖息的鸟雀，也惊动了正准备再次对阮玉玲施加暴力的陶玉达。

陶玉达微微抬了抬头，一只手擦了擦因为刚刚的暴力而不小心沾染到的阮玉玲的鲜血，他的脸上带着笑，但那模样明明就是来自地狱的撒旦，让躺在地上，一直注视着他的阮玉玲不寒而栗。

“你看，就算你不说，我也能知道她们去了哪里。”陶玉达大笑了起来，拿着手电筒转身离开。

阮玉玲躺在原地，听着那逐渐远去的笑声，只觉得心里一片冰冷。

身体的疼痛，让她实在无力再睁开眼睛，她在心里默念了一句“我已经尽力了”，就晕了过去。

陈潇将高漫放到后驾驶座之后，迅速启动了汽车，在开上马路之后，瞬间加速，冲了出去。她现在只有一个念头，那就是“快”！只有速度上取胜，她们才有机会逃走，否则，被陶玉达抓住就只是时间问题。

她心里非常清楚，只要汽车启动，就一定会惊动陶玉达。

然而让她万万没有想到的是，她以为自己已经很快了，可事实却是，还没有走出去多远，就被陶玉达那辆看起来老旧的桑塔纳给逼停了下来。

陈潇在心里叹了口气，她终究还是放不下他，也放不下肚子里的孩子，所以她才不敢在这样的大雾天以命相搏，所以她注定会是输家。

“下车！”陶玉达打开车门，走到了她的车门前，声音冰冷地命令道。

陈潇借着车灯，看着站在自己面前的这个瘦弱、俊朗的大男孩儿，心里忍不住想，若是他的病好了，未来他们一家三口，也一定会很幸福的吧。

男孩儿就像他一些，从小就帅气，总是能笑得阳光灿烂；女孩儿就要像她一些，温温柔柔的，能被更多人喜欢。

陶玉达已经率先打开了车门，一把将她从驾驶座上拽了下来，也没有和她多废话，就直接坐了上去，在车门关闭之前，陈潇只听到陶玉达说了一句“晚点儿再和你算账”，就开车带着高漫绝尘而去，很快就消失在大雾之中。

米峰开车带着刘娜和武广一路向北，沿着高南留下的路线图，来到了一处岔路口。选择向左的那条再向北去二十里，就是火葬场，选择向右的那条，再向北四十里，就是北郊矿场。

在高南的地图上画了两条路线，很显然这两个地点应该就是绑匪和高南进行最后对决的两个地点，这也符合高南一直挂在口中的五行之说。

看着手中的地图，刘娜有些不确定选择哪条路：“怎么办，我们要去哪里？”

米峰看了一眼刘娜手里的地图，直接将车开上了他应该选择的那条道路。

凌晨五点，外面的大雾还没有散，天也还没有亮。

高南刚从外面回到车里，手机就响了起来。这还是过去这一晚到现在的第一通电话，而且是个视频电话。

高南接起电话，却发现视频里的陶玉达正满脸鲜血。他吓得瞬间失去了所有力气。

“小达！你那边什么情况？小达！”

陶玉达听不见高南的大吼，因为视频里的他似乎正在经历什么恐怖的意外，他不停地大叫、狂奔。画面不停抖动，他此刻正带着手机在太平间里逃窜。

忽然一阵闷响，手机画面翻转对着天花板，高南再也看不见陶玉达了，也没有听到他的声音。

“小达！你怎么了？你回话！小达！”高南一边开车，一边对着电话里大喊，然而电话那边却没有任何人回答他。

等了良久，手机突然被人捡起，并将前置镜头转换成了后置摄像头。

高南看不见持手机的人，只能对着里面不停地呼唤：“小达是你吗？你怎么样？”

此时，电话的另一边却传出了熟悉的电子音。

“好久不见啊，高大作家。”

高南瞬间头皮发麻，这个声音他虽然不能说熟悉，但是那说话的语调，却再熟悉不过了。这不是绑走高漫的那个人，还能是谁？

那个对他的生活了如指掌，甚至每天都在监视着他一举一动的人！此刻就在电话的另一端。

“你为什么会在这里？小达呢？你把他怎么样了？！”高南停下开车的动作，将车停在了路边，一只手拿着手机，双眼紧紧地盯着手机里的画面。

“那个小子？哈哈哈，你觉得我会把他怎么样？碍手碍脚的家伙。”

“你不准动他！听见没有！否则我和你没完！”高南对着手机怒吼。

“哎，不提他了好不好？”电子音转换话题，“高作家，咱们也好久不见了，要不这样吧，我送你一个见面礼，你看怎么样？”

也不等高南回答，对面的人就握着手机，带着高南一起“参观”太平间，他就像是一个耐心的导游，一张床一张床地为高南介绍。

谁能想象得到，这个导游在给别人介绍的，竟然是火葬场里的太平间。即使高南一直自觉胆子很大，此刻也是一阵毛骨悚然。

画面来到了冷柜前，绑匪的电子音又开始缓缓地为高南介绍冷冻尸体的原理。高南几次想打断，绑匪却都叫他不要急，要耐心听。

绑匪来到其中一个冷柜前，忽然拉出其中一个柜门，然后将手机对准里面的人。高南惊了，里面躺着的不是别人，正是高漫！此时此刻的高漫，像一具尸体一般紧闭双眼，那么冷的环境，高南想到就心中一阵绞痛。

“你放了我女儿，还有刚刚那个男孩儿。你要什么我都答应。”

绑匪大笑，笑得浑身颤抖，连着手机屏幕也一起抖动。

“听听，这话多熟悉，你答应我陪我玩五个游戏的时候也是这么说的。可是你呢？你在哪儿？你派了个什么东西来火葬场应付我？自作聪明，呵！”

高南心下一惊，却听那人冷冷地道：“是你不遵守游戏规则在先，那么我就送你一份大礼吧，等着。”

说完绑匪放下了手机，紧接着手机里传来乒乒乓乓的声音，似乎在移动着什么。等到手机再次被拿起并固定在一个地方的时候，画面已经对准了焚尸炉前。

高南看见一个浑身被黑袍遮盖得严严实实的人，将一个白布捆绑的人形尸体扔进火炉里。那身形看着不是成年人，俨然一个小女孩儿。

高南大声吼出：“你在做什么？！”

电子音传出冷冷的笑：“自然是如你所见，你的女儿马上就要变回空气飘到你的身边了！”

说完，背对着手机屏幕的黑衣人一把关上焚尸炉，就在他即将按下开关，准备焚烧被他扔进去的尸体的时候，画面中突然冲出三个人。

“不许动！警察！举起双手！”是米峰的声音。

“漫漫！我的女儿！”是刘娜。

“高哥，真的被你猜对了！”是武广。

米峰举着手枪，对准面前一身黑袍，正背对着自己的人。而那黑袍人此时竟也十分配合地举起双手。

武广和刘娜一前一后跑到焚尸炉前打开炉门，将被黑袍人扔进去的白色的人形尸体拽了出来。恰好在这时，高南一手拿着手机，缓缓从外面走了进来。

“你来了。”米峰回头和高南打了个招呼，“你这家伙，刚才真是吓死我了！”米峰一想起刚刚那差点儿按在开关上的手，就被惊出了一身冷汗。若是他再晚出来个一秒半秒的，都不敢想象会有什么后果。

此时，那身穿黑袍的人已经转过身来，看到出现在自己面前的高南，忍不住勾了勾唇角；见高南在见到自己这张脸时，没有丝毫的惊讶，更是忍不住笑了起来。

“哥，我能问一下，你是什么时候发现的吗？”陶玉达看着高南，问出了心中的疑惑。

他一直觉得自己做得很好，隐藏得也不错，甚至他还在视频通话联系高南之前，偷偷地将高南的手机给屏蔽了，目的就是不让米峰和刘娜与高南取得联系，但没想到，他还是在最后一刻被高南给耍了。亏他还以为自己已经成功骗过了高南，却没想到，原来早已经暴露了。

高南并没有马上回答陶玉达的话，他的目光看向刘娜和武广所在的方向，正在看他二人解救高漫。

刘娜将一层又一层的裹尸布揭开，却发现那里面装着的根本就不是高漫，只是一堆乱七八糟的破布。

刘娜几乎要崩溃了，跑到陶玉达的身边，揪着他的衣领大声问道：“漫漫呢，你将她藏到哪里了！说啊！你把我的漫漫还给我！”她一边说一边忍不住落泪。

没有人知道，她刚刚被吓成什么样子，她以为漫漫真的要被焚烧了，三魂七魄几乎全部离体，好不容易从大悲中走出来，以为救回了女儿，却没想到竟然根本就不是。

“高南，你快点儿让他说出漫漫的下落，快点儿啊！”刘娜放开抓着陶玉达的手臂，转而过来求高南。

高南只是将崩溃的刘娜抱在怀里，拍着她的背安慰着她。

高南看都没看地上的尸体一眼，仿佛早就知道被扔进焚尸炉的不是高漫。这下陶玉达更加惊讶了，他脸上满是好奇的表情，他上前来，抓住高南的手臂，让高南给他解释。

“不许动，给我老老实实地站在原地！”米峰的枪可不是吃素的。这么多天，被陶玉达玩弄于股掌之中，米峰觉得自己窝囊死了。此刻终于找到了这个将警方耍得团团转的元凶，可不能就这么轻轻松松地放过他。

“如果我没猜错的话，漫漫此刻应该正在太平间里的某一张床上睡着，对吗？”高南看着陶玉达，虽然说的是问句，却也是肯定句。

听到高南的话，陶玉达一愣，下一秒眼中却已经露出了佩服的神情。

“不愧是智商一百四十九的人，确实厉害。”陶玉达这次算是心服口服，他低头看了看地面，顺势盘腿坐在了地上，左手手肘拄着膝盖，手掌托着腮，抬着头看向高南，真诚地说道：“这次的游戏，我认输了。说说吧，这究竟是怎么回事？”

他明明计划得天衣无缝，甚至在最后两天，已经瞒过了高南，摸清了高南的套路，知道高南是打算让他过来火葬场，而高南自己则直接到北郊矿场去，所以陶玉达特地提前将自己的车开到了火葬场旁边，趁机抄近路赶到了北郊矿场将高漫转移到了火葬场这边。却没想到，竟然还是被高南料到了，并且成功识破了他的伎俩。

真是太让他好奇了，他究竟是哪里露出了破绽，高南又是怎么发现并且搬来救兵的，甚至还不动声色地欺骗了他。

原本还在哭泣的刘娜听说高漫就在太平间，也顾不得那里是停放尸体的地方，直接挣脱高南的怀抱，一边擦着泪水一边朝着太平间的方向跑了过去。

武广在得到高南的眼神示意之后，也快速跟了上去。

而这边，米峰看到陶玉达并没有要反抗的意思，于是也干脆收起了手枪，站在了一边。

米峰同样一脸好奇地看着高南，等待着他解惑。事实上，他也不知道高南究竟是如何破解了这个谜题的。当他和刘娜、武广三人开车正往城北一路驶来的时候，突然接到了一个陌生的电话。让他没有想到的是，这通电话竟然是高南打过来的。

事实上，高南之前并不曾怀疑过陶玉达，哪怕他侧写出来的绑匪形象有很多特点都和陶玉达是重合的，他也不想怀疑这个有着阳光微笑，能够帮助他，甚至亲切地叫他哥哥的大男孩儿。

直到昨天下午，刘娜随着高南一起回到米兰处，高南在家里发现异常，并以为绑匪就隐藏在房间里时，才终于发现了之前一直被他忽略的很多疑点。

高南当时一心想要送刘娜离开，远离危险，于是他特意将刘娜送到了楼下，两个人说了一番话告别，但在那段时间里，他的视线从没有离开过楼门。

他可以很肯定，在他站在门口和刘娜说话的这段时间里，陶玉达并没有从楼门口走进去，然而当高南奔跑着回去的时候，却在电梯口被陶玉达拦住了。

陶玉达对高南说，他是刚从外面过来的。当时高南的心里只想着回去堵绑匪，所以一时没觉得有什么异常，直到后来再回想起来的时候，才意识到原来陶玉达并不是从外面进来，而是刚刚从电梯上下来，恰好看到了高南冲进来，这才假装自己是在等电梯。

也就是说，当时在房间衣柜里藏着的人，不是别人，正是整日都陪在高南身边，被他视为弟弟并且了解他一举一动的人—— 陶玉达。

听了高南的解释，陶玉达惋惜地叹了一口气：“唉，真是智者千虑，必有一失啊！没想到就是这么一件小事，竟然就让你发现了我的真面目。”

“是，因为在那之前，虽然我有几次都觉得你很可疑，但我的情感让我不想去怀疑一个为了我出了这么多力的人。”高南是真的将陶玉达当作弟弟，他在车上说要为陶玉达买房，做他的家人的事，也并不是随口说的。

“能说说都有哪些时候让你怀疑我了吗？”对此，陶玉达还是很好奇。

“第一次是我们刚搬到米兰家里的时候，那天中午你在盒饭里吃出了第二个任务的纸条。”

陶玉达右手摸了摸下巴，似是在回忆当时的情况。

米峰看着二人都不说话，忍不住问道：“喂，高南，你快给我说说，那次究竟是怎么回事。”

“其实当时我也只是好奇，你给我提供房子的事情纯属意外，连我都不知道你在帮你妹妹看房子，而我们刚搬过去没多久，绑匪竟然就已经知道我在那里了，并且准确地将信息送到了我的面前。事实上，我当时并没有想吃饭，是小达……”

说到这里，高南停顿了一下，转而说：“是他在吃了一口饭之后，吐出了写有信息的纸条，这才让我注意到，原来第二个任务，竟然是放到了饭里。若是只有我自己的话，肯定就不会去吃饭，自然也就不会注意到藏在饭菜里的任务，那么绑匪也就没有办法给我送来这个信息。而这样的巧合，太离谱了。我曾在《炼狱七日》中写过一句话，过多的巧合，就是事实。所以，当时我的脑中有一瞬间怀疑小达应该和绑匪是一伙的，所以才能给绑匪提供机会，并且准确地找到纸条。这也是我第一次对他产生了怀疑。”

“那么第二次呢，又是什么时候？”陶玉达接着问道。

“第二次……”高南仔细回想这几天发生的事情，然后说道，“第二次是我和米峰二人拿到搜查令之后，去调查阮玉玲公寓时，意外看到阮玉玲拍到的一些照片，我想问你一下，你之前是否在游乐园打工扮成过小丑。”

“哈哈！真没想到，连这都被你发现了。”陶玉达笑着道，“没错。当时杜鹃姐恰好带着漫漫去游乐园玩，而我在那里做兼职，本想趁机带走漫漫，却没想到被陈潇给破坏了。”说到这里，陶玉达一阵懊恼，“她真是的，若是当初不阻拦我，这个计划将会早上几天的！”

“我是从照片上认出了你手腕处戴的手链表。”

陶玉达从黑袍子下掏出手表，放在掌心，询问高南道：“你说的是这个手表？”

“没错。”

“啊！原来就是这个！”米峰忍不住惊呼出声。

高南和陶玉达二人全都朝他看过去，米峰这才解释道：“这块手表应该是情侣款的吧？陈潇是不是也有一个？”

见到陶玉达点头，米峰才又接着说道：“当初你们将绑架嘉明的那起案件嫁祸给武广的时候，就是陈潇去给他送的装有保安服的快递。而事实上，武广当时就已经认出了那送快递的人是个女人，因此还多看了几眼，所以对这块手链式的手表印象特别深刻。”米峰从口袋里掏出一张纸，展开在二人面前，正是昨天晚上武广给他画的那个“鬼画符”。

陶玉达感慨：“真没想到竟然是因为这个。”

“那么第三次又是因为什么怀疑我？”

“在咱们出发去净水厂的那天上午，你还记得米峰说了一句：‘看你有些面熟。’吗？”高南先看了看米峰，接着又看向陶玉达，“你难道忘了，十年前不仅武广、米峰见过你，我……也是见过你的。虽然十年时间足以让你的容貌有很大的改变，但即使变化再大，只要仔细去看，还是能辨别出一二的。”

“对，我也是当时觉得有些眼熟，所以才特意向他要了电话号码，本以为如果他是左撇子，那么就证明他的身份可疑，然而他却用右手很流利地写了出来，于是又让我打消了这个念头。”米峰有些不好意思地说道。

“你以为我是左撇子吗？”听到米峰的话，陶玉达忍不住哈哈大笑起来，“我只是右臂受伤了而已，早在十年前，我常用的是右臂，只是后来才开始更多地用左手，但只要我有心的话，使用右手完全没问题。事实上，那天听到你说看我眼熟之后，我也担心你认出了我，于是，我故意用的右手写字。”

米峰了然：“原来如此。”

“还有吗？”陶玉达又问。

“还有就是刚刚在车上，你收到的照片，应该是陈潇和刘娜两个人吧？她们二人见面了，会让你那么生气吗？所以，这说明什么呢？”虽然只是扫了一眼，但他还是认出了刘娜和陈潇二人。

“她们二人本来是学生家长和老师，平日里因为学生见面是很正常的一件事，可若是放到如今漫漫失踪这个敏感时期见面，而又能让你这般生气，那么只能说明一件事，你以为陈潇背叛了你，将漫漫的所在地告诉了刘娜。”米峰接过高南的话，接着说道。

啪啪啪！陶玉达忍不住鼓起了掌：“果然精彩。高大作家就是厉害，那么多年的悬疑小说不是白写的，心思果然缜密。我终究还是嫩了，没想到竟然早就已经在你面前露出了这么多破绽，而你明明已经猜到就是我绑架了高漫，竟然还能不动声色地和我进行周旋，甚至还让我误以为自己成功了，最后反而着了你的道。果然，姜还是老的辣。”

“因为心中一直有所怀疑，所以你才故意在我面前说要和我分开行动，让我过来火葬场，而你去北郊矿场，其实你这样做也是为了试探我，对吗？”

高南没有否认。他之所以这样说，确实存着试探陶玉达的心思。

如果真正的绑匪真的是陶玉达，那么根据这段时间高南对绑匪的分析，绑匪选定高漫的真正目的，就是想要和高南较量一番，而在得知高南已经识破他的计划之后，为了能够赢过高南，一定会反其道而行，将本来藏在北郊矿场的高漫转移到其他地方，那么最能打高南脸的，无疑就是高南自作聪明跳过的火葬场这一处。

而高南之所以早就已经推断出高漫之前很有可能就被绑匪藏在了北郊矿场，却一直没有报警或者私下里去寻找，则是因为北郊矿场地方非常广，就算是找也需要费很大的力气，几天时间，甚至更久都有可能。高南不敢赌，所以只能从绑匪这处下手，让绑匪自己将高漫转移出来，再趁机救下高漫。

当然，如果绑匪并不是陶玉达，那么高南也是乐见其成的，一来绑匪也就不清楚高南已经摸清了他按照五行金、木、水、火、土进行布局的计划；二来陶玉达和高南分开行动，无论绑匪在哪里，高南都能第一时间获得绑匪的消息，到时候再通知米峰等人救下高漫，抓捕绑匪。

只是，让高南失望的是，没想到幕后闹出这么多事情的人，竟然真的是被他当作弟弟看待的陶玉达。这是高南最不希望看到的结果。

就在这时，米峰突然接到了个电话：“哦，好的，我知道了。先将人送去医院，晚点儿我再过去。”

挂断电话，米峰看了一眼陶玉达之后，转头对高南说：“我们的人在北郊矿场里找到了阮玉玲，人已经昏迷了，身上多处踢踹伤痕，但好在都不太重。另外……”米峰停了一下，继而在高南的耳边悄悄地说道：“陈潇也在去往矿场的路上被抓住了。”

“我知道了。”高南叹了一口气，看向陶玉达，有些无奈地开口道，“你陷害武广，我可以理解，是为了十年前的旧案，可阮玉玲和你无冤无仇，你为什么要害她？”

陶玉达身子朝后一仰，双手撑在地面上，有些悠闲地看着高南说道：“哦，谁叫她总是围绕在你和高漫的身边，破坏我的事。嫌她烦，烦死了。所以我就想让她替我背个锅。”他刻意将阮玉玲的很多信息都隐藏了，同时又将警方想要搜查的证据全都指向阮玉玲，目的就是让她别再碍事。

他的话音刚落，刘娜就已经抱着正在睡觉的高漫走了回来。高南看着睡得正香的高漫，忍不住露出了安心的笑。

“我还有最后一个问题，”陶玉达突然从地上站起来，看着高南问道，“今天晚上，你究竟是如何避开我的监听，并成功将消息通知给米哥的？你又是怎么知道我动了手脚的？”

高南却笑了笑，并没有打算给他解释。

就在这时，在火葬场外响起了此起彼伏的警笛声。

米峰从身后掏出手铐，扣在了陶玉达的双手上。

高南从刘娜怀里接过高漫，一手抱着高漫，一手拥着刘娜，一家三口缓缓走出了火葬场。

此时，天边已经露出了微光，弥漫了江城整整一夜的浓雾，也终于在太阳出来的那一刻消散了。

/尾　声/

一年后，江城市监狱。

高南与沧桑了不少但看起来反而更真实的陶玉达隔着一面玻璃对视。

“最近心理治疗得怎么样了？”

“已经好很多了。”陶玉达笑了下，“已经能逐渐控制住自己的脾气，并且不再没事就找人和我比试了。”

“那就好。”高南点头，脸上露出了欣慰。

现在输赢对陶玉达来说好像没有那么重要了。在心理医生的疏导下，他已经渐渐学会了不再执着于输赢，不再偏执地觉得，这世界上所有人都应该被他玩弄在股掌之间。

若是放在以前，他是最见不得有人能够赢他的。所以他看到高南的《炼狱七日》出版之后，发现一个自称智商一百四十九的人竟然可以将一个悬疑案件写得那么精彩，就不甘心了。他觉得凭着自己的能力，一定可以弄出一个比高南的故事更精彩的事件！

更何况，他从心理上是不满意邢佳佳最后惨死在邢鹿怀里这个设定的，因为这会让他想起当年妈妈死在他怀里的画面。

为了能够和高南来一场精彩的较量，也为了能够设定出一个令他满意的结局，所以他先是折腾出了签售会炸弹事件，算是小试牛刀；接着又抛出绑架嘉明陷害武广案，算是报复，同时也是考验一下高南的实力，看高南是否能够达到他的预期；在高南全部顺利解决了之后，他觉得凭着高南的能力，足以当他的对手之后，这才开始了他早已策划好了的绑架案。

于是真正的较量开始了！

“所有人都以为，你绑架嘉明陷害武广，是为了对武广复仇。”

“难道不是吗？”陶玉达挑眉。

“是，也不全是。”

“哦？”

“他们都忽略了一件事，那就是为什么被绑架的人是嘉明，而不是其他人。”高南看着陶玉达，脸上带着早已看穿一切的微笑，缓缓说道，“你做每一件事，都是带着目的性的，就像你嫁祸武广，所用的手段，也都是当年他自己用的那些，想通了这些之后，我便开始思考，为什么你会绑架嘉明。”

高南刻意停顿了一下，一双眼睛盯着陶玉达的双眼，见对方也正看着自己，一点儿没有闪躲之意，这才说出了心中猜测：“因为那个女人就是你继父的情人吧？”

之后，是长长的一段沉默，二人都没有再说话。

过了好一会儿，才听到玻璃对面的陶玉达“扑哧”一声笑了出来：“果然，什么都逃不过你的眼睛。”

高南又叹了口气，有些无奈地说道：“明知道逃不过我的眼睛，你为什么还是不肯当着我的面承认呢？”

陶玉达挑眉，一脸疑惑。

“你从始至终，从没有想过伤害漫漫的，对不对？”

听到高南的话，陶玉达原本一直带着微笑的脸瞬间僵硬了一下，下一秒又浮现出惊讶与惊喜，但这几个表情也仅仅维持了一瞬，就又恢复成永远带着淡笑的表情。

“还没和你说，漫漫的自闭症，现在基本已经好了。”高南一脸笑意，

“你是不是也很替她开心？”

陶玉达看着高难的眼睛，点了点头：“漫漫很好，她不应该是那样的。”

“是她和我说，那段时间里，你对她其实还算不错，从没有打过她、骂过她，每天还都会给她好吃的，甚至还记得给她喝她喜欢的牛奶。有时候情绪失控，你会在她面前发怒，但也没有对她做什么。她只是对你不经过她的允许，就剪了她的头发很生气。”

一想到高漫说这句话时脸上很郁闷的表情，高南就忍不住笑了起来：“她还说，等你出来了之后，她要当着你的面，将弟弟的头发编成小辫子，让他也不好意思一下。谁叫弟弟的爸爸将她变成了个假小子，她就要弟弟变成个小姑娘。”

听到“弟弟”和“爸爸”这两个词，陶玉达瞬间僵住，那两个词单独拿出来他都理解，可为什么放在一起，他就听不懂了？

“哥，你刚刚说的是什么？什么意思？什么爸爸，什么弟弟？”陶玉达双手紧紧按在玻璃挡板上，一张脸也几乎要贴在了上面。

“你还不知道吧？”高南看着他微笑，“四个月前，陈潇生下了个男孩儿，小名叫淘淘，大名还没有起，说是要等他的爸爸从监狱里出来了之后，再亲自给他起。”

陶玉达的身体忍不住颤抖了起来，韬……陶……淘……儿子……他，竟然当了爸爸？

“陈潇自从怀孕后，身体一直不是很好，她本来想过来看看你，最后被你嫂子和我拦住了，我们说等她生下淘淘之后，休养一段时间再过来。”

当初高漫之所以被绑架，就是有陈潇的帮忙。那天晚上，陈潇在教室里陪着高漫的时候，递给高漫的那瓶牛奶中，含有安眠药，所以高漫是在喝了牛奶之后，失去了知觉，并被他们二人带走的。

不仅如此，陈潇还多次参与了陶玉达的事情，本应该受到法律的制裁，但因为在最后一刻，她想要改正自己的做法，放过高漫，且她的罪行得到了高漫的家属高南夫妻二人的谅解，再加上她怀有身孕，且身体不好，无法在监狱服刑等多种原因，于是法院判决陈潇两年有期徒刑，缓刑两年。

高南也不知道陶玉达是否听进去，反正他今天已经将自己想要说的告诉了他。他这次过来就是想要让陶玉达知道，在这高墙外面，还有人在等着他出来，和他团聚。

“你在里面要好好接受改造，等你好了，出来了，到时候咱们两家人还可以在一起玩。漫漫可是很喜欢弟弟的。”

“哥……”陶玉达看着高南，却再没有其他的话。

“别忘了，那晚我说的话，并不是为了让你放过漫漫才故意迷惑你的，我说的都是真心的。”弟弟做错了事，做哥哥的自然要帮他一起改正。弟弟病了，做哥哥的也一定要帮忙治疗。等到他改正了，病好了，出来了，他们就还是好兄弟，还是一家人。

“听陈潇说，那几百万元，你以我的名义，捐出去了。”高南笑了笑，“也挺好，算做了公益了。这几年就顾着赚钱，都没想过要回馈社会，现在也算是做做善事了。”

“你不怪我吗？”陶玉达看着高南，问出了他一直想问的话。

“怪，当然怪！”高南皱着眉头，深沉地看着陶玉达，“你骗了我那么久，我怎么能不怪你？可我知道，你对我的感情，并不全是算计。”

“谢谢……”终于，陶玉达还是说出了一直在心底不知道说了多少遍，但从没有勇气对高南说的话，“谢谢你，让我感受到了人世的温暖，也谢谢你，帮我照顾……我的家人。”陶玉达眼中噙着泪水，却倔强地不让它落下。

这时，狱警过来说道：“7728，探视时间到了，该回去了。”

陶玉达起身准备离开，却突然又冲回玻璃前，看着高南问道：“哥，我想了很久，终于让我想出来了，你之所以能够成功通知米哥他们，是因为你早就知道我在你的手机里植入了病毒对不对？就是之前我和你说的，你手机里的那个应用已经过时了，我给你安装个新软件这句话对吗？所以你才没有想过用手机去通知米哥，而是用了其他电话？如果我没猜错，应该就是火葬场附近的加油站的吧！”

“7728，走了！”狱警在玻璃后紧紧拽着陶玉达的双臂，将他往回扯。而高南只是看着陶玉达的脸，露出了淡淡的一笑，自始至终，都没有明确回答他。

看着已经消失的陶玉达的背影，高南在心里说了一句：“若想知道答案，就等你出来之后，再亲自当面问吧。”

走出监狱时，外面正是一个艳阳天，高南看着不远处的刘娜和高漫，脸上露出心满意足的幸福微笑。

/ 小剧场 /

"米峰，你知道了吗？幸福要靠自己把握哦！"高南在心里笑了一下，在心中对着远在外地、正忙着参加警察常规考试的米峰说道。

远在百里之外的米峰，忍不住打了个喷嚏。

看了下手机上的天气预报，米峰"啊呀"一声："今天下午有阵雨啊，难怪已经起风了，温度也有所下降。"于是，他赶紧在手机上编辑一条短信："天气凉了，你也在霖市出差，记得多穿衣服，今天下午有阵雨，记得带伞！笨蛋，千万别冻感冒了！流鼻涕的样子很丑。"然后点击了发送。

收到短信的杜鹃，看着上面的信息，忍不住暗暗吐槽了一下："真不知道究竟谁才是笨蛋！大笨蛋！"

"杜鹃姐，时间到了，该出发了。"助理小林推开酒店的房门，看着正握着手机笑得开心的杜鹃，心中不免有些疑惑。她跟了杜鹃也有一段时间了，印象中这位金牌作家经纪人虽然人不错，但很少笑，更何况还是笑得这么开心的样子。

有问题，很有问题。

八卦之心让她忍不住问了出来："姐，你是……遇到什么开心的事了吗？"

杜鹃也意识到自己的失态，赶忙将手机收好，又恢复成往日雷厉风行的样子，脸上哪还有什么开心。

“多管闲事！”杜鹃板着脸看着小林，继续问道，“我交代给你的事情都办好了吗？”

“嗯，网上预约的司机已经到了楼下，您要的资料我也已经整理好发到了您的邮箱里，您在去的路上可以看一下。”小林一边帮杜鹃拎包一边向杜鹃汇报工作。

“好。”

到了楼下的酒店大堂，杜鹃想到刚才米峰发的短信内容，想了想还是转身走到前台：“请问是否可以借我一把雨伞？”她一边说着，一边将手中的房卡递了过去。

“好的，您稍等。”前台将房间号做了记录之后，微笑着将一把雨伞递给杜鹃，“您收好。晚上回来时，还给我们的工作人员即可。”

“谢谢。”接过雨伞，杜鹃从小林手中拿过包，看着她说道，“你一会儿去李作家那里的时候，将我放在房间里的那幅画拿过去，顺便确认一下这本书的交稿时间。至于下本书的选题方向，等我和影视方聊完高南的书之后，再亲自电话和他约时间见面聊。”

“好的，姐，我知道了。”

网约车已经停在酒店门口，杜鹃上车后，对着车外的小林交代了几句之后，便匆匆离开。

让小林没有想到的是，本应在晚上回到酒店的杜鹃却就此失去了音信……